U0895024

言
情
魅丽文化
飞言情工作室

江苏凤凰文艺出版社
JIANGSU PHOENIX LITERATURE AND
ART PUBLISHING

图书在版编目（CIP）数据

热恋至上 / 慕汐醉著 . -- 南京 : 江苏凤凰文艺出版社 , 2021.6 (2022.5 重印)
ISBN 978-7-5594-5905-3

Ⅰ . ①热… Ⅱ . ①慕… Ⅲ . ①长篇小说 – 中国 – 当代
Ⅳ . ① I247.5

中国版本图书馆 CIP 数据核字 (2021) 第 093613 号

热恋至上

慕汐醉 著

出版统筹　曾英姿
责任编辑　张　倩
特约编辑　胡　月
装帧设计　殷　舍
出版发行　江苏凤凰文艺出版社
　　　　　南京市中央路 165 号，邮编： 210009
网　　址　http://www.jswenyi.con
印　　刷　长沙金鹰印务有限公司
开　　本　880mm × 1230mm 1/32
印　　张　9.5
字　　数　270 千字
版　　次　2021 年 6 月第 1 版
印　　次　2022 年 5 月第 2 次印刷
书　　号　ISBN 978-7-5594-5905-3
定　　价　42.80 元

目录
CONTENTS

第一章
她又冷又乖

钟晚把卷宗整理好的时候已经快到下班时间了。

外面天阴沉沉的，一层层的黑云压下来，风呼啸着，吹得街道两侧的树枝剧烈地摆动着。看样子，晚上会有一场暴风雨来临。

“晚晚。”随着一声娇呼，乔丽推门进来，手里还拎着一个纸袋，笑得无比殷勤，“你今晚有事吗？”

钟晚一看乔丽这架势就知道，这位绝对是无事不登三宝殿。她神色淡淡的，没直接回答，而是反问一句：“有事吗？直接说。”

“晚晚，你好贴心啊，那个……今晚秦氏的晚会我怕是去不了了，你代我陪着老大去吧。”

钟晚低眉垂眸，干脆地拒绝道：“不去。”

“拜托了，我的好晚晚。”乔丽双手合十，一脸哀求地看着她，“我男朋友刚出差回来，你知道的，我们很久没见了。”

“问题是，我跟你又不是一个部门的，秦氏的事情我也从未参与过。”

“那又有什么关系，只是一个应酬晚会而已。”

钟晚皱着眉头，沉默了一瞬，才微微点头同意：“仅此一次。”

“下不为例！”乔丽喜笑颜开地把纸袋递给她，“这是今晚的礼服，谢谢啦，明天给你带早饭。”说完，乔丽飞一个香吻给钟晚，便转身离开了。

中和律所是 A 市最大的律所，也正因如此，才能攀得上秦氏。连续三年，秦氏法务代理公司签的都是中和律所。

不过这和钟晚没有丝毫关系。

她主修刑法，平时处理的也是刑事案件，和秦氏八竿子打不着。

当然，她也不想和秦氏扯上什么关系。

乔丽离开没多久，又有人敲响钟晚办公室敞开的门，是韩少明。

“听乔丽说你今晚替她去。”韩少明倚着门，嘴角微扬，揶揄道，“难得啊，你一向很排斥那种场合的。”

韩少明就是乔丽刚才口中的“老大”，是律所的副主任，平时和秦氏的合作一般都是由他负责的。

“上次的案子乔丽帮过我。”钟晚淡淡地开口。

说到底，她不过是为了还乔丽人情。

“你总是这样，不允许自己欠别人什么。”韩少明耸了耸肩，低头看了一眼手表，道，“我出去等你，你快点换衣服。”

纸袋里是乔丽准备的礼服，一件抹胸小黑裙。典型的晚会礼服，设计算是中规中矩，只是尺码是按照乔丽的身材准备的，钟晚穿自然是不太合身的。

钟晚比乔丽瘦一些，裙子穿好后有些松垮。钟晚埋头在柜子里翻了半天，总算翻出来一个卡子。她对着镜子，费了半天的劲儿用卡子把衣服后面别上，这样看上去勉强算是合身。

事到如今，她只能祈祷一会儿别出状况，要是裙子在大庭广众之下掉下来可就糗大了。

秦氏的晚会选在 A 市最大的酒店举办。

此时，钟晚陪着韩少明坐在一个偏僻的角落里。韩少明不能喝酒，作为女伴，钟晚接连替他挡了几杯酒，此时也有些受不住了。

胃里翻江倒海般难受，头也有些晕晕乎乎，眼看着还有人端着酒杯走过来，钟晚忙借口去补妆躲开了。

远离了宴会大厅，耳根子清净了不少。

钟晚在洗手台边用凉水扑了把脸，才微微舒了一口气。她实在是不想再回去面对那些没完没了的应酬，索性给韩少明发信息，说自己身体不适，先回去了。

钟晚从洗手间出来，隐约听见有人打电话的声音。

她脚步一顿，侧头往拐角处看去，走廊有些幽暗，隐约能看到一个身影懒懒地靠着墙壁打电话。

逆着光，那人的脸看不太清楚，可钟晚对他太熟悉了，第一时间就认出了他，瞬间她整个人僵住了。

似乎是感觉到身侧的视线，男人挂了电话扭头看过来。幽黄的光打在他的侧脸上，棱角分明，眉眼冷厉。

那是钟晚这一辈子也忘不掉的模样。

他似乎瘦了些，白了些。说起来，这还是钟晚第一次见他穿西装，以前和他在一起时，男人总是穿着一件有些破旧的短袖，天热了就把衣服卷起来，露出精瘦的小腹。

就在钟晚胡思乱想的时候，男人已经缓缓地走了过来。

他站在钟晚面前，低眉垂眸看了她一眼，扬了扬嘴角，漫不经心地开口："这么巧？你该不会是特意来这儿找我的吧？"

他上下扫了钟晚一眼。钟晚刚刚洗了脸，鬓发还沾着水珠，她本就生得白，黑色的裙子更衬得她皮肤瓷白。

裙子是修身款的，恰到好处地展露出钟晚的好身材。秦盛的目光最后盯在钟晚的腰上，钟晚的腰很细，他们在一起的每一个夜晚，秦盛每每掐着她的腰肢将人抵到床上。

这么一想，秦盛不自觉地呼吸一滞，心里凭空多出一股火气。

"你想多了。"钟晚的语气很冷淡，她扭头转身就走，手腕却被人狠狠拽住，秦盛用了几分力气，将人抵到墙边。

"想我了？"他低低地笑着。

钟晚侧过头，语气有些讥讽："你这么喜欢给自己脸上贴金啊。"

秦盛脸上的笑淡了几分。

钟晚不耐烦地挣扎着，却突然听见一道细微的声音，她整个人蒙了，感受到裙子下滑的一瞬，她的脸唰地白了，忙抬手捂住胸口。

下一刻，头顶就响起秦盛的轻笑声。

“你什么时候也学会这些招数了，专门跑过来勾引我的吧？”秦盛贴近几分，他低着头，唇瓣碰了碰钟晚的耳尖，手轻车熟路地滑到腰肢。

“五年以下有期徒刑或者拘役。”钟晚突然开口。

秦盛动作一顿，问：“什么？”

“强制猥亵侮辱罪。”钟晚露出了一个极为和善的微笑，继续道，“你入狱了我会去看你的，放心吧。”

秦盛低声骂了一句，松手放开了钟晚。

钟晚侧着身子整理衣服，头也不抬地开口：“今晚真的是误会，我以后会尽量不出现在你面前，我……”

“别闹脾气了。”秦盛打断她的话。

钟晚怒极反笑道：“两年了，你还以为我只是闹脾气？”

秦盛伸手去摸兜，才想起来没带烟。面前的钟晚变了很多，浑身都是利刺，这让秦盛心里有些烦躁。

“你到底想怎样？”

“不想怎样，毕竟我们都分手了，还是做陌生人比较好。”顿了顿，钟晚又自嘲地笑了一声，“或许也不算分手，毕竟你从来没承认过我是你的女朋友。”

之前他们两个人的关系仅仅靠着出租屋里那张嘎吱嘎吱响的床维系。

钟晚没再多说什么，她抬手拢了拢头发，转身走了出去。

秦盛抬头看着她的背影，眸色转暗，垂在两侧的手有些颤抖。

他的内心并不像面上那般冷静。

好一会儿，他平复情绪，拨通了一个电话。

“我碰到钟晚了。

“嗯，你查一下，她应该在 A 市工作。”

两年了，秦盛为了找钟晚没少费工夫，却从没想到她就在 A 市，毕竟她当初走得那么决绝，摆明是不想和他再有任何交集。

每次，秦盛忍不住回到那间空荡荡的出租屋，就觉得之前发生的一切都像做梦般，她也好似从来没存在过。

这地方不算繁华，时间也有点晚了，所以很难打到车。钟晚顺着马路一直往前走，脑袋还晕晕的，步伐有些踉跄。

终于双腿再也撑不住身体，她毫无形象地一屁股坐在路牙子上。

她伸手在包里摸索半天，才掏出半盒不知道什么时候塞进去的烟。

律所的人都觉得她又冷又乖。

他们不知道，钟晚会抽烟喝酒，会翻墙逃学，会和她爱的男人在狭小的出租屋里拥吻缠绵。

汗渍味和劣质香水味混合在一起，有些呛鼻。

可钟晚很喜欢，因为教会她这一切的男人叫秦盛。

从上大学开始家里就断了她的学费和生活费，事实上，如果不是钟晚苦苦哀求，家里人根本不可能让她读大学。

那天晚上的军训刚刚结束，正是饭点，门口的小摊位颇为热闹。钟晚扎着马尾辫，在临街的一家奶茶店里忙碌。

“钟晚，把这几杯奶茶给对面的修理铺送过去。”

老板娘把一个袋子放到桌面上。

钟晚应了一声，洗了把手，拎着袋子小跑着推门出去。

还没走进修理铺就听见里面的嗡嗡声，钟晚推门走进去，看见熟悉的人，连忙走过去，道：“于哥，我来送奶茶。”

于东笑着接过来，道：“小钟等我一会儿，我去拿钱。”

“嗯。”钟晚点点头。

她左右看了一圈，目光落在角落里那个身影上，她迟疑着走过去。

男人低着头正在忙着手中的活计，身上套着一件普通的白色短袖，此刻已经脏得满是油污。

她问：“你也是修理铺的吗？前几天没见过你呀。”

钟晚来奶茶店打工也才三四天而已，她来过几次修理铺，里面的伙计还认不全，就和于东勉强算是熟悉一些。

男人侧头看了她一眼，语气淡淡的："我前两天不在。"

钟晚点了点头。

"给。"于东走过来，把钱递给钟晚，顺便介绍了一下，"小钟，这是秦盛。"

钟晚轻轻笑了下，乖乖巧巧地叫人："秦哥。"

秦盛低眉垂眸，手里的扳手没停，也没有回应钟晚的招呼。

在奶茶店忙完，天色已经很晚了，幸好离学校很近，完全还来得及在宿管锁门之前赶回去。从奶茶店到学校隔了一条小巷，两侧路灯不知道多久无人管理了，十个里面得有八个是坏的。

"秦盛，以后别来找我了……"

隐约有说话声传来，钟晚脚步一顿，下意识地躲了下。

想着刚才听到的名字，她又迟疑着微微探出头去。

昏黄幽暗的路灯下，隐约能瞧见两个人影。男人背对着她，应该是修理铺的秦盛。站在对面的女生她也见过，是她们学校文学系的系花傅瑶，听闻她家境殷实。

看这样子，两人的关系似乎不同寻常。

钟晚有些尴尬，她无意窥听旁人的隐私，只是回学校就只有这一条路，两人堵在巷子里，她走也不是，不走也不是。

她只能蜷缩在那个小角落里，默默祈祷两个人快点说完。

谈话声渐渐停息了，钟晚试探着伸出头，没承想直接对上两条大长腿，秦盛正抱着胳膊倚在墙边看着她。

他神情倦怠，嘴里还叼着一支烟，一点猩红的火光在漆黑的夜里尤为明显。

"听够了？"

钟晚咬了咬唇，努力地解释："我不是有意的，而且也没听到什么。"

秦盛嗤笑一声。

他随手把烟扔在地上，鞋踩上去狠狠踱灭。

他一步步地逼近，背对着光，像一座大山一样缓缓压过来。

钟晚还蹲在墙角，她吓了一跳，下意识地要起来，谁知道蹲了太久腿都麻了，刚一起来双腿不听使唤，踉跄地往前面倒去。

没摔到地上，她被秦盛接住了。

秦盛的胸膛滚烫而坚硬，天气热，两人只隔着单薄的衣料，钟晚能闻到秦盛身上那股淡淡的烟草味。

不呛鼻，反而顺着鼻腔钻入她的心尖。

“没抱够？”有些低沉沙哑的声音在头顶响起。

钟晚脑袋里像是有万千烟花炸开，她的脸一下就红了，慌慌张张地往后退。她靠着墙，整个人恨不得找个缝钻进去。

“我见过你，你叫……”秦盛眯了眯眼，似乎在回忆。

“钟晚。”

“对，钟晚。”秦盛含着笑，把钟晚的路挡得严严实实。他身形高大，只站在那儿什么都不做就有一种压迫感迎面而来。

钟晚耳尖还红着，心里却有点慌，她有些色厉内荏地开口：“这……这儿有监控，你别乱来。”

秦盛眼底神色微暗，声音压低了几分：“我能怎么乱来？”

这下子，钟晚是真的快要被吓哭了。

秦盛轻笑了一声，不再逗她，他侧开身子，把路让开，道：“快回去吧，小姑娘。”

钟晚忙小跑着往前去，跑了几步又停下来，忍不住开口：“我和傅瑶是一个年级的。”

言下之意，她不是小姑娘了。

秦盛侧头看了她一眼，没吭声。

到寝室楼下的时候晚了几分钟，钟晚百般讨好地向宿管阿姨献殷勤，说尽了好话，阿姨才不情不愿地放她进去。

因为已经熄灯，所以此时宿舍里很安静。她们这是间组合宿舍，成员来自不同的学院，平时彼此几乎没什么交集。况且钟晚的业余时间都用来打工，除了晚上回宿舍能露个脸，其余时间都是神龙见首不见尾。

她悄无声息地拿着东西去洗漱。

狭小的洗漱间里，钟晚叼着牙刷盯着镜子里的自己，突然就想起刚刚路灯下秦盛叼着烟的模样。

很野很张狂。

她的目光不由得落在了自己的胸前。

钟晚想，至少，她也该是个大姑娘了。

宴会上喝了不少酒，第二天又是周末，钟晚理所当然地睡了个昏天黑地。

下午姜瑜打电话过来的时候，她才刚刚从床上爬起来。

“晚上有人约我去夜色，一起吧。”

夜色是 A 市最大的娱乐场所，钟晚一向不大喜欢那种场合。

不过对于姜瑜的要求，钟晚很少拒绝。

“好。”她笑着应了一声。

电话那边是姜瑜的笑声：“那晚上我去接你。”

姜瑜是钟晚在 A 市认识的第一个朋友。那时候她刚刚进律所，接的第一个案子就是姜瑜的。

两人在咖啡厅见面的时候，姜瑜还一脸不信任地看着钟晚，道：“你看起来也太小了。”

不过很快，在法庭上，钟晚用实力证明了自己，姜瑜直接摇身一变，成了钟晚的忠实粉丝加好闺密。

姜瑜的理由听起来也有些好笑：“我打小就最佩服学习好的人。”

姜瑜从小就不喜欢学习，各科成绩更是差得一塌糊涂，不过这无关紧要，她高三毕业直接出国镀金，回来后订婚、结婚一套流程，从富家女直接变成了贵妇太太。

在她们那个圈子里，这都是常态。

姜瑜和那些贵太太不太一样，她性子直，不做作，没有一丝高傲、任性，否则钟晚和她也玩不到一块儿去。

晚上，钟晚如约和姜瑜到达夜色。

侍者直接领着两人到预订的包房。刚一推开门，钟晚就被里面震耳欲聋的音乐震得头皮发麻，包房里面光线很暗，隐约能看见来了不少人。姜瑜天性爱玩，一进门就直接扎到人堆里去了。

钟晚则寻觅了一个偏僻的角落坐下来。

不知道又有谁推门进来，包房里竟一下子安静下来，连震耳欲聋的音乐都被关了，看这情形，来人应该是个了不得的人物。

钟晚有些好奇地看过去，顿时身子一僵。

门口处站着一个人，看上去十分慵懒，西服外套搭在右胳膊上，白衬衫的扣子上面两颗松开了，领带被扯得松散，幽暗的光打到他的脸上，似乎少了几分平日的冷厉。

“秦少来了。”

很快有人笑着迎上去。

钟晚低眉垂眸，握着杯子的手微微用力，骨节泛白。

她没想到会在这儿遇见秦盛。

包房里的人不少，许多人起身给他让座。秦盛扬着嘴角，直接坐到了钟晚旁边。

感受到身旁沙发微微陷下去，钟晚把杯子放到桌子上，不经意间，水洒出来一点，湿了裙子。

钟晚想赶紧逃离，刚刚起身，手腕就被人用力拽住。

“怎么我刚坐这里你就要走？我会吃人？”秦盛轻笑了一声，漫不经心地开口，“这是哪家的啊？”

“这是我朋友，钟晚，是个律师。”姜瑜忙开口。

钟晚的手腕被攥住，被触碰的肌肤像是被火舌灼烧一般滚烫。

“我裙子脏了，想去整理一下。”

“也不急于这一刻。”秦盛拿着桌子上的骰子抛了一下，不咸不淡地道，“玩两局吧。”

顿了顿，他又笑着看着钟晚，意有所指地道：“咱们这不犯法吧，钟律师？”

钟晚缓缓地坐回去，她挺直脊背，身子微微有些僵硬，弯了弯嘴角，道："这要看秦少你怎么玩了。"

秦盛挑眉，笑了。

钟晚不太会玩这些，两三把下去，桌上的酒瓶就空了。

她喝了些酒，倒不像一开始那么古板无趣了。她把头发扎起来，露出白皙纤长的脖颈，似乎是喝了酒有些热，脸颊红扑扑的，她扯了扯领口，笑着又抛了骰子，道："接着来。"

秦盛在一旁冷眼看着，脸色有些难看。

钟晚长得好看，玩开了之后，很快就有人凑上来，端着酒杯非要和钟晚碰杯，手不规矩地摸上去。

嘭。

桌子突然被踹翻了。

桌上的酒杯碎了一地，巨大的声响甚至压过了音乐声。

屋子里瞬间安静下来。

"玩的什么，没意思。"秦盛冷着脸，踢了踢脚边的玻璃瓶。

周围人都白着脸，没有人敢吭声，不知道是哪儿惹了这位太子爷，竟发了这么大的脾气。

好半晌，钟晚才缓缓起身。

她弯着腰，把地上的几个骰子捡起来，淡淡地道："是我不会玩，扫大家的兴了。"

秦盛紧抿嘴唇，下颌线条也随之收紧，目光更是暗得深不可测。

他没开口，只是静静地看着钟晚。

钟晚慢慢走出去，路过秦盛时微微顿住脚步，把几个骰子放进他搭在胳膊上的西服兜里，而后没再停顿，直接走了出去。

姜瑜愣了一瞬，也忙跟着出去。

两人喝了酒都没法开车，索性顺着小路晃晃悠悠地往家走。

"我从前只听说秦盛脾气阴晴不定，今儿算见识到了。"姜瑜心有余悸地拍了拍胸脯，"真是吓人，你看他那脸色难看得，好像下一秒就能把店砸了。"

钟晚赞同地点点头，道："他就是个狗脾气。"

从前两人在一起时秦盛也是这样，心情好的时候会叫她晚晚，下一秒翻了脸就能把屋子里的东西都砸了。

钟晚有时候也想不通，自己是怎么和他过了两年的。

大约是年少轻狂吧。

姜瑜没看出来钟晚的不对劲，还在絮絮叨叨地说着："不过谁让人家是秦家太子爷呢，A市没人敢惹他。"

钟晚脚步一顿，问道："秦家太子爷？"

"对啊，秦氏都是他家的，不是太子爷是什么？"

这钟晚倒是不知道，那日在秦氏碰到，钟晚只以为是偶然，没承想他就是秦家太子爷。

原来从一开始，他就是天上的皓月。

那时候去修理铺次数多了，钟晚也听于东说了许多八卦，例如美院学生与保安小哥，例如秦盛与傅瑶。

秦盛第一次来修理铺的时候，不是来打工，而是来修他那辆破摩托车。他出了车祸，两条腿都血淋淋的，却没去医院，而是一瘸一拐地拖着摩托车来修。

正巧那天傅瑶来修自行车。

傅瑶瞧见一身是血的秦盛吓了一跳，说什么都要拽着他去医院。

伤好了以后，秦盛干脆就在修理铺打工。傅瑶离得近，隔三岔五来找他，一来二去就熟了。

总结起来，就是善良白富美和落魄穷小子的故事。

话说到最后，于东狠狠吸了一口烟，道："不过他们现在是没可能了。傅瑶家里人要送她出国，她大好的前程，不会搭在秦盛身上。"

钟晚听到这句话的时候沉默了。

冬至那天，学校临时放假。

室友离家近的都回去了，还有一个泡在图书馆。寝室空荡荡的，钟晚百无聊赖。

她举着手机，等了一天也没有等来家里人的一个电话，倒是在傍晚的时候接到了于东的电话。

“于哥？”

“小钟啊，学校放假你回家了吗？”

“没有，我在寝室呢。”

“那正好，我们晚上吃火锅，你也一起来吧，人多热闹。”

一个学期了，钟晚早就和修理铺的人混熟了。

外面冷得厉害，她懒懒地不愿意动。可不知怎的，她突然想到了秦盛。

拒绝的话到了嘴边又咽了下去。

“好，我一会儿就去，谢谢于哥。”

傍晚的时候，钟晚买了一些水果就去了修理铺。修理铺的大门已经关上，钟晚熟门熟路地绕了一圈从后面的小门进去。

刚一进门，就是扑面的热气。

里面已经架上了锅子，于哥正端着菜往桌子上放，粗壮的身子配着腰间的围裙，看着有些滑稽。

“快来，小钟。”于哥招呼她过去。

外面人群熙熙攘攘，偶尔能听见烟花在空中炸开的声音。有些低矮破旧的修理铺厂房里，四个人围坐着吃着热气腾腾的火锅。

除了于哥和秦盛，还有一个新来的学徒小孩儿，叫黄毛。

几个人都不吭声，只闷头吃，于哥看不下去了，端着酒杯，招呼大家干一杯。

看着面前琥珀色的液体在杯中微晃，钟晚舔了舔唇瓣，忍不住开口：“我也想喝酒。”

桌上的人都一愣。

于哥挑了挑眉，问：“你会喝酒？”

钟晚老实地摇了摇头，道：“不会。”

于哥笑了，让秦盛给她倒了一杯酒。

秦盛就坐在钟晚身旁，抬手给她倒了一杯酒。他嘴角噙着笑，戏谑地开口：“少喝一点，小姑娘，喝多了没人送你回去。”

钟晚不服气地争辩：“我不是小姑娘。”

秦盛特意给钟晚倒的果酒，钟晚试探着抿了一口，酸酸甜甜的，她眼底带着笑，像一只偷腥的猫，紧接着又喝了一大口。

大概是众人喝了酒的缘故，气氛一下子热闹起来，钟晚乖乖地捧着酒杯小口小口地喝酒，大概是酒意上头，她毫无顾忌地侧头去看秦盛。

隔着朦胧的雾气，她看着他微冷的眉眼。

他低头倒酒，黑色的衬衫被卷起来，露出精壮的小臂。

“秦盛。”钟晚轻轻开口。

秦盛微微挑眉，侧头看她，漆黑的眸子像是一块化不开的浓墨。

钟晚突然不知道自己要说什么了。

小姑娘喝了酒脸颊红扑扑的，两只又黑又亮的眼睛盯着自己，秦盛心尖像是被什么东西挠了似的。

他低低地笑了，问：“什么事？”

钟晚想起那天秦盛身上淡淡的烟味。

她抿了抿唇，小心翼翼地开口：“能给我一支烟吗？”

两个人撇下了黄毛和于哥，从后门走了出去。

外面的雪停了，似乎没那么冷了，两人并排坐在门前的青石板上。钟晚嘴角含着烟，微微低下头，她伸手拢着火，挡着风，秦盛举着打火机给她点烟。

微弱的一点火光在两人之间亮起来。

钟晚想起了安徒生童话里那个卖火柴的小姑娘，点燃一根火柴能看到想看到的东西，那点燃一支烟呢？

钟晚下意识地抬头，隔着烟雾与火光，她看见了秦盛。

“抽过烟吗？”秦盛低声问。

钟晚含着烟，不敢吸气，只能乖乖地摇头。

秦盛勾起嘴角笑了一声，道：“这么乖啊？”

钟晚眨了眨眼，没吭声。

是很乖吧，从小到大没喝过酒，也没抽过烟，为了能脱离那个糟糕透顶的家庭，她把所有时间都用在学习上，没心思想其他的。

因为没有尝试过，所以好奇，所以跃跃欲试。

包括喝酒、抽烟，还有秦盛。

“慢慢地吸一口，深吸到肺里，然后轻轻吐出来。”秦盛在一旁指导着，“别着急，慢慢地。”

钟晚按照秦盛的指导吸了一口气。

然后……她呛到了。

“咯咯咯。”钟晚一只手夹着烟，一只手捂着嘴剧烈地咳嗽，眼角逼出了泪花，眼睛通红，像一只小兔子。

秦盛嗤笑了一声。

“行了，别学了。”他伸手夺过钟晚手里的烟，扔在地上摁灭，道，“不早了，我送你回去。”

钟晚眼巴巴地看着地上被摁灭的烟，没开口说什么，乖乖地起身跟在秦盛身后。

还是那条小巷，只不过这次她不是躲在角落里的旁观者。幽暗的路灯下，她跟在秦盛的身后，一步一个脚印踩着秦盛的影子。

钟晚回去得太晚了，宿管阿姨早就把宿舍楼的门关得死死的。

秦盛侧头看着宿舍楼，问了一句：“你住几楼？”

“二楼。”

“你们宿舍有人吗？”

钟晚看一眼亮着的窗户，点了点头。

秦盛轻笑了一声，道：“你从阳台上去吧。”

说着，他半蹲下身子，又道：“来，踩着我的背上去。”

钟晚怔了一下，下意识地拒绝：“算了吧。”

“快来。”秦盛又催促了一下。

钟晚胆子大了一些，她第一次做这样的事，心里有些跃跃欲试。她脱了鞋子，穿着白色袜子的脚踩在秦盛的肩膀上。

她喝了酒，身子忍不住有些晃晃悠悠的，差点栽倒下来，还好秦盛及时拽住了她的脚踝。

明明隔着衣料，钟晚却还是觉得被握紧的地方滚烫。

阳台就在眼前，钟晚两只手拽紧，身子用力，翻身跃了上去。

她踮着脚，手里还提着鞋子，低头看着藏匿在夜色里的秦盛，道：“谢谢你。”

秦盛勾起嘴角，摆了摆手，道：“快回去睡吧。”

室友听到敲窗子的声音的时候还吓了一跳，她皱着眉把钟晚放进来，问：“这么高，你怎么爬上来的？”

钟晚含糊地应付过去。

她换了衣服去洗漱，回来的时候在走廊上碰到室友，对方正低着头抽烟。

钟晚顿住脚步。

室友察觉到她的目光，抬头看了她一眼，客套地问了一句：“来一支吗？”

钟晚抿了抿唇，有些不好意思地点点头。

室友有些诧异，她一直以为钟晚是乖乖女，疑惑地道：“你会抽烟？”

钟晚接过烟，笑道：“刚刚学的。”

她蹲在角落里，嘴里叼着烟，脑海里回荡着刚刚秦盛低声说的那些话。钟晚轻轻地吸了一口。

这次，她没有被呛到。

第二章
你是不是喜欢我

钟晚课不多，作业倒是很多。趁着奶茶店空闲的时候，她就捧着一本厚厚的资料坐在柜台里背。

丁零零……

挂在门上的小铃铛响了。

钟晚顺手把书放在一边，道：“您好，需要点……”

话说到一半，钟晚愣了一下。从门口走进来一个穿着白色羽绒服的学生，头发随意披散着，脖子上围着一个红围脖。

扎眼的好看。

是傅瑶。

“两杯热可可。”傅瑶没注意到钟晚的不对劲，她掏出手机扫了码付账。

“好。”

钟晚回过神，低头忙碌起来。

傅瑶看到柜台上的资料，笑了，问道：“你是法学院的吗？”

她说话声音又轻又细，就像电影里的富家小姐一般。

“嗯。”钟晚点点头，把饮品递给她，“两杯热可可好了。”

傅瑶只接过了其中一杯。

“剩下的这杯麻烦你帮我送到对面修理铺，给一个叫秦盛的。”傅瑶双手合十，小声地说道，“拜托啦。”

钟晚微微垂眸，目光落在傅瑶的手上，白嫩纤长，指甲留得长了些，涂着淡粉色的指甲油。

下意识地，钟晚把自己的手缩了回去。

打小干农活，钟晚的手比其他女孩子的手要粗糙很多，和傅瑶的更没法比。

没等到钟晚的回复，傅瑶以为她不乐意，想了想，从兜里掏出钱来，道：“就当是外卖费……”

“不用。”钟晚把钱推回去，“我这就去帮你送。”

傅瑶笑了，点头说：“谢谢。”

等傅瑶走后，钟晚拿着那杯热可可去了修理铺。这个时间点似乎有些忙，秦盛正在修车，半个身子都钻进车底下，露出半截腰和修长的双腿。

钟晚没叫他，捧着热可可乖乖地在一边等着。

过了一会儿，秦盛才从车底下钻出来，他抬眼看了一旁的钟晚一眼，问：“怎么在这儿等着？”

钟晚把热可可递给他，道：“傅瑶给你的。”

秦盛皱了皱眉，道：“我不要，你拿回去。”

“她已经付过钱了。”钟晚把热可可放到了一边的椅子上。

秦盛拧着眉头，走过去把热可可直接扔到了一旁的垃圾桶里。

钟晚静静地看着，没吭声。

秦盛这么生气，是该多喜欢傅瑶啊。不过想想也对，傅瑶生得好看，家世又好，说话温声细语的，没人会不喜欢。

可正因为如此，她才不能和秦盛在一起。

一个是天上月，一个是脚下泥。

莫名地，钟晚心底滋生出了那么一点卑劣不堪的心思，那她呢？她也是在泥水里摸爬滚打的人。

她和秦盛应该算是一类人了吧。

圣诞节那天，钟晚买了许多彩纸和苹果，打包好，搬着箱子去学校门口卖。她大一的时候就搞过一次，这一次也算是轻车熟路了。

这两天越来越冷了，钟晚只有一件有些薄的棉服，她里面套了两件毛衣，整个人看上去像一只毛球。生意还算不错，钟晚坐在小马扎上，两条腿冻得快没有知觉了，东西总算都卖了出去。

正要收拾东西回寝室，突然钟晚目光一顿，不远处的街角站着一个熟悉的身影，是秦盛。

她的眼睛噌地亮了，把东西胡乱堆在了一起，麻烦一旁的小摊阿姨帮忙看着，自己则快步朝着秦盛走过去。

“秦盛。”钟晚跑着过来，气喘吁吁的，两只眼睛笑得弯了起来，“你怎么在这儿呀？”

“于哥让我帮他去买东西。”秦盛晃了晃手里的袋子，漫不经心地开口，“你怎么没去奶茶店？”

“请假了，我出来卖圣诞果。”钟晚拍了拍衣兜，“生意还不错呢，走吧，我请你吃饭，感谢你那天送我回寝室。”

她笑着，两只眼睛弯得像月牙。秦盛眸光微暗，勾起嘴角笑了。

“行啊。”

临街的一家拉面店生意红火，屋里屋外都是客人。

钟晚拽着秦盛的袖子好不容易从人堆里挤进去，眼疾手快地占了屋里唯一一张空桌。

“老板，两碗牛肉面。”钟晚扬声喊了一句。

秦盛坐在钟晚对面，没吭声，漆黑的眸子静静地看着她。

“你是不是以为我要带你去大饭店？”钟晚吐了吐舌头，笑嘻嘻地说，“我可请不起。”

“没有，这儿挺好。”秦盛一只手撑着下巴，饶有兴趣地瞧着钟晚拿着纸巾和热水把碗筷重新洗了一遍。

上一个和他面对面吃饭的女孩儿还是傅瑶。

不过两个女孩儿截然不同。傅瑶很安静，斯文地坐在那儿很少说话，常常是秦盛挑起的话题。

偏偏秦盛也是一个懒得多说话的人，久而久之，两人的会面常以沉默收尾。

老板很快端了两碗牛肉面过来。

“快吃，很香。”钟晚把筷子递给秦盛。

面条筋道，面汤浓郁，浓香扑鼻，上面撒了一把翠绿的香菜末和几片卤好的牛肉，再加上辣椒的点缀，叫人食指大动。

秦盛不怎么饿，随便吃了两口就放下了筷子，抬头看了一眼对面的钟晚，微微挑眉。

以前他每次和傅瑶吃饭，傅瑶都不怎么吃，安安静静地托腮坐在对面。

钟晚却不一样，她闷着头吃，看着动作不快，然而一碗面不一会儿就见了底。似乎是感觉到秦盛的目光，她抬起头，看了看自己空了的碗，有些不好意思地笑了，道：“我真的有点饿了。”

忙活了一天没吃上饭，她早就饿得前胸贴后背了。

不知道是不是辣椒放多了，她吃得鼻尖通红，看起来莫名有些可爱。

秦盛往椅子上靠了下，下意识地要去掏烟，兜里却空荡荡的，烟被他落在修理铺了。他正想着要不要去隔壁超市买一盒，就见钟晚从包里掏出一盒烟递给他。

钟晚脸颊有些发红，她咬了咬唇，有些局促地开口：“我第一次买，不知道你抽不抽得惯这个。”

秦盛沉默了一瞬，把烟盒拿了过来，道：“谢了。”

钟晚笑了，眼底亮晶晶的。她也不知道自己怎么莫名地就买了一盒烟，本来只是去超市买泡面，结账的时候看到柜台前摆的烟，脑子一热就买了一盒。

那时候她在想什么呢？

大概是秦盛吧。

吃完饭，钟晚觉得有点撑，正巧不远处是公园，便想去溜达一圈消消食。

她侧头询问秦盛的意见。

“随便。”秦盛嘴里叼着烟，含混不清地开口。

因为是圣诞节，公园里四处都挂上了彩灯，人也比平时多，两侧都是摆摊的商贩，吆喝声不绝于耳。

钟晚很少来公园，她把空余的时间都用来打工了，根本没有空仔细欣赏这座城市。

她几乎在每一个摊位前都要驻足看一会儿，却没买什么，直到看到拐角处一个搞怪照相的。

“照相吗？五块钱一次。”

小摊位上摆着许多道具，有猫耳朵发卡、兔耳朵发卡，还有许多彩色的贴纸。

钟晚有些心动，她拽了拽秦盛的袖子。

秦盛皱着眉，嫌弃道：“幼稚死了。”

钟晚失落地耷拉着脑袋，不死心地小声开口：“就照一张。”

秦盛拒绝的话到嗓子眼又咽了下去。

对着钟晚亮晶晶的眼睛，他怎么也说不出口，最后只侧过头，一脸不耐烦地开口：“要照就快一点。”

钟晚的眼睛瞬间亮了。

她随手从桌子上拿了一个猫耳朵发卡戴上，扯了扯秦盛，示意他低一点。

秦盛拧着眉，侧头看了钟晚一眼。

照相大叔抓拍技术不错，飞快地按下快门。

照片很快打印出来，照片里，钟晚头上的猫耳朵发卡有点歪，看着有些滑稽。一旁的秦盛皱着眉头看她，很是不耐烦的样子。

钟晚不是很满意，可秦盛肯定不会同意重新照的，没办法。她小心地把照片放进口袋里，还不忘抬头对秦盛说：“这个是我的。”

秦盛嗤笑道：“谁稀罕。”

两人回去的时候看见零星几个卖圣诞果的，秦盛在一个摊位处顿住脚步。

他掏钱随手买了一个，转头就把这个圣诞果递给了钟晚。

“给……给我的？”钟晚有些受宠若惊，“可我就是卖这个的呀。”

“你卖是你卖，我给是我给。”秦盛“啧”了一声，“你到底要不要？”

“要要要。”钟晚忙把圣诞果收下。

“不早了，回去吧。”秦盛冲着不远处的校门口扬了扬下巴。

钟晚低头看着脚尖，有些不舍，却又不知道还能再开口说什么，最后只能闷闷地应了一声，转头回学校了。

室友都知道钟晚是去卖圣诞果了，看她回来时还捧着一个，问了一句：“没卖完？还剩一个？”

“不是。”钟晚摇摇头，道，“这个是别人给我的。”

说完，她又在心里默默地加了一句。

——其实也不是别人，是秦盛。

钟晚又失眠了。

早上在眼下扑了厚厚一层粉，她又是踩着点到的律所。

一推开办公室的门，她就看见桌子上放着一杯美式咖啡。

“是乔丽姐早上送过来的。”门口钻进来一个小姑娘，她冲着钟晚笑了笑，露出两颗小虎牙，“钟姐，早。”

钟晚没有指正她那个略显俗气的称呼，她低头拆开包装袋，头也不抬地开口：“上周的案子跟进了吗？”

小姑娘叫苏雅，是应届毕业生，律师证还没考下来，被分配到钟晚这里做一个小助理。

苏雅点点头，把一个文件夹递给钟晚，道：“上周的案子已经结了，这是老大让我给你的。”

钟晚皱了皱眉，问：“这周轮到我了？”

中和律所承接法律援助工作，以排班形式分配。这种一般对接的是死刑犯，大多是穷凶极恶的主，是个吃力不讨好的活。

钟晚随手翻了翻，微微皱眉。

“钟姐，安排去看守所吗？”

钟晚看着卷宗，道：“去联系一下吧。”

看守所里的空气似乎总比外面的要浑浊几分。审讯室里的白炽灯不知道是多少瓦的，总觉得太刺眼。

坐在钟晚对面的是一个中年妇女，或许也不应该称之为中年，她比旁人看起来都老一些，眼角有很多皱纹，不知道多久没好好睡觉了，眼睛里都是红血丝，头发有些乱糟糟的，她很少抬头，一直低着头看自己手腕上泛着银光的手铐。

“我是来帮你的。”钟晚不知道第几次说这句话。

她不是第一次做法律援助，却第一次遇到这么棘手的案子。对面的人似乎对判决毫不在意，她一直垂着头，拒绝和钟晚沟通。

“你叫陈丽是吗？”钟晚冲着她笑了笑，“我看了你的案子，我理解你，我知道你是……”

“你不理解我！”陈丽突然抬头打断了钟晚的话，恶狠狠地瞪了钟晚一眼，“没有人理解我！”

她的样子有些阴森可怖，似乎这时候才能把她同“杀人犯”这三个字联系在一起。

在更多时候，她其实是一个贤妻良母，照顾丈夫、儿女和公婆，甚至还要忍受丈夫醉酒后的拳打脚踢。

压抑了太久，总要找一个方式释放。

于是在一个漆黑的夜晚，陈丽拿着菜刀砍下了丈夫的头颅。

“你总要想想你的女儿吧。”钟晚状似不经意地开口，“没有人愿意领养她，她现在在一家福利院里，如果你愿意，我可以代你去看看她，再拍两张照片给你。”

陈丽僵住了。

沉默了一会儿，她才小声地开口，声音隐隐发颤：“我对不起我女儿。”

钟晚起身，看了看手机，道：“我会再来的，带着你女儿的照片，希望那时候你能愿意和我沟通。”

陈丽哽咽了一声。

钟晚没再多说什么，转身走了出去。

外面阳光刺眼，和看守所内仿佛是两个世界。

苏雅在门口等她，看见钟晚出来忙凑过去，手里还捧着一杯奶茶，问道："怎么样？"

钟晚皱了皱眉，道："有些麻烦，我得去一趟福利院，你不用跟着我了，先回律所吧，跟老大打一声招呼。"

苏雅点点头。

福利院在郊区，钟晚特意绕路去超市买了一大袋零食才过去。

接待她的院长姓张，张院长一边叹着气，一边领着钟晚进去，道："那孩子叫小雨，自打来了以后就不说话，饭也吃得少，本想着带她去看看心理医生，可福利院的情况……"

钟晚点点头，道："你们也不容易。"

见到了小雨后，钟晚着实震惊了，那么瘦小的一个孩子，就缩在角落里，不吃饭，也不和别人玩。

"我见过你妈妈了。"钟晚开门见山地说。

小雨颤抖了一下，缓缓抬起头，眼圈红了。

从房间出来的时候已经是下午了，钟晚心口闷闷的，像是压了一块大石头，喘气都觉得困难。

本想着再去找一下张院长，谁知道刚到院长办公室，她就看见张院长正和一个男子交谈着。

张院长看到她，忙介绍道："秦总，这是钟律师。"

钟晚的身子有些僵硬，她甚至有些不想抬头，她实在是想不明白，最近这是怎么了，走到哪儿都能碰到秦盛。

秦盛像是丝毫不意外似的，勾起嘴角笑道："我认识钟律师。"

"那真是太巧了。"张院长热情地说，"钟律师你不知道，秦总是来捐赠物资的，我刚刚和他提了一下小雨的事，他立刻就答应帮忙请心理医生了。"

钟晚勉强扯出一丝笑，道："那真是有劳秦总了。"

"不麻烦，我这个人热心肠。"秦盛嘴角噙着笑，偏头看了钟晚一眼，"我正好要回去，需要我捎钟小姐一程吗？"

"您太客气了。"钟晚微笑，语气疏离而客套，"我自己回去就好。那张院长，我先告辞了。"

"好好好，钟律师慢走。"

看着钟晚快步离开的背影，秦盛眼底的笑意一点点淡去。他微微屈指叩了叩桌面，漫不经心地开口："钟律师的电话，你这儿有吧？"

张院长有些为难，道："进来时登记过，可是……"

秦盛轻笑了一声，道："我这次亲自过来，其实也是想再多加几成的捐赠。"

张院长脸上立刻堆了笑容，把一旁的登记本拿出来递给秦盛。

秦盛翻开登记本，第一行就是钟晚的登记信息。

看着熟悉的字迹，秦盛勾起嘴角，掏出手机记下了号码。

走出福利院的时候，钟晚还没离开，她靠在自己车门旁，一看见秦盛，气不打一处来。

"我车的轮胎是你扎的？"

秦盛脚步一顿，摊了摊手，装作无辜地道："钟律师在法庭上也这样吗？没有证据就胡乱冤枉好人？"

钟晚咬了咬牙，道："我告诉你，这周围都有摄像头。"

秦盛赞同地点点头，道："那就请钟小姐看完监控后拿着证据再来找我。"

"秦盛，你知不知道你这是……"

"破坏公私财物。"秦盛淡淡地笑了下，"知道钟律师不好惹，我特意提前查了，还好这罪名不重，我还能承受得起。"

钟晚心底的火一股股地往上冒，工作这几年，她自以为已经能处变不惊地面对所有事，可一对上秦盛，她所有的冷静自持都化作乌有。

在秦盛面前，她永远无法保持理智。

"早说了，我是个热心肠，不如我载钟小姐一程？"秦盛侧头看着她，

“这地方不好打车，不过如果钟小姐想走着回去，我也不拦你，算算时间，四五个小时怎么也能到。”

钟晚深吸一口气，死死地压着心底的火气。她咬了咬牙，走到副驾驶开了门，道：“那就多谢秦总了。”

一字一顿，像是从牙缝里挤出来的。

“客气了。”秦盛微笑。

车里播放着不知名的舒缓音乐，外面落日余晖掠过，可钟晚却没有一点放松。她低头盯着手机里的文档，密密麻麻的黑字看得人头晕目眩，十多分钟了，她一个字也没看进去。

一只手从旁边伸过来直接拿走了她的手机，锁屏，扔到后座，一气呵成。

“你做什么？！”钟晚瞪着他。

“坐车玩手机会晕车。”秦盛瞥了她一眼，“你忘了以前在大巴车上吐得东倒西歪的经历了？”

钟晚动作一顿，有些不自然地把脸侧过去。

那时候她刚刚和秦盛在一起，非拽着他去爬山，为了省钱选择坐大巴车，一路颠簸，她差点吐死在半路上。

现在想想，真是好笑，她满心想着替秦盛省钱，哪里知道人家竟是金尊玉贵的身份。

“我一直以为你只是一个修理工，如果知道你是秦家太子爷，当初我也不会不自量力地爬上你的床。”钟晚脸上带着淡淡的笑，似乎在说着一件无关痛痒的事。

秦盛的脸瞬间沉下来，他脚一顿，猛地踩了刹车。

“这就是你一声不响一走就是两年的理由？”

他眉宇间带着愠怒，甚至烦躁地扯了扯领带。钟晚不辞而别让他心底一直憋了一股火。

“我和你说过了，是你没当回事。你以为我在和你吵架，你以为我又是独自生两天闷气就会乖乖地回来。其实你一直看不起我吧？你觉得我太卑微了，认定我没了你就活不了，你以为你把我吃得死死的。”钟晚的语气很平静。

“我没有。”秦盛冷着脸。

“有或没有已经不重要了，毕竟都过去了。”钟晚低头看了一眼手表，“秦总快开车吧，夜路不好走。”

秦盛心里很烦躁，他侧头看着一旁的钟晚，神色黯淡，有那么一瞬他想直接亲过去，可他最终还是压制住了冲动。

不能操之过急，他默默地告诉自已。

深吸一口气，秦盛重新启动车子，驶向市区。

到市区的时候已经过了下班时间，钟晚不必再回律所了，不过她并不想让秦盛知道她住在哪儿，只让他将车停在一个商场门口，就准备自行下车。

秦盛一只手撑着下巴，瞟了钟晚一眼，似乎是看出了钟晚心中所想，勾起嘴角冷笑了一声，道：“我又不会去你家门口堵你。”

钟晚没吭声，解开安全带就下了车，那冷情冷意的模样，秦盛看得心塞。

圣诞节过后就快期末考试了。钟晚辞了奶茶店的工作，整日泡在图书馆，算一算也有好几日没见到秦盛了。

她心里有些痒痒的。

考完试的当天下午，她正在寝室收拾东西，几个室友在屋里聊着八卦。

她对这些一向是没什么兴趣的，可骤然听到了熟悉的名字，她还是身体一僵，停下了动作。

“傅瑶出国了。”

“好像就是今天吧？我刚刚看到有人接她走了。”

“白富美就是好，出国像回家一样简单。”

钟晚咬了一下唇，突然扔下收拾到一半的行李，急匆匆地推开门跑出去。

钟晚一路跑到了修理铺，进门的时候扫视了一圈，没看到秦盛的身影。她喘着粗气，拽住了于东，问：“于哥，秦盛呢？”

“秦盛？他今天请假了。”于东挠了挠头，问，“你找他有事？”

心尖一点点冷了下来，钟晚觉得身子有些发软，她垂着头“嗯”了一声。

“你去他家找找他吧，西工胡同 223 号。”

钟晚紧紧咬着唇，点点头，道：“谢谢于哥。”

钟晚心里着急，难得奢侈地打车过去，师傅把车停在胡同外面，指了指不远处，道：“姑娘，这里面太窄了，我不好掉头，少收你一块钱，就停在这儿吧。”

钟晚脑子里乱糟糟的，压根儿没听师傅说的什么，直接付钱下车了。

胡同逼仄，两侧大多是低矮的平房，也有歪歪扭扭的筒子楼。有人家在自家门口搭了竿子晾衣服，走两步就要低一下头。

钟晚默念着 223 号，一路找过去，最终在一处有些破旧的大门口停了下来。她内心忐忑不安，她怕屋子里空荡荡，怕秦盛跟着傅瑶一起出国了，怕再也见不到秦盛。

她试探着敲了敲门，没人回应。

她轻轻推了下门，没想到门没关，打开了一条小缝。

钟晚直接推门进去了，屋里有些昏暗，明明是白天，屋子里的窗帘却被拉得严严实实的，空气中弥漫着一股酒味。

“秦盛？”钟晚小声叫着。

屋子里死一般沉寂，好一会儿，才有人摇摇晃晃地从卧室走出来。

“你怎么来了？”秦盛皱着眉看了她一眼。

钟晚看到秦盛的时候，骤然松了一口气。

“我听于哥说你今天没去，以为你病了。”钟晚低头踢了一下地上的易拉罐，“怎么喝这么多？”

秦盛揉了揉涨痛的额角，道：“你回去吧，我没事。”

钟晚放心不下。她弯下身子把易拉罐一个个捡起来，道：“我帮你收拾屋子吧。”

秦盛喝了酒，脑袋昏昏沉沉的。他偏头看着一旁忙碌的女孩儿，钟晚把头发扎了起来，露出白皙修长的一段脖颈，大概是出来得急，脱了外套，里面只穿了一件衬衣，她弯腰的时候露出一小段腰线，白得刺眼。

秦盛莫名地心里有一股火气，一只手撑着额头，漫不经心地开口："钟晚，你是不是喜欢我啊？"

钟晚身子一僵，手里的易拉罐没拿住，掉到了地上，咕噜咕噜一直滚到了秦盛的脚边。

嘎吱——

秦盛一脚踩上去，懒懒地勾了下嘴角，道："看来我猜对了啊。"

他缓缓地走近钟晚，凑到她耳边，轻声开口："想和我一起睡吗？"

钟晚的耳尖红得像是能滴出血来，她僵硬着身子没动，脑海里反反复复回响着刚刚秦盛凑在她耳边说的那句话。

"不行算了。"秦盛等不来回应，没了耐心，皱着眉，"不用收拾了，你回去吧。"

就在他要转身的那一刻，衣摆被人拽住了。

秦盛挑了下眉，回过头。

钟晚眼圈发红，身子颤抖得厉害，她慢慢地、一颗颗地解开衬衣的扣子。

她想，她应该是真的很爱秦盛。

醒来的时候外面天阴得厉害，秦盛还在睡，钟晚小心翼翼地起身，想下床去拿自己的衣服，突然胳膊被人往后一拉，她惊呼一声，整个人跌到秦盛的怀里。

"干吗去？"秦盛的声音有些沙哑。

"你饿了吗？我去煮点粥。"

秦盛低低地笑了一声："看来你还不累。"

话音刚落，他又欺身压了过去。钟晚吓了一跳，忙往后躲，道："疼，我有点疼。"

秦盛皱着眉，道：“疼？我看看。”

说着，他把手往钟晚的腰间探过去。

钟晚脸颊通红，按住秦盛的手，带着几分哭腔道：“别，别动。”

秦盛瞥了她一眼，嗤笑一声收回手，道：“稀罕。”

钟晚裹着被子，弯下腰把地上的衣服捡起来，一件件穿好。她起身去厨房搜寻了一番，基本上没什么食材，最后她只能煮了白粥。

两个人坐在有些歪歪斜斜的木头桌子边，一人一碗白粥，热气氤氲，钟晚迟疑着开口：“傅瑶走了，你也别太难过。”

秦盛愣了一下，问：“她走了？”

钟晚眨了眨眼，道：“你不知道？”

秦盛喝下一口粥，皱着眉头，反问道：“我为什么会知道？”

心尖处摇摇摆摆开出了小花，钟晚咬了咬唇，装作不经意地开口：“我还以为你今天这么消沉是因为傅瑶。”

“和她没有关系。”秦盛语气淡淡的，“是因为我家里的事。”

钟晚微微垂眸，低着头，小声开口：“那我明天还能来找你吗？”

秦盛抬头看了她一眼，道：“明天中午我去接你。”

第三章
别看我，不是我

钟晚是在中午吃饭的时候接到张院长的电话的。

“钟律师啊，”张院长笑呵呵地在电话那头开口，“我一会儿要带小雨去看心理医生，你要一起去吗？”

钟晚愣了一下，忙答道：“好啊，院长你把地址发给我，我现在就过去。”

“好好好。”

钟晚急匆匆地咽下最后几口饭，嘱咐苏雅帮她请假，就着急忙慌地赶过去。

“周正心理诊所”，看着手机里张院长发来的短信，钟晚挑了下眉。

她知道这家心理诊所，价格高昂，位于市区最繁华的地段。

秦盛总算干了一回人事。

钟晚推开门进去的时候，前台告诉她治疗已经开始了。

“您先到休息室等一下吧。”前台指了指不远处的房间。

钟晚点点头。

推开门，休息室里已然坐着一个男人，听到开门声，男人抬头看了她一眼，笑了：“中午好啊，钟律师。”

“秦总？”钟晚一脸假笑，“难为您百忙之中抽空过来，实在是不好意思，其实有我在这里就行，毕竟您管着那么大一家公司，这点小事实在不好麻烦您。”

“不麻烦。”秦盛懒懒地笑着。

休息室有两排椅子，钟晚坐到角落里，离秦盛远远的。

秦盛的目光掠过她，眼波深处似是打了个小旋儿，又沉了下去。沉默半晌，他才淡淡地开口：“我前两天碰到于哥了，他问我们什么时候有空，让我带你去吃火锅。”

于东还不知道他们俩分开的事。

钟晚低头看着手机，头也不抬地开口：“我没空。”

“是没空，还是不想去？”

“既然秦总问了，那我就直说了。”钟晚微笑，“不想去，尤其是不想和你去。”

“钟晚！”秦盛的好脾气维持不下去了，他沉下脸，“你别闹了，你到底想怎么样？有什么问题你说清楚了行不行？”

钟晚撑着下巴，静静地看了他一会儿，突然开口：“你对傅瑶也会这样没有耐心吗？”

秦盛花了十多秒的时间才回忆起傅瑶是谁，问：“跟她有什么关系？”

钟晚轻笑了一声，没再开口。

秦盛一看见钟晚这样，心底的火就压不住地一股股往上冒，他皱眉站起来，刚要走过去，休息室的门就被推开了。

前台小姐姐笑着站在门口，道：“治疗已经结束了。”

秦盛顿住脚步，冷着脸，大步走出去。

大概是心理治疗确实有效，小雨看上去比昨天活泼了很多，虽然仍旧不怎么笑，但是至少会和钟晚打招呼。

她小跑到钟晚身边，眨了眨眼睛，小声地开口：“我记得你，你是昨天那个姐姐。”

钟晚的心一下子就软了。

她弯下身子，揉了揉小姑娘的头发，说：“小雨好乖。”

心理医生站在一旁，笑着说：“没什么大事，就是受了点刺激。”说着，他把手里的本子递给钟晚。

这是治疗的记录，一般心理医生是会严密保存的，怎么会给她？

似乎是看出了钟晚的疑惑，心理医生笑着解释：“是秦总吩咐的，说是对你办案有帮助。”

钟晚微微一怔，接了过来，道：“谢谢您。”

她领着小雨走出去，秦盛正倚着车抽烟，瞧见两个人走出来，把烟掐灭，打开车门道：“我送你们。”

钟晚的车还没修好，自然是不能送小雨的。她推了推小雨，说：“让哥哥送你回去吧。”

小雨似乎有点害怕秦盛，直往钟晚身后躲。

钟晚叹了口气，只能选择和小雨一起上了秦盛的车。

“带小雨吃点东西吧。”秦盛开着车，趁着等绿灯的工夫透过后视镜看着两个人。

钟晚想了想，带小雨出去吃点东西玩一玩或许能让她开心，便侧头轻声问：“小雨有什么想吃的吗？”

小雨眼睛扑闪两下，然后指了指窗外。

钟晚顺着看过去，是一家肯德基。

“好。”钟晚笑了，“小雨想吃什么，咱们就吃什么。”

秦盛停好车后，三个人推门走进去。店里排队的人挺多，钟晚弯下身子问小雨想吃什么。

小雨害羞地摇摇头，道：“我不知道，我没吃过。”

“我也不太懂。”钟晚皱着眉，看着点餐单研究着，“不然我们点份儿童套餐？我看有赠小玩具。”

一听到玩具，小雨眼睛一亮，道：“好耶。”

点餐的任务自然而然地交给秦盛，钟晚带着小雨去找座位。

秦盛等餐等得有点烦躁，他皱着眉无聊地翻看手机，拒绝了又一个来要自己微信号的人，不经意地侧头，看到不远处的座位上，钟晚正在给小雨扎辫子。

钟晚一脸温柔，不知道小雨说了什么，两个人都笑得灿烂。钟晚伸着胳膊帮小雨扎头发，有些宽松的袖子垂落，露出纤细的小臂，白得刺眼。

秦盛眼神一暗，随即勾起嘴角笑了。

等他端着餐盘走到那边座位的时候，小雨的辫子已经扎好了，晃晃悠悠地垂在两侧，她甜甜地对着钟晚笑道：谢谢姐姐。”

钟晚弯了弯嘴角，说：“哥哥给你点餐，你也要谢谢哥哥。”

小雨怯怯地看了秦盛一眼，垂着头小声道：“谢谢叔叔。”

秦盛挑了挑眉。

“得叫哥哥。”秦盛一板一眼地道，而后顿了顿，又道，“叫哥哥也不对，哥哥和姐姐也不是一家的。叫我叔叔，叫她阿姨吧。”

叔叔和阿姨才是两口子。

钟晚瞪了秦盛一眼，道：“别乱说话，教坏小孩子。”

秦盛轻笑两声，没再开口。

等吃过饭把小雨送回福利院的时候已经快下午了，钟晚去了律所一趟，写了点东西，顺便被韩少明揪着加了班。

“你这几天可没少往外跑。”

“我这也是为了案子。”钟晚叹了口气，认命地拿过一大堆卷宗，“你这是压榨，我要告你。”

韩少明笑了，道：“请便。”

钟晚加班到晚上，从律所出来的时候头昏脑涨，径直往停车场去。走到半路她才想起来车被秦盛扎爆了轮胎，又转身往路边走去，准备打车回家。

姜瑜的电话偏巧不巧地打过来。

“喂？”

“晚晚！”姜瑜在电话那头哭得稀里哗啦，“我想离婚。”

钟晚吓了一跳，忙问：“你怎么了？”

电话似乎被谁接过去了，隐约能听见嘈杂的声音。

“您好，是姜小姐的朋友吗？”一个陌生的男声响起。

“她喝醉了，您方便来接她吗？在洛奇酒吧。”

“好好好。”钟晚忙应声，“我这就过去，麻烦你们照顾她一下。”

钟晚赶到酒吧的时候，就看到卡座上醉得东倒西歪的姜瑜。

“天哪，我的大小姐，”钟晚直奔卡座而去，“这是怎么了？”

姜瑜一看见钟晚，伸出胳膊抱住她，抽抽噎噎个不停：“我要离婚，我要离婚。”

钟晚对姜瑜的婚姻也是一知半解，还都是从姜瑜的吐槽中分析出来的。老套的商业联姻，结婚对象是韩氏企业的接班人，听说对方年轻有为。

可偏偏到了姜瑜嘴里，他就是个古板的老男人，典型的大男子主义。他似乎总爱管着姜瑜，不许姜瑜蹦迪，不许她浓妆艳抹，不许她生理期吃凉的，不许她在家中光脚。

姜瑜对这些约束厌恶至极，偏偏男人是说一不二的性子，若是抓住了姜瑜一点错，能将人拉到自己面前教育整整一天。

“我真的烦死他了。”钟晚不止一次从姜瑜嘴里听到这句话。

不过按照姜瑜说的这些，男人也都是为了姜瑜好，故而钟晚每次都是劝着姜瑜去认错。

她以为这次也是。

“怎么了，你偷偷蹦迪被抓包了？”钟晚拍了拍她的后背，低声哄着，“要不要今晚先去我家住？”

姜瑜哭得上气不接下气地道：“他出轨了！”

钟晚动作一顿，表情严肃起来。

“你亲眼看到了？有证据吗？照片、音频，还是视频？”

姜瑜打了个哭嗝，道：“我看到的，他和一个女的在喝咖啡。”

钟晚皱了皱眉，安慰她：“这也没什么……”

“可是我给他打电话，他说在工作。”姜瑜哭着，大概是喝多了酒，说话都有些颠三倒四，“骗子，骗子。”

钟晚束手无策，只能哄着姜瑜：“好好好，明天咱们就去离婚，你先跟我回家吧，一直在这儿待着也不是回事呀。”

姜瑜哭闹着不肯走，非要接着喝酒，钟晚一个头两个大，只能让服务员再去拿酒过来。

谁知道酒刚刚拿过来，这大小姐就已经倒在卡座上呼呼大睡起来。

钟晚松了一口气。

她叫酒保过来，塞钱给他，道："麻烦你帮忙叫辆车，再帮我把她扶过去。"

酒保点点头，刚转身走向门口，就见一个穿黑色风衣的男人快步走过来。

男人面色很冷，里面黑色衬衫的扣子一丝不苟地扣到最上面一颗，他皱着眉，走到钟晚面前。

"是钟小姐吗？"

钟晚点点头，问："您哪位？"

男人看了姜瑜一眼，淡淡地开口："姜瑜是我太太。"

"是……韩先生？"

韩致轻轻点头，弯腰抱起姜瑜，道："辛苦钟小姐了。"

"等一下。"钟晚沉声开口，她看了韩致一眼，微微垂眸，"姜瑜虽然娇气，但性子直率，若是韩先生对这段婚姻没兴趣的话，还请早日放姜瑜离开。"

韩致皱了皱眉，问道："钟小姐这话是什么意思？"

"婚姻过错方是要负主要责任的。"钟晚礼貌地微笑，"我想韩先生也不想闹到法庭上。"

"是误会，我会和阿瑜解释清楚。"韩致声音微冷，"阿瑜喝醉了，我带她回家，钟小姐能让开了吗？"

钟晚静静地看了他一眼，侧了下身。

她一直看着韩致抱着姜瑜走远，韩致低下头，似乎用鼻尖碰了碰姜瑜，看上去亲昵至极。

钟晚叹了口气，但愿只是误会吧。

那年寒假钟晚没回家，她把行李都搬到秦盛的出租屋里，睡在了那张有些狭窄的床上。

出租屋不大，甚至有些狭小。客厅只有一张沙发，厨房和客厅是连在一起的，其实也不算是厨房，只是在客厅的一个角落里放了锅碗瓢盆。卧室更简陋了，除了床，就剩下一张有些破旧的木头桌子，之前上面摆放的是杂物，现在堆着钟晚的书。

钟晚不知道在哪儿买了一小盆仙人掌摆在客厅里，好歹也算个绿植，被她照顾得仔仔细细的。

秦盛曾不止一次嘲笑她："人家都种花，就你特殊，非种仙人掌。"

钟晚歪着头笑了，道："仙人掌和我一样，好养活，只要浇水就能长大。"

秦盛挑了下眉，目光落在了钟晚胸前，勾起嘴角，笑得有些邪气："说得对。"

钟晚没急着出去打工，她安安心心地住下，每天起得早，趁着秦盛去修理铺之前煮一锅粥出来，还让他给于哥和黄毛各带一碗。傍晚的时候她会去菜市场买菜，这个点菜市场的菜都打折处理，一块钱就能买一把青菜。

秦盛晚上回来的时候，就看到狭小的屋子里热气腾腾，钟晚腰上围着围裙在厨房给他做饭。

秦盛靠着门站着，心里被挤得满满的，说不清是什么感觉。他看了好一会儿，没吭声，出去抽了一支烟。

再进来的时候，钟晚已经把菜饭端上桌，看见秦盛进来，笑着问："今天怎么回来晚了？"

秦盛没说话，直接跨步坐到桌子面前，抓起筷子就扒了一大口饭。

晚上的时候，钟晚接到了家里的电话，她不想让秦盛知道自家的那些不堪，便起身出去接电话。

电话那头是母亲万年不变的诉苦。

"你弟弟和人打架把腿打伤了，家里实在是拿不出钱来治。妈知道，你最有出息，你看……"

钟晚被气笑了，不等母亲说完，直接道：“我有出息？我还在念书呢，能有什么出息？”

“你平时不会打点工吗？听人家说，在大城市里要饭一天都能赚好几百。”

“我不需要交学费吗？我不需要生活费吗？”

“那怎么办？”母亲在电话那头呜呜地哭起来，“你弟弟的腿不能再耽搁了，难道要眼看着你弟弟瘸了？这让他以后怎么活？他还怎么娶媳妇？”

钟晚沉默了。

良久，她颤抖着开口：“妈，从小到大，你为我考虑过吗，哪怕是一点点？”

母亲压根儿没听她说什么，自顾自地哭着。

一股疲惫无力感从内心深处蔓延开来，钟晚眼睛有些酸涩，她抽了抽鼻子，轻声问：“要多少钱？”

“两万。”

钟晚直接挂了电话。

进屋的时候，秦盛正在看她桌子上摊开的英语卷子，钟晚专业课不错，不过英语相对差了点，一份英语六级测试题错了一大半。

钟晚走到他身后，探头看了一眼，问：“你英语好吗？”

她只是随口问了一句，没想到秦盛轻笑了一声，道：“比你好就是了。”

钟晚有些诧异，又问：“你当初……为什么辍学啊？”

她一直以为秦盛是因为成绩不好才辍学的。

“谁说我辍学了？”秦盛嗤笑一声。

“那你是？”

“提前毕业。”

钟晚一噎，道：“你……是哪个学校的？”

秦盛懒懒地打了个哈欠，道：“不告诉你。”

钟晚彻底不想和他说话了。

她坐到桌子前，打算把卷子重新整理一遍，谁知道刚坐下，秦盛就从后面搂住了她的腰。

“别闹了，我还要做题。”

秦盛在她身后笑了：“你做你的，我做我的，不耽误。”

钟晚脸上飞来两朵红云，她咬了咬唇，结结巴巴地说：“秦盛，你能不能别……别总这样？”

“嗯？哪样？”秦盛漫不经心地回着话，手不老实地顺着她的衣摆探上去，手指灵活地解开了扣子。

“别总说这些话。”钟晚的声音又轻又细，像一股细烟钻进秦盛的心尖，惹得他心里微颤。

他低低地笑了一声。

“懂不懂，这叫情趣。”他一边说着，一边干脆利落地扯掉了钟晚的裙子。

钟晚挣扎着，声音带了哭腔：“秦盛，我们去房间吧，别在这里。”

“别啊，大学生，你不是要做题吗？”秦盛的声音懒洋洋的，动作却干脆有力，他用一只手把钟晚的两个手腕扭在身后压住，把人整个都压在桌面上，俯身轻咬她的脖颈。

钟晚脸色一白，连一句完整的话都说不出来了。

过了一会儿，破旧的桌子发出不堪重负的嘎吱声，钟晚抽抽噎噎的，翻来覆去地求饶着。

秦盛充耳不闻，甚至还把英语卷子推到她面前。

“看这里。”他修长的手指了指作文里的某个单词，低沉而沙哑的声音在她耳侧响起，“单词拼错了，是 cherish。”

钟晚发誓，她这辈子都不会忘了这个单词。

两人从桌子上转移到房间，最后秦盛终于大发慈悲放过钟晚，钟晚瘫在床上，连动动手指都有些费劲。迷迷糊糊间感觉秦盛拿着热毛巾在帮自己擦身子，钟晚半梦半醒地开口：“秦盛，我明天想出去打工。”

秦盛听到了没有钟晚不知道，她口齿不清地说完就累得睡了过去。

第二日钟晚醒来的时候，秦盛已经不见人影，想来是去修理铺了。

钟晚忍着不适爬起来，草草地收拾了一番就出门了。因为临近年关，很多商家都关门或者不招工了。

最后钟晚看到一家商场里招模特的广告。

她迟疑着拿着广告单找了过去。

那是一家女装店，因为搞促销活动，需要一些模特。

“其实很简单，你们只要穿着衣服在商场里走圈就行了。”店长顿了顿，又补充了一句，“得穿高跟鞋。”

店铺里一同来应聘的女孩子不少，店长挑挑选选，最后留下了五个人。

钟晚很是幸运地被选中留下了。

衣服是长裙，裹在身上，不是很舒服。钟晚觉得怪怪的，更重要的是，她根本没有穿过高跟鞋，一下子踩上跟如此高的鞋，一点也不适应。刚走两步，她就差点摔倒，还好一旁有人拉住了她。

“哎，那个小姑娘，你行不行啊？”店长皱着眉头，不满地说道。

钟晚想到一天三百块的工资，咬咬牙点了点头。

商场场地不小，绕着走一圈下来就已经磨得脚疼，更何况还要一圈圈地走。

下班的时候，钟晚两只脚都疼得麻木了。她拿到工资，想了想，还是没舍得打车，又硬生生走了一段路，赶了最后一趟班车回去。

她回去的时候秦盛已经下班了，他将煮好的面端上桌，问：“你干吗去了？”

“打工。”钟晚有气无力地开口。

秦盛见钟晚走路姿势有些不对劲，皱着眉头，又问：“你的脚怎么了？”

钟晚低眉垂眸，道：“没怎么，我不怎么饿，你自己吃吧。”说着，她一瘸一拐地往卧室走，谁知道没走两步，就被秦盛直接拦腰抱起来了。

“你干什么？！”钟晚两条腿乱蹬。

“别动，再动在这儿办了你。”

秦盛的威胁十分有效，钟晚立刻放弃挣扎，乖乖地任由秦盛把她抱到卧室放在床上。秦盛轻轻地把她的袜子脱了。

两只脚几乎都肿了一圈，脚踝后面磨破了，血把那一块袜子都染红了。

“你可真能折腾自己。”秦盛气得冷笑，“你这是去搬砖了？”

钟晚低眉垂眸不吭声。

秦盛不耐烦地直接命令道：“明天不许再去了。”

钟晚抬头瞪着秦盛，道：“我的事你别管。”

秦盛心里的火彻底被点燃了，他道：“谁稀罕管你。”

他硬邦邦地丢下这句话就转身出去了。

钟晚脚疼得厉害，又被秦盛凶，心里十分委屈，垂着头坐在床上吧嗒吧嗒地掉眼泪。

不一会儿门被推开了，钟晚泪眼婆娑地抬头，看到秦盛站在她面前，扔给她一张银行卡。

“里面有几万块钱，你先用着。”

钟晚抬手擦了擦眼泪，把银行卡推到旁边，道：“我不要你的钱。”

秦盛沉下脸来，道：“拿着！”

他说不上喜不喜欢钟晚，可他不能不负责任。

他养着钟晚，是应该的。

钟晚被他冰冷的语气吓了一跳，眼圈一红，眼泪掉得更凶了。

看见她哭，秦盛心里莫名烦躁。

“平时怎么没见你这么能哭？”秦盛把银行卡直接塞到钟晚衣兜里，毫不客气地道，“别哭了，丑死了。”

闻言，钟晚用手擦擦眼角，抽了下鼻子。

秦盛漆黑的眸子静静地盯着她，此时的钟晚看上去让人无比心疼。他率先败下阵来，软下语气：“我错了，钟晚，我错了行吗？”

秦盛也不知道他错在哪儿，可他觉得和哭起来的钟晚没道理可讲。

钟晚总算彻底止住了眼泪。

秦盛翻箱倒柜地找出了一小管药膏，半跪在钟晚面前，抬起她的脚给她上药。

钟晚见状，有些不好意思地要收回脚，道：“别……我自己来吧。”

秦盛却狠狠地拽住她的脚踝，道：“别动！”

夕阳半落，微红的光洒进来，打到秦盛的侧脸上，使得秦盛看上去柔和了几分。

钟晚静静地看着，轻轻地笑了。

她好像更喜欢秦盛了。

天气越来越热了，好几个晚上秦盛直接被热醒了，钟晚看着心疼，索性去二手家电市场淘回来一个小风扇，谁知道买的时候还好好的，回来就不能用了。钟晚气坏了，抱着风扇回去找老板算账。可老板说什么货物既出概不退换，钟晚气得和老板吵了起来，最后被保安拽出了市场。

她只能抱着电风扇垂头丧气地往回走，到了门口才发现钥匙落在家里了。

天气炎热，加上心情糟糕，钟晚累得一步也走不动了，整个人垂头丧气地坐在门口，一副生无可恋的样子。

傍晚秦盛下班回来，看见钟晚坐在门口吓了一跳，问：“你在这儿坐着干什么？”

钟晚仰着头，一脸疲惫。她眨了眨眼，委屈地开口：“没带钥匙。”

秦盛皱着眉，把门打开，拽着钟晚进去。钟晚又热又渴，捧着水杯咕嘟咕嘟一口气喝了个见底。

“你是不是没脑子，没带钥匙不会先回寝室？不会去修理铺找我？”秦盛沉着脸数落钟晚，“你就不怕中暑晕倒？”

钟晚耷拉着脑袋，道：“我太累了，走不动了。”

秦盛差点被气乐了，问：“不会打车？”

“太贵了。”钟晚小声地开口。

秦盛是彻底不知道该说什么了。他瞥了一眼一旁的小风扇，扬了扬下巴：“从哪儿弄回来的？”

“在二手家电市场买的。”钟晚有气无力地说，“不能用，我去退换，老板拒绝了。”

秦盛拿过风扇，低头鼓捣了一阵，又启动风扇，只听嗡嗡嗡的一阵声音，竟然能用了。

钟晚一脸惊喜地看着秦盛，兴奋地道：“秦盛，你去修家电吧！”

秦盛瞥了她一眼，一脸嫌弃地道：“你蠢死了。”

有了风扇，屋子里总算凉快了许多。钟晚扎起头发，去厨房准备晚饭，秦盛看了在厨房忙碌的钟晚一眼，转身出去了。

不一会儿，晚饭做好了，是两碗凉面。钟晚这才发现秦盛不知道什么时候出去了，她等了好一会儿，面都坨了，秦盛才推门回来。

“你去哪儿了？”

秦盛顺手拿起一条毛巾擦汗，道：“你出去看看。”

钟晚愣了一下，推门出去。

不一会儿，钟晚诧异的声音传来：“秦盛，你……你什么时候买的？”

秦盛在屋里勾了下嘴角，抬脚走了出去。

门口停着一辆黑色的摩托车，两边把手上还挂着两个头盔，一个黑色，一个白色。

“从修理铺推过来的。今天有个人推去修理铺卖，也不贵，我就顺手给买下来了。本想先放在修理铺再捯饬一番，刚刚你说嫌打车贵，我就给推回来了。以后去哪儿给我打电话，我接你。”秦盛淡淡地道。

钟晚猛地抱住秦盛的腰，夏天炎热，秦盛身上的衣服有些湿了，也许是刚刚抽过烟，还能闻到一股淡淡的烟草味。

她埋着头，瓮声瓮气地道：“秦盛，你对我是不是太好了？”

秦盛低头，只能看见钟晚头顶的发旋。他嗤笑了一声，道：“你是不是傻，别人都拿着鲜花和钻戒哄女朋友，我推回来一辆二手破摩托车，你就觉得我好？”

“秦盛就是好。”钟晚吸了吸鼻子，“我的秦盛比所有人都要好。”

秦盛勾起嘴角。

有了车，第二天正巧是周末，钟晚就缠着秦盛去海边逛一圈，道：“走吧走吧，反正也不远。”

秦盛瞥了她一眼，没吭声，拿出手机拨了个号码。

钟晚以为秦盛不同意，垂着头看起来有些失落，谁知道下一刻就听到了一旁秦盛淡淡的声音：“喂，于哥，我请个假。”

钟晚的眼睛噌地亮了。

挂了电话，秦盛勾起嘴角，懒懒地开口：“还不去换衣服？”

钟晚笑得眼睛弯弯的。

钟晚还是第一次坐秦盛开的摩托车，她坐在秦盛身后，两只手紧紧地搂着秦盛的腰，颤颤巍巍地开口：“你可一定要小心啊。”

感受到腰间的柔软温热，秦盛笑了一声，道：“放心，摔不着你。”

耳侧是风声呼啸而过，钟晚微微抬起头，透过倒车镜，看到了秦盛的侧脸，棱角分明。

她抿着唇笑了。

海边离市区不算远，大约两个小时就到了。

钟晚跳下车的时候，头发被吹得一团乱，秦盛看着忍不住笑了，抬手揉了揉她的头发。

钟晚忙找了一根头绳，把不服帖的头发全部扎起来。

“饿不饿？前边有烧烤摊。”秦盛扬了扬下巴。

不远处有一个支起来的简易小帐篷，上边挂了一个木牌子，写着“海边烧烤”。

钟晚摸了摸肚子，老实地点点头。

两人点了一些烤串，坐在烧烤摊门口的长椅子上吃，海风吹过，微咸的味道充斥鼻腔。

“秦盛！”钟晚突然指了指他身后，瞪大了眼睛，喊道，“你快看！那是什么？”

秦盛侧头。

钟晚笑了一声，趁着这工夫飞快地凑到秦盛的肉串上咬了一口。

秦盛看了一圈什么都没有看到，转过头来只看到鼓着腮帮子嚼的钟晚和缺了一口的肉串。

“别看我，”钟晚含混不清地说，“不是我。”

秦盛挑了下眉，微微倾身，吻在了钟晚的嘴角。

钟晚瞪大眼睛，整个人僵住了。

轻轻的一吻，一触即逝。

秦盛起身，看着怔住了的钟晚，勾了下嘴角，道：“别看我，不是我。”

钟晚的脸一下就红了，耳尖也红得像是能滴出血。她垂着头，小声地开口：“流氓。”

秦盛轻笑了一声，只当作没听见。

两人吃好后，就顺着海边遛弯。这时候已经有些晚了，沙滩上只剩下零星的几个人。

钟晚看了一旁的秦盛一眼，小心地弯腰掬了一捧水，喊道：“秦盛！”

秦盛回头，直接被水泼了。

钟晚笑嘻嘻的，揶揄道：“你笨死了，今天被我骗了两次。”

秦盛一脸危险地眯了眯眼，钟晚见状，脸上笑意收敛，掉头就要跑，可刚跑了两步就被秦盛拽着手腕拉回来，她脚下一滑，直接撞上秦盛的胸膛。

秦盛弯着嘴角，低声说：“投怀送抱。”

“不是。”钟晚仰着头，一双眼睛亮晶晶的，像是眼底有万千星辰，“我这是不撞南墙，偏要撞先生胸膛。”

秦盛心尖一颤，像是有什么东西触动了内心的那根弦。他微微垂头，吻了吻钟晚的额头。

海风温柔，你爱的人也在爱你。

两人一直走到夜色朦胧。海上明月升起，晃得整个海面都波光粼粼。

钟晚半跪在沙滩上，写了自己和秦盛的名字，又拽着秦盛要在这里拍照。

秦盛是最讨厌拍照的。他皱着眉，隐隐有些不耐烦，道："钟晚，你幼不幼稚？"

钟晚哼了一声，干脆坐在地上，撒娇道："你不照，我就不走了。你自己回去吧。"

秦盛挑挑眉："好，那我先走了。"

说着，他还真的抬起脚往回走。钟晚吓了一跳，正纠结着要不要起身，就看到秦盛脚步一转，又回到她身边。

"说吧，怎么照？"

钟晚笑了。

两人借了烧烤店老板的相机，在沙滩上写的名字一旁照了一张。与那日在公园拍的那张照片一样，钟晚笑得眼睛弯弯的，秦盛板着脸，一副不耐烦的样子。

两人把相机还回去，给老板留了几块钱，麻烦老板把照片洗出来，说好了过几天再过来取。

天色已经不早，两人骑上摩托车往回走。

刚刚走到一半，就听见轰隆隆的雷声，紧接着，暴雨倾盆而下。

钟晚一脸担忧地道："糟了，这可怎么办？"

两人刚拐到一个村子里，离市区还有好远的距离。

"先找个地方躲躲雨吧。"秦盛道。

他皱着眉四下看了一圈，不远处有个凉亭，他把车停到一旁，拽着钟晚去亭子里避雨。

亭子虽能避雨，可四面透风。钟晚身上的衣服刚刚就湿了，再被风这么一吹，更是冷得打战。

秦盛把身上的外套脱下来披到钟晚身上。

钟晚不肯穿。

她一张小脸冻得发白，哆哆嗦嗦地开口："我……我不冷，你自己穿。"

秦盛冷笑道："不冷？你看你冻得都打战了，是不是非要把自己折腾病了才满意？"他冷着脸，不顾钟晚的推拒，硬是把外套给她披上了。

钟晚仰着头，眨了眨眼。她迟疑着拽了拽秦盛的衣角，喊道："秦盛。"

秦盛微微抬眼，没理她。

钟晚委屈地开口，声音听起来软软糯糯的："我现在冷了，你能不能抱抱我？"

秦盛目光微沉。

他转过身，把钟晚抱在怀里。

钟晚趁机把一半的外套盖在秦盛身上，她自己缩在秦盛怀里，满足地叹了口气。

"秦盛，我好像每天都会更爱你一点。"

秦盛低眉垂眸，看着在自己怀里还隐隐有些发颤的钟晚，神色复杂，开口时声音有些沙哑："钟晚，我这么坏，对你又不好，你可以不要这么喜欢我的。"

钟晚没说话，只是搂在秦盛腰间的手紧了紧。

钟晚又去了趟看守所。

她给陈丽看了小雨的照片，是那天在肯德基里钟晚偷偷拍下来的。小雨梳着两个羊角辫，低头啃着鸡腿，模样可爱。

陈丽哭了，泪水顺着脸颊滑落下来。

"案发当天，被害人喝了酒，还打了你和小雨。"钟晚看了陈丽一眼，"如果你在当时动手，说不定可以判一个防卫过当，可你偏偏要趁深夜，被害人已经熟睡的时候动手，能告诉我原因吗？"

陈丽垂着头哭着道："他就是个浑蛋，他该死。"

"没有人是该死的，哪怕他是个十恶不赦的人，也该由法官判决，而不是你。"钟晚叹了一口气，"你没有权利结束别人的生命。"

"他不是小雨的亲生父亲。"陈丽抽噎着，"我怀小雨的时候，小雨父亲意外去世了，我怀着个孩子，没办法生活，只能选择嫁人。他是个魔鬼，他居然对小雨，他居然……"

钟晚沉稳地劝说道："你可以去妇联告他。你甚至可以报警，你为什么不离婚？”

“没有用的，他说我要是报警或者离婚，他就杀了我和小雨。”

钟晚无言。

她静静地看着哭泣的陈丽，忍不住想，如果自己当初没有哭着求着要去念书，是不是也和陈丽一般，拥有一桩悲剧婚姻，草草结束这一生？

钟晚走出看守所的时候，姜瑜打电话过来。

“大小姐怎么了？”钟晚语带娇宠地说道。

“钟晚，咱俩有儿子了！”姜瑜喜气洋洋地开口，声音大得隔着话筒三米开外都能听见。

钟晚揉了揉胀痛的额角，道：“大小姐，我这儿还有一堆活儿呢，没空陪你玩角色扮演。”

“今天要准时下班，我带着儿子去接你！”姜瑜说完就挂了电话。

钟晚无力地抽了下嘴角。

姜瑜是个行动派，她说会来接钟晚下班，那就会只早不晚地等在钟晚律所楼下。钟晚为了按时下班，特意蹲在厕所，等着下班时间一到，立马偷偷溜出去。

姜瑜那辆无比显眼、拉风又嘚瑟的粉色小车就停在马路边。

一看见钟晚出来，姜瑜忙摘下墨镜冲她挥了挥手。

“天都要黑了，你戴什么墨镜？”钟晚有气无力地开口。

“这是潮流。”姜瑜冲钟晚挤眉弄眼，“想不想看看你儿子？”

钟晚白了她一眼，道：“有话快说，我累死了。”

她随手打开车门，顿时僵住了。副驾驶的位置上蜷缩着一只小奶猫，白色的，耳尖带着一撮黑毛。

“怎么样？咱儿子好看吧？”姜瑜凑过来，得意地道，“我朋友家养不下了，送我一只。从今以后这就是咱俩的儿子了。”

钟晚喜欢猫，尤其是对这种毛茸茸的小奶猫没有抵抗力。她对姜瑜的话充耳不闻，弯下腰，把小奶猫抱起来，揉了揉它的小脑袋。

小猫叫了两声，瞪着滴溜儿圆的眼睛看着钟晚。钟晚整颗心都被萌化了。

“阿瑜，咱儿子叫什么？”

“叫豆包，我刚起的。”

姜瑜开车带钟晚去超市买了一些菜，直接回了钟晚家。吃饭的时候，钟晚随口问了那天的事。

“后来韩先生和你解释清楚了吗？”

“嗯。”姜瑜嘴里吃着菜，含混不清地开口，“是个误会。”

“说实在的，韩先生人看起来不错。商业联姻，能碰到韩先生这样的主，你已经算是运气爆棚了。”

姜瑜叹了口气，道：“我知道，可我就是迈不过自己心里这道坎。就因为是商业联姻，我就总觉得我和他的感情不纯粹。

“你说如果当初和他商业联姻的不是我，而是其他女子，他会不会也对那女子这么好？

“他对我好，到底是出于责任，还是爱情？”

钟晚想说姜瑜在钻牛角尖，可话到了嘴边又咽了下去。

深爱一个人的时候，谁不会钻牛角尖呢？

她不止一次想过，秦盛到底是喜欢她，还是只是把她当成失去傅瑶的慰藉？

这个问题一直想到了今日，她也没想明白。

吃过饭已经是深夜了，韩致来接姜瑜回家。他一只手很自然地接过姜瑜的包，另一只手牵住了姜瑜的手，客套地和钟晚告别。

钟晚在阳台上目送两个人，看到姜瑜不安分地跟在韩致身边蹦蹦跳跳，韩致警告似的揉了揉姜瑜的脑袋，姜瑜顿时安静下来。

钟晚笑了。

她想，或许姜瑜已经有答案了。

在回屋收拾桌子的时候，钟晚才惊愕地发现窝在沙发上呼呼大睡的小奶猫，小奶猫肚皮朝上，睡得香甜，似乎没发现它的另一个家长已经把它遗忘在了这里。

钟晚认命地把小奶猫抱起来。

得，儿子都落下了。

养儿子不容易，尤其是第二天早起要去上班。豆包哼哼唧唧地咬着钟晚的裤腿，死活不让钟晚离开。钟晚强硬地把豆包扔到沙发上，谁知道刚刚关上门，就听见里面传来撕心裂肺的猫叫声。

没办法，钟晚木着脸开了门，把猫塞到包里带走。

钟晚依旧是踩着点到的办公室。

推开门，苏雅已经等在里面了。

“老大说下周要出差，去几个山区做普法宣传活动。”苏雅递给钟晚一张表，“这是名单。”

钟晚兴致不高，扫了一眼就放下了。

“钟姐，你的包在动！”苏雅惊呼一声，眼睁睁看着包上的缝隙钻出了一个毛茸茸的小脑袋，“这是……”

“我儿子，叫豆包。”钟晚把包打开，把小奶猫抱了出来。

“太可爱了吧。”苏雅眨了眨眼。

钟晚笑了，把豆包递给了苏雅，道：“那麻烦你帮我照顾一下它了。”

苏雅忙接过来，道：“保证完成任务！”

豆包窝在苏雅的怀里，懒懒地叫了一声。

看了一上午的卷宗，钟晚只觉得头昏脑涨，正想着让苏雅去买杯咖啡，就见苏雅抱着豆包慌慌张张地跑进来。苏雅着急地道：“豆包它吐了。”

钟晚一愣，看着苏雅怀里蔫蔫的豆包，问：“怎么回事？”

“我不知道，我就喂了它几块饼干，它就开始吐了。”苏雅急得快哭了，“怎么办啊，钟姐？”

“小奶猫肠胃弱，吃不了饼干。”钟晚叹了口气，把豆包接过来，安慰了苏雅两句，“没事，我带它去宠物医院看看，你别担心。”

苏雅含着眼泪点点头。

秦盛有些烦躁。

他好不容易想好了借口，结果一连给钟晚打了两三个电话都没人接。

一个没忍住，他找人要了钟晚办公室的电话。

“喂，您好。”电话里是陌生的女声。

秦盛皱眉，不耐烦地道：“钟晚呢？”

“钟姐送她儿子去医院了，您有事下午再打电话吧。”苏雅心里惦记着豆包，也没觉得自己的话有什么不对。

秦盛整个人愣住了。

他甚至怀疑自己是不是听错了。

“钟晚的儿子？”秦盛说话声音都有些颤抖，指尖发凉，他差点握不住手机，“她儿子多大？”

“一个多月。”苏雅下意识地回了一句，突然觉得有些不对，忙要补充，可还没等说出来，电话那头就传来了忙音。

啪。

手机被扔到墙上又摔到地上，四分五裂。

秦盛心里的火一股股地往上冒，眼底浮现一股狠厉，他猛地一踹桌子，桌子上的文件零零散散撒了一地。

秦盛咬着牙在心底暗暗想：钟晚，别让我抓到你！

第四章
住在一起

秘书推门进来就看见满地狼藉。

他暗叫不好，撞枪口上了，无奈已经进来，只能硬着头皮把一堆报表放在桌子上，道："秦总，这些都是等着您签字的。"

秦盛看都没看，心底的一股火愈烧愈旺，满脑子想的都是刚刚电话里听到的那些话。

钟晚已经有儿子了？

和谁的呢？什么时候有的？在她走之后吗？

秦盛沉着脸，手指微屈在桌子上叩了叩，目光冰冷，掠过桌子上一堆报表，抬头看了秘书一眼，淡淡地开口："给中和律所致个电，问问钟晚去了哪家医院。"

秘书简直不敢相信自己的耳朵，这是安排的什么工作？中和律所一直是韩少明和他们对接，钟晚又是哪路神仙？

不过他也不敢多问，战战兢兢地掏出手机拨通了中和律所的电话。

在秦盛阴冷的目光下，秘书结结巴巴地问了钟晚的下落，得到回复后，他抬头谨小慎微地开口："他们说，钟小姐去了南和宠物医院。"

秦盛怔了一下，问："宠物医院？"

秘书忙点头道：“那边就是这么说的。”

秦盛紧皱的眉头微微松开，他随手抓起桌上的车钥匙大步走了出去。

南和宠物医院里充斥着各种犬吠的声音。

豆包在里面做检查，钟晚坐在外面长廊里的凳子上百无聊赖。

“钟晚？”

突然有人拍了拍她的肩膀。

钟晚愣了一下，一抬头就看见一张熟悉的脸。

“霍南，这么巧？”

霍南是另一家律所的律师，和钟晚是不久前办一件案子时认识的。更巧的是两人住在同一个小区，一来二去就熟了。

霍南怀里抱着一只小奶猫。那小奶猫软糯糯地叫着，和霍南的硬汉脸形成了强烈反差。钟晚忍住笑，抬手挠了挠小奶猫的下巴，问：“你什么时候养猫了？”

“上个月朋友送来的，我抱着它过来买猫粮。”霍南笑了下，抬头看了看诊断室里面，“你的猫什么情况？”

“喂错了东西，一直在吐。小奶猫肠胃不好，是我太大意了。”

两人正说着话，诊断室的门开了，豆包被人抱了出来，医生对钟晚说：“没什么大事，也不用打针，回去注意饮食就行。”

豆包刚刚检查完，蔫蔫的，耷拉着脑袋，叫声都有气无力的。钟晚心疼得不行，忙接过来抱着。

霍南也抱着小奶猫凑过去，抬手摸了摸豆包。两人就像是都抱着孩子的家长，瞧起来有些登对。

宠物医院的门被人从外面打开，刚刚从办公室出来身上还穿着工整西装的秦盛脸色有些难看，他倚着门，抱着胳膊，冷冷地看着凑在一起的俩人。

“秦盛？”钟晚皱了皱眉，“你来这里干什么？”

“怎么，这地方只许你来，不许我来？这是你家开的？”秦盛气不顺，一开口就火药味十足，他勾起嘴角，冷笑着道，“况且现在应该是上班时间吧？谁允许你擅离职守，在这里谈情说爱了？”

“首先，我没有擅离职守，我请过假了；其次，秦先生你只是和我们律所有合作关系，你既不是我们律所股东，也不是我们律所老板，你有什么权力过问我工作上的事？”

钟晚被气得脑袋发晕，说完也不管秦盛脸色多难看，拽着霍南的手就往外走。谁知道刚走了两步，她就被秦盛死死攥住了胳膊。

秦盛咬着牙，一字一顿地道：“我们谈谈小雨的事，她总不能一直住在福利院，这对她的成长非常不利。”

钟晚顿住脚步。

她偏头看着秦盛，突然笑了，道：“你没必要用这种事威胁我。”

秦盛沉下脸来，静静地看着钟晚，道：“你非要每次见面都和我吵架吗？”

钟晚被气笑了，冷声道：“如果秦先生你没有这么无理取闹，我们也不会吵架。”

她抽出自己的胳膊，转身同霍南走了。

走出宠物医院的大门，钟晚揉了揉胀痛的太阳穴，带着几分歉意地道：“抱歉，让你看笑话了。”

霍南笑了笑，道：“你干吗跟我这么客气？走吧，中午了，我请你吃饭。”

“饭就不吃了。”钟晚揉了揉豆包的小脑袋，“我是请假出来的，律所还有事，我先回去了。”

霍南挑了挑眉，道：“那也行，改日。”

苏雅见钟晚抱着完好无损的豆包回来才松了一口气，道：“谢天谢地，还好没什么事。”

钟晚把豆包递给苏雅，准备给姜瑜打个电话让她来接她儿子。她这一天快要被这小豆包折腾死了，还遇到秦盛惹了一肚子气。

“对了，老大刚刚过来说，明天八点在公司门口坐大巴车去山区。”

钟晚一愣，问：“大巴车？怎么这么抠门？”

“没办法，山区只通大巴车。”苏雅说。

“好，我知道了。你先把豆包抱出去吧，一会儿有人来接它。”钟晚揉了揉太阳穴。

“嗯。”苏雅点点头，抱着豆包出去了。

钟晚坐在椅子上，只觉得头很晕很累，似乎每一次和秦盛见面或争吵都会用尽她的力气。

其实从前在一起的时候，他们很少吵架。

不过现在想想，那时候更多的是钟晚无底线地忍让，她把自己放在一个很低的位置，深爱着秦盛。

秦盛后来就没在修理铺工作了。具体做什么，秦盛没说，钟晚也没问，只是偶尔听于哥说过一两次，他好像是去工地包工程了。

钟晚的生活却依旧单调，上课，考试，做家教。

不过她再也没有因为钱而窘迫，秦盛隔三岔五就会往她的卡里打钱，数目不大，三万五万不等，却足够让钟晚觉得扎手。

她不止一次和秦盛提过这件事，秦盛却每次都是轻描淡写地带过，有时候钟晚说得多了，他也只会不耐烦地欺身压过去，堵住她喋喋不休的嘴。

后来钟晚就不说了，但她从没有用过那些钱，甚至把秦盛转给她的每一笔钱都记了下来。

秦盛去做工程以后越来越忙，他们时常十天半个月才能见一面。当然，他们已经不住在那个低矮破旧的出租屋了，他们搬了新家，窗明几净。

可钟晚却不喜欢。

她还是喜欢在那间狭小屋子里两个人挤在一张小床上的亲密感，秦盛会紧紧抱着她，甚至她抬头时就能看见他漆黑的眼睛。

钟晚过生日那天，她本没想到秦盛会回来，所以早早躺下休息了。深夜十二点左右，秦盛带着几分醉意回来了。

他穿着西装，也许是喝醉了难受，手不停地扯着领带。

钟晚走过去，本想问他要不要喝解酒汤，谁知道话还没说出口，就被他猛地拽住手腕拉进怀里。

“秦盛……嗯。”

钟晚被秦盛推着抵在沙发上，松垮的睡裙早就被扯掉了，顺着腿滑落到地上。钟晚今夜一点心情都没有，她下意识地躲闪着。秦盛喝了酒本就心烦气躁，钟晚躲开，更是不耐烦，干脆抽出领带绑住了她的手腕。

钟晚双手被绑着举过头顶，感受着秦盛温热的唇在脖颈边擦过，她仰着头，像是死水里的一条鱼，大脑一片空白，甚至都感受不到疼痛酸涩，只是迷迷糊糊地想着，秦盛记得今天是她生日吗？

不知道过了多久，秦盛停下了动作。钟晚躺了一会儿，再偏头去看，秦盛已经睡着了，月光透过窗帘的罅隙照进来，打在他脸上，仍旧是她钟爱的模样。

是她低到了尘埃里也爱着的秦盛。

钟晚小心翼翼地起来，捡起地上的衣服穿好，又弯着腰一件件地去捡秦盛的衣服。

突然，有什么东西从秦盛的衣兜里掉了出来。

钟晚低头捡起来，是一个小小的首饰盒子。她没打开，甚至还放回了秦盛的衣兜里。

因为她不敢确定，这东西是不是秦盛买给她的。

第二天早上钟晚醒来的时候屋子里空荡荡的，秦盛早就已经走了。钟晚打了哈欠打算起床，却猛地顿住了。

枕边放着一个首饰盒。

是昨晚她见到的那个。

早上才六点钟，钟晚就被闹铃吵醒了。她迷迷糊糊地起床，幸好行李都是昨晚收拾好的，不用太耽搁时间。

她匆匆洗漱了一番，拉着行李箱就急急忙忙地赶往律所。她到达的时候，大巴车已经停在门口了。

苏雅正站在门口等着她，见到她忙挥手，喊道：“这里，钟姐，快来，就等你了！”

钟晚忙跑过去。

刚刚上车，钟晚还没来得及喘口气，就猛地顿住了。

坐在首位的，正是秦盛。

他穿着一件黑色风衣，手里还拿着一份报纸，听到声音看过来，轻笑了一声，开口道："钟小姐来得真早。"

钟晚气得一噎，一大早就惹了一肚子气，她干脆把头偏过去，不想去看秦盛。

可谁知道就在她发呆的工夫，苏雅已经坐好了，如今环顾四周，整辆大巴车就只剩下秦盛身旁的位置。

当着一车人的面，钟晚也不好过去和苏雅换座位。

她咬了咬牙，还是坐在了秦盛旁边。

"秦先生不是大忙人吗，怎么我们律所有什么事您都要掺和一脚？是不是明天我们律所就要改姓秦了？"钟晚忍着气，压低声音道。

"这次去山区普法宣传出资方是秦氏。"秦盛淡淡地开口，顿了顿，又拉长声音，"至于收购你们律所，我倒是可以考虑考虑，毕竟我也很希望做你的老板。"

不是老板，是老公。秦盛默默地在心底加了这么一句。

"你想得美，你今天收购，我明天就辞职。"钟晚冷笑一声。

秦盛这次倒是没有动怒，他瞥了钟晚一眼，又低下头继续看报纸。

律所距离山区挺远，坐车少说也得几个小时。钟晚闲得无聊，四处看了一眼，最后目光落在了秦盛手里拿的报纸上。

那是英文报纸。

钟晚的专业课成绩一直是第一，唯独英语差得要命，工作这两年更是早都忘了，此刻望去，都没有几个认识的单词，通篇都是鬼画符。

她撇了撇嘴，小声道："装什么，还看英文报纸。"

这话自然一字不差地落在了秦盛的耳朵里。

他挑了挑眉，道："我英文一向很好，还给你补过课，怎么，你不记得了？"

钟晚一愣，而后猛地想起来当年那次荒唐的"补课。"

她的脸猛地红了，耳尖更是红得像是要滴出血来。她咬了咬唇，压低声音道：“你不要脸。”

“真是翻脸不认人啊，我好歹也做过你的老师。”秦盛见钟晚这模样，这些天心底积压的怒气突然一扫而空，甚至愉悦地弯起了嘴角。

他把报纸递过去，指了指文章中的一个单词，问：“还记得吗？”

钟晚扫了一眼，怔住了。

“Cherish。”秦盛低声念了一遍，“钟爱。”

钟晚咬了咬唇，没吭声。好像一瞬间又回到了那个低矮的房间，秦盛附在她耳边，低沉沙哑地念着这个单词。

嘎吱！

大巴车猛地刹车，发出刺耳的声音。

钟晚没有防备，下意识地往前扑过去。恰好他们这又是第一排，前面没有遮挡。就在她以为自己要扑出去的时候，猛地被人拦住了腰。

“蠢死了。”秦盛低沉的声音在她耳侧响起，“你不会系安全带吗？”

钟晚惊魂未定，还没有回过神，仍旧呆呆地看着秦盛。

秦盛鲜少看见这样的钟晚，突然轻笑了一声，他凑过去，靠近钟晚，整个人几乎压在了钟晚身上。

钟晚瞪大了眼睛，觉得自己快要喘不过气了。两个人离得近，钟晚能闻到秦盛身上淡淡的烟味。

是熟悉的味道。

“秦……秦盛。”钟晚结结巴巴地开口。

她还没说完，就听见“吧嗒”一声，是安全带扣上的声音。

秦盛刚刚只是在帮她系安全带。

扣好后，秦盛又回到了自己的位置，压迫感退去，钟晚才松了一口气，大脑清醒了一些。她咬着唇，想起刚刚的情形，恨不得找个地缝钻进去。

“抱歉啊，刚刚有猫跑过去。”司机在前面解释。

钟晚拿着手机，低头随意在阅读书架上点开一本书，可脑袋里乱糟糟的，她掩饰似的低头看书，其实一个字也看不进去。

“钟律师也喜欢看电子书？”秦盛侧头看了她一眼。

“读不懂英文，就看些别的书陶冶情操。”钟晚硬邦邦地开口，“肯定没有秦先生厉害。”

秦盛挑了挑眉，往钟晚的手机屏幕上扫了一眼，而后又意味深长地看着钟晚，慢慢地开口：“原来钟律师喜欢看这种书陶冶情操。”

钟晚一愣，忙低头仔细一看。

她刚刚就是随手点了一本，连封面都没点开。此刻手机屏幕上明晃晃的三个大字——金瓶梅。

钟晚的脑袋轰的一声快要炸了，她觉得自己快要熟了，虱子多了不怕咬，她干脆自暴自弃地关了手机，坦然地看着秦盛，道：“你非要和我过不去是不是？”

秦盛挑眉，道：“钟律师上次说的话我仔细反省了，的确是我每次见你脾气都有些暴躁，怎么？我今天的态度也不够好吗？”

钟晚攥着手机，强装镇定地看了秦盛一眼，慢吞吞地开口：“秦盛，别折腾了，我们安安静静地做陌生人不好吗？我真的不想回到过去了。”

秦盛的脸色一瞬间沉了下来，他的目光微暗，嘴角却仍旧是弯着的，她道：“没人叫你回到过去。从前是我们，往后也是我们。”

钟晚放弃了。

她觉得自己没法和秦盛沟通。

这个人总是这样自以为是，他根本不知道当初她为什么离开。他把那些事当成钟晚在闹脾气，想波澜不惊地揭过去重新开始，可钟晚没法做到。

有些事情就像一根刺扎在胸口，吐不出来咽不下去，久而久之就成了心头的疤痕。

没办法再粉饰太平。

接下来的路程，钟晚干脆把帽子盖上，帽檐压得很低，装作熟睡的样子，遮掩尴尬。

秦盛脸色很难看，也没有刚来时的好心情，一路低气压。

幸好只剩一半的路程了。

钟晚本是装睡，可后来车里颠簸，迷迷糊糊间，她竟也睡了过去。

她梦到了一个她不敢去想的人。

傅瑶。

对于傅瑶，钟晚心底一直有一种说不清的感觉，是嫉妒，嫉妒她是第一个走到秦盛身边的人；也是愧疚，她是在傅瑶走后乘虚而入的。

她的爱不够光明磊落。

钟晚与秦盛的感情其实早就出了问题，也许是哪一次她做了晚饭没等到秦盛回来，也许是她在秦盛的身上闻到了陌生的香水味。

这些都是小事，就像一根根毛毛刺，不痛不痒。可没想到，最令钟晚担心的事还是发生了。

傅瑶回来了。

算算时间，她只出国待了半年。钟晚不知道她为什么突然回来，甚至连傅瑶回来这件事，也是偶然听学校里的人说起的。

听说傅瑶休学了，住进了医院，具体什么病，没人知道。

那天吃晚饭的时候，钟晚装作不经意地问了一句："听说傅瑶回来了，还住院了？"

秦盛低头吃了一口菜，头也没抬地开口："嗯，我去看过一次，没什么事。"

"哦，那就好。"钟晚平淡地笑了笑，甚至还装作若无其事地给秦盛夹了菜。

可她心底已经翻滚过无数的波浪。一股说不清是嫉妒还是悲伤的情绪涌上来，几乎要将她淹没。

秦盛早就知道傅瑶回来了？他为什么没和自己说过？他还去看过傅瑶了？是什么时候？他们见面时都说了什么？

无数的疑问压在心底，可钟晚什么都没问。她甚至像往常一般做了练习册，还多背了好几页的单词。

只是在深夜辗转反侧的时候，她悄悄地爬起来，披着衣服出门，蹲在阳台上抽了一支烟。

许久没抽烟了，钟晚被呛了一口，低着头剧烈地咳嗽起来，甚至咳出了眼泪。

第二天，她去了一趟修理铺。

虽然秦盛早就不在这里工作了，可他们和于哥的关系还是很好，偶尔会过来一起吃顿火锅。

关于傅瑶的消息，于哥一定知道。

“哟，小钟怎么有空过来？”

钟晚提了两袋水果，将其中一袋递给了于哥，道：“我一会儿要去医院看傅瑶，顺便给你带一袋水果。”

“去看傅瑶？秦盛跟你说了？”于哥愣了一下。

钟晚装作生气的样子，道：“怎么，难道你还要撺掇秦盛一起瞒着我不成？”

“嗐，这不是怕你生气吗？”于哥叹了一口气，“谁也没想到傅瑶会那么傻，你说她都出国了，走的时候那么决绝，谁知道去了国外，生活不如意又想起了秦盛，非要闹着回来，甚至还割腕自杀威胁她爸妈。”

钟晚拎着水果袋子的手微微一紧，面上不动声色地笑了，道：“说得也是，不过前两天秦盛不是去看傅瑶了吗？也不知道她最近恢复得怎么样。”

于哥撇了撇嘴，道：“手腕的伤早就好了，她现在就是隔两天就哭着要自杀，她爸妈害怕了，才让她住院的。我看啊，你也不用去看她，本以为挺好一个姑娘，谁知道现在变得这么吓人。那天要不是她妈妈哭着给秦盛打电话，秦盛也不会去的，你别多想啊。”

“于哥你说什么呢，我是那么小心眼的人吗？”钟晚笑了笑，低头看了一眼手表，“时候不早了，我先走了。下次再来吃火锅。”

“得了，敢情你把我这儿当成火锅店了。”于哥摆摆手，开玩笑地说。

出了修理店，钟晚脸上的笑瞬间消失，她没想到，傅瑶竟是因为这件事才回国住院的。

钟晚自然没去医院，她没必要去见傅瑶。更何况以傅瑶现在的心理状况，怕是见到了钟晚会更激动。

钟晚将这件事压在了心底，装作什么都不知道的样子。

过了两天后是中秋节，秦盛手头也没有什么活儿了，钟晚正好也放假了，就想着和秦盛一起去看电影。

两个人在一起后，似乎就直接过渡到了老夫老妻的阶段。从没有出门逛街看电影，这还是破天荒头一次，钟晚欢喜了好久，甚至早早就翻箱倒柜地找衣服。

在几乎试了衣柜里所有的衣服后，钟晚实在没了主意，让秦盛帮她选一件。秦盛随手指了一件，道："就这件吧。"

钟晚气哼哼的，不满道："你看都没看。"

"你的衣服都是我买的，还用看吗？"秦盛盯着手机，头也不抬地说道。

简简单单的一句话，却像一盆凉水扣在钟晚头上。她呆在原地，只觉得一股寒意从心尖蔓延到全身。

她几乎说不出话来，有什么东西梗在胸口，闷闷的，难受得厉害。

钟晚家庭条件不好，她总是表现得不在意，可其实越是大大咧咧，心底越是自卑。

之前秦盛在修理铺上班，两个人住在破旧小房子里的时候，钟晚很开心自在，她觉得自己有资格站在秦盛身边。

现在秦盛的工程做得越来越大，每次给钟晚转的钱也越来越多。钟晚偶然查过一次，上面一长串的0看得她心惊。

她一直没说过，不代表她不在意，她早就没有信心站在秦盛身边了。

秦盛越来越优秀，可钟晚还是那个念书的学生，她依旧贫穷。

她虽然从不动秦盛的钱，可她住的屋子是秦盛的，平时吃的喝的是秦盛的，穿的衣服也是秦盛每次一大包给她买回来的。

刚刚秦盛那句话也许只是随口一说，可钟晚突然觉得脸像火烧一样滚烫。

她像是一只寄生虫，待在秦盛身边。

钟晚低着头，好半晌才轻笑着开口：“那好，就这件吧，我也觉得这件好看。”

电影票订的是傍晚的。钟晚趁着秦盛去取票的工夫买了一个超大桶爆米花。

秦盛回来，看见钟晚捧着一个比她头还大的爆米花桶，挑了下眉，道：“我才不吃这东西。”

“看电影不都是要吃爆米花的吗？”钟晚从爆米花后露出头，笑嘻嘻地说，“这叫氛围。”

秦盛挑着眉不置可否。

检票后，两个人顺着通道进去，坐在最后一排。钟晚刚坐下就把爆米花递给秦盛：“你尝一尝呗。”

秦盛刚要说话，突然手机振动起来，他拿出来看了一眼，再抬头看到电影还没开始，放的还是广告，他便直接接了。

“我在忙呢，没空。”

“好。”

电话打了很长时间，秦盛从头至尾只说了这两句话。

挂了电话，秦盛揉了揉涨痛的眉心，道：“晚晚，我有点事出去一下。”

钟晚捧着爆米花的手微微一紧，问道：“你要出去？可是电影马上就开始了。”

“下次，下次我再来陪你一起看。”秦盛说完这句话就走了。

钟晚没吭声，她仰头看着屏幕，电影已经开场了。

刚刚钟晚虽然没有听清电话那头说了什么，却清楚地听到了对方的声音。

是傅瑶。

电影是部恐怖片，钟晚特意选的，她甚至存了一些小心思，想着恐怖的时候可以装作害怕扑到秦盛身上。

可现在，旁边的人已经走了。

电影或许拍得不错，总能听见周边的妹子惊叫连连，而钟晚从头至尾面不改色，她甚至吃光了一整桶爆米花。

电影结束走出电影院后，钟晚只有一个想法。

她再也不想吃爆米花，再也不想看电影了。

钟晚迷迷糊糊地睡了不知道多久，还是被司机“到了”的声音叫醒的。

她迷迷瞪瞪地抬头，问：“到山区了？”

正好苏雅从旁边过来，笑了，道：“钟姐你想什么呢，咱们得走着上山。”

“走着？”钟晚瞬间清醒了。

“对啊！”苏雅催促道，“快下车吧，还要拿行李呢。”

钟晚忙起来。

起身的时候看到身旁的秦盛在揉肩膀，钟晚愣了一下，不太确定地问：“我刚刚……不会是倒在你肩膀上睡着了吧？”

秦盛面无表情地看了她一眼，道：“你觉得呢？”

钟晚一噎。

再看一旁等着的苏雅，她也不好再说什么，低声道了歉就匆匆下车了。

秦盛看着钟晚离去的背影，轻轻哼了一声。

上山的路崎岖不平，更别提还要拖着行李箱。钟晚如果是十四五岁，上学路上翻两座山也不会喊累，可这两年坐办公室，压根儿没锻炼过，连跑步都很少，更别说负重爬山了。

钟晚落在队伍最后，苏雅早就走到前面去了。

钟晚叹了口气，无奈地拉着行李箱往前挪。

突然手一轻，行李箱被人拿走了，钟晚一愣，偏头看到了秦盛，他拽过钟晚的行李箱，没好气地说：“你是蜗牛吗？走得这么慢？”

钟晚刚刚还有点感动的心突然又气堵了，她冷笑了一声，道：“你家住海边吗？管得这么宽？”

本以为秦盛会再和她吵两句，谁知道秦盛只是淡淡地看了她一眼，就拉着箱子往前赶。

钟晚忙追上去，道：“给我，不用你帮我。”

“按照你这个速度，天黑了都走不到。怎么，你想睡在山上？”

钟晚要去抢箱子的手一僵，她看了看周围的环境，把手缩了回去，想了想，又轻声道：“那谢谢了。”

秦盛没吭声，抬脚往前走，钟晚也忙跟上去。

也不知道是秦盛腿长还是怎的，哪怕他背着包还提着钟晚的大箱子，钟晚也得连跑带喘地才能赶上。

紧赶慢赶，两个人总算到了。

苏雅瞧见他们两个，愣了一下，问：“秦总你才到？这可怎么办，我以为你早就到了，现在只剩下一间屋子了。”

山区生活条件艰苦，为了招待这些来普法宣传的人，山里人已经尽可能地挤出空屋子来，再没有多余的了。

秦盛皱了皱眉，正准备叫人在山脚下的宾馆给他订个房间，他好下山去住，苏雅突然拍了拍脑袋，道：“哎呀，我忘了，剩下的那间屋子是一个套屋，里面还有一个小隔间，可以住两个人。”

她顿了顿，小心翼翼地开口：“要是你们两个不嫌弃，可以住在一起。”

钟晚咬了咬牙，刚准备开口拒绝，秦盛已经飞快地接过了钥匙，道：“好，不嫌弃，我们两个住一起。”

最后三个字，他咬得格外重。

这么晚了，大家都累了一天了，钟晚也不能因为自己再去把大家叫起来换房间，只能咬咬牙，跟着秦盛进了屋子。

一进屋子，钟晚就飞速进了里屋：“我住里面！”说着她还低头研究这门能不能锁上。

秦盛看见她的动作，勾起嘴角笑了，问：“防贼呢？”

“防你呢！”钟晚瞪了他一眼，

秦盛轻哼了一声，不屑道：“我要是想对你做什么，你觉得就那一个破门能拦得住我吗？”

钟晚一噎，愤愤地瞪了秦盛一眼。

秦盛也没再说什么，随手把行李一放，转身出去了。

山区空气潮湿，更何况这屋子也狭小，没什么地方放东西，钟晚干脆只拿几件衣服出来，其余的都留在行李箱里。

“饿了吧？”秦盛没过多久就回来了，端过来一碗方便面，上面还放了一个荷包蛋。

“你去煮面了？”钟晚惊讶地问道。

“嗯，来的时候带了几包，刚刚借房东的厨房煮的，快吃吧。”说着，秦盛把筷子递给钟晚。

走了那么久的路，钟晚早就饥肠辘辘了，此刻闻着面香味更是食指大动，她咽了咽口水，有些不好意思地开口：“你不吃吗？”

“我不饿，刚刚在厨房吃了点东西。”秦盛随口说道。他只带了一个背包，只见他从里面掏出一个轻薄的笔记本，打开，就开始忙碌起来，大概是在处理工作。

钟晚见状也不再开口，专心致志地低头吃面。也不知道是太饿了还是因为这是秦盛亲自煮的，钟晚竟觉得出奇的好吃，一碗面很快吃了个干干净净。

吃完后，钟晚端着碗准备去厨房洗，正好碰见房东大婶。大婶忙接过她的碗，殷勤地道：“我来，我来洗。”

“不用，我自己就行。”钟晚哪里好意思让人家动手，谁知道抢了两下没抢过，眨眼的工夫大婶就已经洗好了。

“刚刚来煮面的那个是你男朋友吧。”大婶冲她挤了挤眼，“人不错哩，我家恰巧没有鸡蛋了，还是他跑去隔壁邻居家借来的。”

钟晚愣了一下，才明白她说的是秦盛，随即有些尴尬地笑了，道：“不是，他……”

“欸，你要洗澡吗？”大婶打断了她的话。

不知道大婶怎么突然提到了这个，钟晚忙点头，她的确想洗澡，只是怕太麻烦了，就没问。

“后院有一个太阳能热水器，现在肯定是没有太阳了。不过水箱里我刚刚放了热水，够你洗了。只是那个水管子不太好使，得要你男朋友在外面扶着才行。”

钟晚听到能洗澡本来挺高兴，可又听到后半段话，顿时迟疑了，难道她要让秦盛去帮她扶着水管子吗？

“快去吧，一会儿水凉了。”大婶催促道。

“好，谢谢大婶。”

钟晚回到屋子的时候，秦盛还在处理工作。钟晚站在他面前，犹犹豫豫地开口：“那个，你能帮我个忙吗？”

“怎么了？”秦盛抬起头，有点诧异地说道。

钟晚把洗澡的事说了一遍，末了，还不好意思地添了一句：“要不然算了吧，我明天叫苏雅来帮我也是一样的。”

“这怎么行，走了这么长一段路，不洗澡就睡觉很不舒服的。”秦盛撑着下巴笑了笑，“不过也不能白帮你，你留一点水，我也冲个澡，你来帮我扶着水管子。”

钟晚松了口气，这样她反而自在些，她连忙道：“好，没问题。”

山里夜色很美，空气清新，月色皎洁。水声淅淅沥沥，在寂静的夜里听起来格外清晰。

温热的水从头顶浇下来，钟晚迅速地打了泡沫，用她生平最快的速度洗了个澡。秦盛就站在外面，隔着一层帘子，钟晚能看见他的身影，这让钟晚更加窘迫。她快速冲洗了泡沫，换上干净的衣服出来。

“我好了。”

钟晚喘着粗气，头发还往下淌着水，顺着白皙的脖颈一路滑落，最后落到衣领里。

秦盛的声音带了几分沙哑：“这么快就洗好了？”

“嗯，你去吧。”

“好。”秦盛勾起嘴角，“我去洗。”

很快，里面的水声又响了起来，钟晚在外面扶着水管子，眼睛却紧紧地闭着。

“不听，不看。”她在心底默念这几个字。

不知道过了多久，里面的水声停了，钟晚睁开眼睛，却当场愣住了，秦盛只在胯间围了一层浴巾，上半身是赤裸的，钟晚咽了下唾沫，目光落在他精瘦的腹肌上，又强迫自己移开目光。

“你、你怎么不穿衣服？”钟律师一瞬间成了结巴。

“我有围浴巾啊，再说大晚上的，大家都睡下了，不用担心谁对我有什么企图。”秦盛眯了眯眼，弯下腰，凑到钟晚耳侧，低声道，“难道你对我有企图？”

钟晚的脸红了，她忙后退几步，结结巴巴地开口：“别……别瞎说话。我是觉得你……流氓！”

秦盛嗤笑一声。

“流氓？我身上各处，你哪里没见过？还好意思说我是流氓？”

钟晚彻底熄火了。

她红着脸垂着头，蔫乎乎地跟在秦盛身后回了屋子。

进屋后，钟晚刚想往里屋走，就被秦盛拦住了。

“干吗？”钟晚警惕地看了他一眼。

“吹头发。”秦盛从包里拿出一个吹风机。

“你连吹风机都带了？”钟晚别有深意地看了秦盛一眼，“你怎么变娘……”

话说到一半，看到秦盛危险的目光后，钟晚识趣地咽下了后面的话。

“你这湿着头发睡觉的毛病什么时候能改掉？”秦盛点了点钟晚的头，“你脑袋迟早会进水。”

钟晚抿了抿唇，没吭声。

听秦盛的口气，他带着吹风机，该不会……是为了她吧？

第五章
心头上的刀

律师们来山区也不仅仅搞普法宣传活动，还要深入山区，尝试各种农活，拍照并配文发到公众号上，也算是和群众打成一片的软文宣传。

分配给钟晚的活儿还算轻松——上山去割猪草。

早上吃过早饭，钟晚怕蚊虫叮咬，特意换了长袖长裤。临出门的时候，看到秦盛还在屋里，她愣了一下。

“你今天没有任务吗？”

秦盛挑了下眉，道：“你觉得呢？”

想来也是，秦盛又不是律所的人，更何况他又是这次活动的金主，估计也没有人会给他分配活计。

不过这样一来，今天所有的人都有事做，就秦盛一个人留在这儿……

这么一想，钟晚心里突然有些不舒服。

迟疑了一瞬，她斟酌着开口：“要不然……你和我一起上山去割猪草怎么样？”

秦盛勾起嘴角笑了，道：“好啊。”

今天太阳很大，钟晚还特意找房东大婶借了两顶草帽，这里的草帽都做得特别大，钟晚扣上帽子，连脸都被遮住了。

秦盛倒还好，不过也真是奇怪，明明只是普通的运动装，甚至头上还扣了一顶有些丑的草帽，怎么在他身上搭配起来就有几分痞帅？

“走了。”秦盛把装着镰刀的筐提起来，拍了拍钟晚的帽檐。

钟晚眼前一黑，差点撞树上。她忙把帽子掀起来，瞪着秦盛，道：“你走你的，我能跟得上。”

钟晚小时候常做这些农活，现在做起来也算是轻车熟路。不过一会儿的工夫就割了半筐，她有些得意，再看看秦盛面前的一小堆，忍不住叉着腰笑了，道：“看来秦大总裁好像不太行。”

秦盛眯了眯眼，勾起嘴角，淡淡地道：“我行不行，钟律师最清楚了。”

钟晚一噎，没好气地瞪了秦盛一眼，骂道：“臭流氓。”

两人一路拌嘴一路割草，似乎也没花多大工夫，就割了满满的一筐猪笼草。

“行了，下山吧。”钟晚拍拍手。

她话音刚落，就听见轰隆一声惊雷，紧接着，瓢泼大雨倾盆而下。

“怎么这样！”钟晚有些不敢置信，“刚刚还出大太阳呢。”

“山上就是这样。”秦盛皱着眉，一只手提起筐，一只手拽着钟晚，匆匆往前走，“快下山吧，一会儿雨更大更难走了。”

下了雨，山上本就崎岖不平的路更是难走，有些地方泥泞不堪，有些地方又被雨水冲刷得光滑，钟晚急着走，一时没注意脚下的路，踩上了一块光秃秃的石头，脚一滑，整个人摔了出去。

“啊——”

秦盛皱着眉头，忙把钟晚扶了起来，问：“摔到哪里了？”

钟晚捂着疼痛不已的脚踝，估计是崴伤了。

看着钟晚痛苦的表情，秦盛知道她肯定伤得不轻，他没仔细看钟晚伤得如何，这时候若是不赶紧下山，怕是一会儿就要被困在山上了，到时候更麻烦。

他把身上的外套脱下来披在钟晚身上，紧接着又背对着钟晚蹲下身子，道：“上来，我背着你下山。”

钟晚咬了一下唇，没逞能，爬上了秦盛的背。

秦盛外套里面只穿了一件背心，此刻早就被浇湿了，可钟晚靠在他的背上仍旧觉得滚烫。

莫名地，她心底有些酸涩。

钟晚缓缓开口："秦盛，我一直很不喜欢麻烦你，可我似乎一直在给你添麻烦。"

秦盛脚步一顿，隔着暴雨哗啦啦的声音，隐约能听见他低沉沙哑的话："晚晚，你能不能试着依靠我？"

钟晚没吭声，她不知道该怎么回应，只觉得自己身上滚烫，意识越来越模糊。

她似乎只是沉沉地睡了一觉。

醒来的时候，已经是晚上，钟晚撑着坐起来，环顾四周，不是那熟悉的里屋，墙壁一片白，床旁边的支架上挂着一个已经空了的吊瓶。

像是在一个小诊所。

嘎吱。

一个护士推门走进来。

"你醒了呀？"她笑着说，把手里的体温计递给钟晚，"再量一下体温吧。"

钟晚还有些发蒙，问："我发烧了？"

"是啊，你男朋友送你来的时候都凌晨了，你当时发着高烧呢。"

"凌晨？"钟晚看了看外面漆黑如墨的夜色，"我睡了一天？"

"是啊。对了，你男朋友刚刚在外面打电话，估计一会儿就回来了。"

钟晚抿了抿唇，她记得山上是没有诊所的。

也就是说，昨天秦盛将她背下了山，又紧接着将她一路背到了镇上的诊所。

钟晚垂下头，心里说不清是什么滋味。

似乎两年后不巧地碰到秦盛后，他们之间的瓜葛就越来越多了，扯不清，理还乱。

"好了，温度计给我吧。"护士道。

钟晚回过神，把温度计抽出来递给了护士。

“已经退烧了，应该没有什么大事了。不过你脚上的伤还是要多注意，回去要坚持敷药。”

“醒了？”这时候秦盛推门进来，看见坐起来的钟晚，他皱了皱眉，“怎么坐起来了？饿不饿？我刚刚顺便去买了粥。”

护士见他过来，便把药留下，然后推着推车走了。

钟晚抿了下唇：“我已经退烧了，应该可以出院了。我们一会儿就回去吧。”

秦盛被她气笑了。

他走过去点了点钟晚被包裹得严严实实的脚踝，没好气地开口：“就你这样怎么回去？还指望着我背你？”

要是平时钟晚肯定毫不客气地呛过去，可一想到昨天秦盛背着她走了那么远的路，她就有些不好意思：“昨天，谢谢你。”

“钟晚，你非得和我这么客气吗？”秦盛有些不悦地皱紧眉头。

钟晚沉默了。

秦盛心底莫名地又涌上来一股火气，他烦躁地去摸烟盒，又突然意识到医院病房里不能吸烟。

去摸烟的手转而把盛着粥的饭盒打开，递到了钟晚面前，道：“喝点粥暖暖胃。”

钟晚乖乖地把粥接过来，小口小口地喝，她的确是饿了，这粥也是熬得喷香，片刻的工夫一碗粥就见底了。

钟晚打了个饱嗝，有些不好意思地开口：“可我也不能住在医院。”

“我给你们律所打个招呼，你就直接回家静养吧。”

“这怎么行？”钟晚瞪大了眼睛，开口道，“这和我的工作绩效是挂钩的，事关奖金！”

秦盛嗤笑了一声，道：“多少钱？我给你。”

“我不要你的钱，你又不是我老板，我凭什么要你的钱？”

“你……”秦盛冷着脸，欲言又止。

“随便你。”他硬邦邦地扔下这句话，就摔门离开了。

钟晚双手环着腿，垂下了头。

她到现在都还清楚地记得那天在秦盛办公室听到的话，足够屈辱，也足够痛彻心扉。

看电影的事大概是一点火星，彻底点燃了钟晚心底埋下的那些事。

她想，她可能没办法继续和秦盛在一起了。

不可否认的是，她仍旧爱着秦盛。可她和秦盛之间已经隔了许多东西，金钱、地位，她的自卑，还有傅瑶。

决定离开的那天，钟晚去了一趟秦盛的办公室，有些东西还是亲自交到他手上比较好。

这么久了，钟晚从没有去过秦盛的公司，她很少过问秦盛的事，以至于她到公司的时候直接被前台拦住了。

钟晚站在外面给秦盛打了个电话。

“你怎么过来了？”电话那头的秦盛语气平淡，钟晚甚至还仔细听了听，没有女人的声音。

她低头看着自己的脚尖，轻轻地“嗯”了一声。

“把手机给前台，我跟她说。”秦盛又道。

钟晚把手机递给了前台，不知道秦盛和前台说了什么，挂电话的时候，前台的目光带了几分探究。

“您这边请。”

钟晚微笑：“谢谢。”

钟晚坐了电梯上去，按照指示牌找到了秦盛的办公室。

她敲了敲门，而后轻轻推门进去。

屋里只有秦盛一个人，他低着头，似乎正在看什么文件。

秦盛听到声音抬头，看了她一眼，问道：“怎么想起过来了？”

“有个东西要还给你。”

秦盛挑了下眉。

钟晚把秦盛当时给她的银行卡递过去，附赠的还有一个薄薄的小本。

“这是什么？”秦盛眯了眯眼。

“这些年你给我打的钱，都在这里面。你每次给我转账我都记下来了，你可以去查一下。”

秦盛的脸瞬间沉了下来。

他随意翻了翻那个本子，冷笑一声，道：“钟晚，你到底什么意思？”

“就是，我觉得，或许我们应该分开了。”

钟晚以为自己说出这句话时会如释重负，可并没有，甚至在说出来的时候还隐隐有些心痛。

“这么客气啊。”秦盛的眼底带着冷意，他嘴唇紧抿，下颌线条也随之收紧，目光更是暗得深不可测。

“不过这账不能这么算，咱们在一起这么长时间，我也睡过你挺多次了，这笔钱应该扣除啊。还是说，你陪睡不要钱啊？”

最后一句话，秦盛带着冷意说出来，隐隐还有几分讥讽，这话就像一把刀插在钟晚心头。

她知道秦盛有时候对她很坏。

可没想到，秦盛可以这么坏，他在往她心上捅刀子。

“我知道你看不起我。”钟晚的声音有些沙哑，“你喜欢的是傅瑶那样高贵的女神，不像我，你一声令下，我就要脱了衣服躺好。”

秦盛手一僵，皱起眉头，道：“这跟傅瑶有什么关系？钟晚，你在这儿跟我无理取闹吗？我什么时候看不起你了？”

“算了，秦盛，我们以后别见面了。”

钟晚说完这句话，再没有丝毫停留，直接转身离开了，走的时候，她脚步很轻，整个人轻飘飘的，像是踩在棉花上。

她用尽了毕生的勇气去爱秦盛，可她现在已经没有再继续下去的力气了。

钟晚买了票，打算晚上离开。

傍晚的时候钟晚正在收拾行李，手机叮咚一声响，是秦盛发来的短信：“别闹脾气了，我明天陪你去看电影。”

钟晚只回了两个字：“分手。”

收到钟晚短信的时候，秦盛正在外面喝酒。

他看了一眼手机，皱起眉头，有些不耐烦地回了几个字：“又在闹什么？”

信息没发出去，顺便还附赠了一个红色感叹号。

他被钟晚拉黑了。

一旁有哥们儿看到了，戏谑地开口：“女朋友闹脾气了，还不去哄哄？小心晚上回不去家。”

秦盛冷笑一声，把手机扔到一旁，道：“不惯她毛病。”

酒局散了已经是深夜，他步伐有些摇晃，开门进屋后是一片黑暗。

秦盛靠在门口，皱着眉叫着钟晚的名字。

没人应他。

秦盛骂了一声，伸手把灯打开了。

屋子里有些空荡荡，哪里还有一点钟晚存在的痕迹。

大概是睡了一天的原因，钟晚晚上翻来覆去也睡不着。她干脆套了一件外套，跷起一只脚，一路蹦到了天台上。

说不清是太有缘分了，还是冤家路窄，她又碰到秦盛了。

秦盛穿着黑色的风衣，倚在栏杆上，他背着月光，脸上神色晦暗不明，指尖夹着一支烟，一点猩红的火光在黑夜里尤为明显。

听到声音，他侧头看过来，皱起眉头，问：“不好好睡觉折腾什么？”

钟晚一蹦一跳地过去，学着秦盛的样子靠在栏杆上，道：“睡了一天了，现在一点也不困。”说着，她冲秦盛伸出手，“给我一支烟。”

秦盛眯了眯眼，轻哼了一声，道：“好的不学坏的学。”

“是你教的。”钟晚知道要不来烟，干脆转过身去。这里是小镇，没有大都市的万家灯火，此刻除了零星的几盏路灯，就只剩下有些昏暗的月色。

秦盛弹了弹烟灰，轻声开口：“明天我背你上山。”

钟晚愣了一下。

秦盛从来没有在她面前改过什么决定，这是第一次。

她低头看着被包成粽子似的脚，抿了一下唇，道："我自己也行。"

秦盛冷笑一声，问："你蹦着上去？"

钟晚一噎。

两人都沉默了。不知道过了多久，钟晚被风吹得有点冷，她裹了裹衣服，打算下去睡觉了。

就在准备转身离开的时候，她听到身后秦盛有些沙哑的声音："那天，对不起。"

钟晚怔住了，甚至有些恍惚。

她竟然破天荒听到秦盛主动这么真诚地道歉。

"你走的那天，我说的话有些过分。"秦盛低声道。已经过去两年了，现如今想到那天，秦盛还是有些心悸，甚至夹着烟的手都有些颤抖。

他说那些话当然不是为了羞辱钟晚，他是心底太害怕钟晚离开了，却又死要面子，不会拉下脸来挽留钟晚，只能把心底的怒火和惊慌转化为最恶毒的话。

钟晚转过头，她还踮着一只脚，看起来有些滑稽，她突然笑了，道："你不说我都忘了。"

秦盛目光微暗，他抬手想碰碰钟晚的脸，可手还是在半空中顿住了，道："夜深了，我抱你回去睡觉。"

没等钟晚回过神，秦盛就拦腰一抱。她整个人僵住了，脸颊靠在秦盛的胸膛处，温热滚烫，还能听到强有力的心跳声。

那是两年前她几乎每一个夜里都能听到的。

想着要回山区，钟晚早早地起来去办理出院手续。雨过天晴，路也好走了许多，大概中午的时候就到了。

两个人回到了那间套房，钟晚刚刚坐下，屁股还没坐热呢，就听见敲门声。

秦盛走过去开门，隔得太远，本以为是房东大婶，谁知道听到了一道熟悉的声音。

“秦盛！你真的在这儿啊！”

钟晚身子一僵。

这声音她再耳熟不过了。

她低着头，手微微握紧，一口气堵在胸口又慢慢地吐出来。

是傅瑶啊。

秦盛站在门口，看见面前人，微微皱眉道：“你怎么在这儿？”

傅瑶指了指胸前的摄像机，说：“我来这儿采景，顺便写篇报道。我刚刚听说你也来这儿了，都不敢相信是真的。”

她笑着，脑后的马尾辫一晃一晃的。

秦盛没什么心情和她叙旧，时间快到了，他还得给钟晚换药呢。

“你这是间套房吧。”傅瑶探着头往里看，“我能借住一晚吗？”

“不能，不方便。”秦盛干脆地拒绝。

傅瑶轻笑了一声，道：“那么小气干吗啊，和你住一间屋我都没说吃亏。”

说着，她直接从秦盛一旁挤进去，毫不客气地往里面走：“我就住在里屋吧，这屋子里还挺干净……”

话说到一半戛然而止。

傅瑶站在里屋门口，看见坐在床上的钟晚，整个人僵住了。

钟晚有些尴尬，一大早起来她就匆匆洗了一把脸，衣服还是昨天的，皱皱巴巴，甚至脚还被包裹成了一个粽子。

对比面前穿得光鲜亮丽的傅瑶，真是差距甚大。

“我说了不方便。”秦盛走过来，瞥了傅瑶一眼，“你还是另想办法吧。”

“你是钟晚吗？我是傅瑶。”傅瑶突然开口，笑着打了个招呼，“我听说过你，在……两年前。”

钟晚笑了一下，道：“我们是一个学校的，早在念书的时候我就听过你的名字了。”

“原来是金屋藏娇啊。”傅瑶摊了摊手，“好吧，那我就不打扰你们了。

对了，今晚有篝火晚会，你们俩会来吧？”

秦盛的语气有些不耐烦：“再说吧。”

傅瑶走后，秦盛看了钟晚一眼，迟疑了一瞬才开口：“这两年我没和她联系过，我也不知道她怎么会在这里。”

钟晚低着头，道：“你不用和我说，这些和我没关系。”

秦盛紧抿嘴唇，下颌线条也随之收紧，目光更是暗得深不可测。

他沉默了一瞬，转身去拿药膏，然后半蹲在钟晚面前，揭开她脚上的纱布，小心翼翼地在红肿处上药。

钟晚咬了咬唇，轻声道：“秦盛，你没必要这样。”

秦盛的手还握在钟晚的脚腕处，炽热滚烫，他抬头看着钟晚，眼波深处似是打了个旋儿，又落了下去。

他开口，声音沙哑：“钟晚，你想要我的命是不是？”

钟晚的脚不方便，晚上的篝火晚会自然去不了。秦盛说是要陪她，本不打算去，可后来来了一个热情的老乡，还是把秦盛拽去了。

隔得不算远，钟晚靠在窗子上也能听见外面喧闹的声音，隐隐约约还能看见炽热的火光。

她因为脚伤在医院耽搁了两天，谁知道普法宣传已经结束了，明天就要回去了。

分别前，总是最热闹的。

钟晚没想到会在这儿碰到傅瑶，其实如果可以，她这辈子都不想看到傅瑶。

她本以为已经将那段往事压在心底了，可今日再次见到傅瑶，才发觉那些事她从没有忘记。

分别的这两年，她不是没有想过，傅瑶会不会已经和秦盛又走到了一起。

而她，只是在傅瑶离开时用来填补空缺的一个路人。

就像是故事里的白月光，傅瑶就是那个穿白裙子的女孩儿，干干净净地在秦盛心底。

这种念头，每想一次，都像是毒蛇在撕咬她的心一般。

那种嫉妒与不甘已经快要将她淹没了。

回到A市后，工作出现了一段空档期，没有什么案子，钟晚闲得每天在办公室吃蛋糕，胖了不少。

这个时候，傅瑶突然联系了她。

钟晚不知道傅瑶从哪儿拿到的她的手机号，电话里，傅瑶直接说约她出来喝咖啡，见见老校友，这个理由钟晚没有办法拒绝。

咖啡店就在律所楼下，傅瑶订了一个小包间，很幽静，这该是情侣幽会的好地方，而傅瑶和钟晚的关系就有些尴尬了。

“不知道你喜欢喝什么，随便点了两杯美式，你要是不喜欢可以换。”傅瑶温柔地笑着。

“没关系，这杯就很好。”钟晚晃了晃咖啡的勺子，“傅小姐叫我来有什么事吗？”

“只是叙叙旧而已。”傅瑶轻笑着开口，“对了，我听说两年前你突然离开了，什么时候回来的？”

“不久前。”钟晚懒得再兜圈子，她抬眸看了一眼傅瑶，开门见山地说，“傅小姐是想问我和秦盛的事吗？”

傅瑶挑了下眉，道：“没有，你误会了。我约你出来和秦盛无关，只是我回国后朋友就很少了，我想和你做个朋友而已。”

傅瑶拿出手机，点到微信，道：“加个微信吧，以后可以一起出来喝咖啡。”

钟晚不知道傅瑶葫芦里卖的什么药，只是人家都这么说了，她也只能掏出手机递了过去，扫了码加了微信。

回到律所后，钟晚实在没忍住，点开了傅瑶的朋友圈。

朋友圈空荡荡，只有一张图片，是昨晚发的。

钟晚点开图片，上边是一个男人的锁骨，图片拍得很清晰，甚至能看到锁骨上的黑痣。

钟晚的手有些颤抖。

她认识照片上的人，是秦盛。

推算时间，也就是昨晚的篝火晚会，那晚秦盛和傅瑶在一起？他们在做什么？

钟晚努力克制着自己不去想，可脑子里不受她控制地闪过一幅幅画面，有他们依偎的、拥吻的。

钟晚突然觉得很恶心，这么想着，胃里就一阵翻腾。她冲进卫生间，扑在洗手台上干呕，直到眼眶通红，才稍微缓过来。

她低头用凉水冲了冲脸，可就在不经意抬头看镜子时，她看到了傅瑶和秦盛抱在一起的画面。

傅瑶穿着白裙子，被秦盛搂在怀里。她低着头，小心翼翼地吻了吻秦盛的锁骨。

钟晚胃疼得厉害，脑袋也疼得像是要炸开了，她弯着腰半蹲在地上，抱着自己的头忍不住呜咽出声。

她哭得难受，怕人听见，又死死地咬着自己的胳膊，零碎的呜咽声传出来。

她想起那晚跪在她脚边给她上药的秦盛，她恨不得冲上去打他一巴掌，可一巴掌又怎么抵得过她现在心里的酸疼，像是无数小刀子扎进去，把一颗心剜得鲜血淋漓。

她难受得快要死掉了。

可她又有什么资格去恨秦盛恨傅瑶呢，她完全没有立场啊。

她只是难过，仅此而已。

钟晚甚至不知道自己是怎么熬到下班的。

姜瑜来接她，说新开了一家日料店，想去尝尝味道如何。她坐在副驾驶座，听着姜瑜念叨那家日料店有多好吃多好吃，可她一个字也听不进去。

她的耳朵和喉咙都像是被堵住了一样。

吃饭的时候，姜瑜皱着眉问她：“你今天怎么了，魂不守舍的？”

钟晚低着头戳了戳盘子里的寿司，慢吞吞地开口：“可能是最近太累了吧。”

“要我说，你就应该请假放松放松。哪有人像你这样的，当自己是拼命十三娘啊，全年无休。”

姜瑜突然一拍脑袋，道：“对了，我差点忘了。”

她翻翻自己的包，找出一张传单，递给钟晚，道：“去旅游吧，放松放松。”

钟晚接过传单，上边印着一个古镇的图片。

“新开发的一个古镇，游客应该不会很多，最适合你这种喜欢僻静地方的人了。你出去散散心吧，天天闷着也不是回事。”

钟晚低眉垂眸道：“好。”

钟晚第一次这么爽快，她动作迅速，当晚回家就收拾行李，给律所打电话请了假，又让苏雅帮她订了机票。

临走前，她还做了一件事。

把秦盛拉黑。

第六章
他又被拉黑了

钟晚到古镇的时候已经是下午了。

她已经提前订好客栈，谁知道古镇的客栈装修风格都差不多，钟晚左拐右拐都没找到。

眼看着天快黑了，钟晚干脆背着包坐在路边，给客栈打电话，看看他们那边会不会派人来接。

客栈老板的态度不错，很快答应了会让人来接。

在挂了电话的一瞬，手机黑屏了。

没电自动关机了。

坐了大半天飞机，又折腾了这么久，钟晚早就累得难以形容，在等人来接的时候差点睡着。

丁零零……

一阵铃铛声由远及近地传来。

钟晚迷迷糊糊地睁开眼，愣了一瞬，差点以为自己穿越了，停在自己面前的不是什么豪车，甚至连四个轱辘都没有——是一辆破旧的二八大杠自行车。

钟晚眨了眨眼，看见自行车上喷漆的“盛和客栈”几个字才有些不确定地问：“你是客栈派来接人的？”

骑在自行车上的是一个戴着摩托车头盔的人，他点点头，大概是被头盔阻拦，说话瓮声瓮气：“是钟晚小姐吗？”

钟晚舒了一口气，点点头：“是我。”

“给。”那人递给钟晚一个头盔。

钟晚接过来，忍不住问了一句：“你们这儿规定，骑自行车都要戴头盔吗？”

“不是，我技术不好，怕半路摔了，也好提前做个保障。”那人诚恳地开口。

钟晚僵住了，一时间，她竟不知道自己该不该接过来。

不过这人倒是没说假话，自行车的确骑得不怎么样，一路上歪歪扭扭的，好几次钟晚差点摔下去。

好在最终一路有惊无险地到了客栈。

“钟小姐您好。”前台是个中年大叔，给钟晚简单地做了登记就把门卡给她了。

“阿泽，带钟小姐去房间。”前台大叔冲她身后招呼了一声。

钟晚回头一看，是刚刚骑自行车带她来的那人。

他摘了头盔，头发湿漉漉地贴在额前，显得乖极了，眉下一双桃花眼，微微弯起来，带着好看的弧度。

“好的，阿叔。”他走到钟晚身边，笑了笑，道，“在二楼，跟我来吧。”

客栈规模不大，二楼也仅有几个房间而已。钟晚的房间是最里面那一间。

“姐姐是一个人来玩吗？”清脆的嗓音在耳侧响起来。

钟晚挑了挑眉，问：“姐姐？我看起来有那么老吗？”

“刚刚登记的时候，我看了姐姐的身份证。”阿泽笑了，“刚好比我大一个月。”

他观察得倒是挺仔细。

钟晚点点头，道：“一个人。”

“姐姐住在我隔壁。”阿泽偏头，指着旁边的一间房，“姐姐如果有事，可以来找我。”

钟晚开门的动作一顿，弯了弯嘴角，道：“好。”

进到屋子里后，钟晚简单地收拾了一下行李。客栈倒是挺干净的，不过也算是习惯使然，钟晚还是四处检查了一下。

房间里没有针孔摄像头。

钟晚打了个哈欠，几乎没有精力再动弹，她直接瘫在床上，睡了个昏天黑地。

第二日一早，钟晚是被敲门声吵醒的。

她迷迷糊糊地趿拉着拖鞋去开门。

是阿泽。

他端着一个盘子，看见钟晚，露出了一个大大的笑容，道：“姐姐早安！”

他一面说着，一面把盘子递过去，上边放了几片吐司，还有一个煎蛋，用番茄酱歪歪扭扭地画了一个爱心的形状。

钟晚没接，道：“我没叫早餐。”

“本店赠送的。”阿泽不由分说地把盘子递到了钟晚手上，“爱心早餐。”

钟晚实在困得厉害，面无表情地接过盘子，生硬地说了句“多谢”，而后飞快地关了门。

本想着再睡个回笼觉，可钟晚翻来覆去竟又没了睡意，干脆坐起来，打开了手机。

昨天手机没电自动关机了，钟晚回来后直接把它充上电就没管，今天再打开，吓了一跳。

十二个未接来电。

她翻开通话记录，除了姜瑜和苏雅分别打来的一个，其余的都是秦盛打来的。

她走之前只拉黑了秦盛的微信，却忘了把他的手机号码拉入黑名单。

真是失策。

正想着，秦盛的电话就打来了。

钟晚动作一顿，迟疑了一会儿，还是点了接通。

“晚晚？”

钟晚淡淡地道：“什么事？”

“你怎么回事？给你打电话关机，微信突然把我拉黑了，给你律所打电话又说你请假。”秦盛的语气有些焦躁，“你去哪里了？”

钟晚没什么心情和秦盛说话，不耐烦地道：“你到底有没有事？”

电话那头沉默了一瞬。

半晌后，秦盛才开口：“发生什么事了？”

钟晚直接挂了电话。

这一次，她干脆利落地把秦盛拉进了黑名单。

反正也睡不着，钟晚索性换好衣服吃完早饭下楼。

“钟小姐要去逛逛吗？”前台大叔看她下来，忙问了一句。

“是啊。”

“需不需要导游？”

“你们这儿还分配导游？”

“是啊，要不然怎么能是优秀客栈呢。”大叔笑了笑，“阿泽，来，带钟小姐出门转转。”

得，钟晚算是看出来了，整个客栈就阿泽一个打杂跑腿的。

阿泽既不生气，也没有嫌麻烦，笑着把那辆古董自行车推出来。

“别。”钟晚忙拒绝，“我们走着去就行了。”

上次戴头盔快要闷死了，更别提阿泽把自行车骑得那么惊心动魄，她是一点也不想再坐了。

这个古镇说来只是比其他的小镇装修风格独特了一点，更何况是新开发的，也没什么特别的旅游景点，想来想去，阿泽干脆带着钟晚去了小吃一条街。

钟晚刚刚吃过早饭，现在又塞了一肚子的东西，撑得她快走不动路了。

两人顺着小路往客栈走，也算是消食了。

“前面有画人像的。”阿泽说，“姐姐要去画一张吗？”

反正来都来了，画一张当作留念了。钟晚这么想着，点点头，跟着阿泽走了过去。

“一个人八块，两个人十五。”画像的人看了两人一眼，又指了指摊位那儿谢绝讲价的牌子。

钟晚想了想，转头问阿泽：“要来一起画吗？”

阿泽愣了一下，有些不可置信地指了指自己，问道：“带上我？方便吗？”

“有什么不方便，姐姐你都叫了，画一幅画怎么了。”钟晚掏了三十块钱递过去，“麻烦画两张，我们两个一起。”

既然是两个人画在一起，肯定是要一人一张，也算是留个纪念。

老板画画的速度实在是有点慢，钟晚坐在凳子上等到脊背都僵硬了他才画好。

两幅画，一人一张。

阿泽拿到画之后表现得很欢喜，一路都念叨着要把画贴在哪儿。

钟晚乐了。

她不经意地侧头看阿泽，阳光晃在他的眉眼处，看起来竟有几分熟悉的感觉。

可她……之前并没有见过阿泽啊。

出去逛了小半天，回客栈后钟晚就一直瘫在床上。晚上客栈后厨包了饺子，钟晚也跟着蹭了一口，热热闹闹一桌人围在小桌子前吃饺子，不亦乐乎。

钟晚突然有点恍惚。

好像又回到了她念书的时候，和秦盛一起去修理铺吃火锅，围着热气腾腾的锅子，几个人聊得热火朝天，而她会隔着袅袅的热气偷偷地看秦盛。

那似乎已经是很久远的记忆了。

钟晚吃了快有一盘饺子，她揉了揉鼓起来的小肚子，不好意思白吃白喝，便跟着后厨大娘去刷碗。

“我看阿泽八成是喜欢你。”后厨大娘突然悄悄地在她耳旁说了这么一句。

钟晚一惊，忙摆手道：“没有的事，我和他刚认识，算起来也就才两天不到。”

“他也才刚来，算起来，他好像是上午来应聘，晚上你就到了。”大娘笑了，“不过他对你多殷勤啊，早餐都是他特意做好给你送上去的。”

钟晚想起了那画得歪歪扭扭的爱心，顿时尴尬极了。她咽了下唾沫，忙岔开话题：“阿泽是刚来的？我还以为他一直是这儿的员工。”

“要不怎么说巧了呢。”大娘冲她挤挤眼睛，“这就是你们总说的缘分，对吧？”

钟晚尴尬得不知道该怎么接话。

她只能扯着嘴角笑笑，飞快地把几个盘子冲刷干净后就急急忙忙地回房间了。

刚回屋子里，她还没来得及换衣服，就听见啪的一声，屋子里陷入了一片漆黑。

停电了。

钟晚不算胆子小，她甚至镇定地打开了手机的手电筒，准备推门出去问问情况。

她刚推开门，就碰到了站在门口的阿泽，他手里举着一个烛台，气喘吁吁地说：“姐姐没吓到吧？”

钟晚摇了摇头，问：“怎么回事？是跳闸了吗？”

“大概是，前台大叔已经去看了。”

钟晚摇了摇手里的手机，道：“不用烛台，你拿回去吧。没问题，我自己可以的。”

“姐姐真的不害怕吗？”阿泽抬头看着她，有些可怜巴巴地开口，“可是姐姐，我有点怕。”

钟晚僵在原地。

“我能去姐姐的屋子里待一会儿吗？”阿泽抬头，带着几分不好意思地开口，“会不会打扰到你？”

话都说到了这个份上，钟晚还能再说什么？她只能点点头，让开身子让阿泽进去。

钟晚把阿泽拿的烛台放到桌子上，又把手机的手电筒放在一旁，屋子里顿时明亮许多。她给阿泽倒了一杯水，状似无意地开口："刚刚在后厨，我听大娘说你是昨天才来打工的？"

阿泽小口小口地喝着水，闻言点点头，然后轻轻地笑了，露出脸颊两侧浅浅的酒窝，道："我和姐姐很有缘分对不对？"

"我还以为你是本地人呢。看你年纪不大，怎么想到来这里打工？"

"我家里人都不待见我，我就跑出来打工了。"阿泽笑着开口，似乎在说一件无关痛痒的事。

这倒是把钟晚弄得有些不好意思，她正要开口说什么，突然屋子里的灯都亮了。

"来电了。"阿泽站起来，把杯子递给钟晚，"姐姐早点睡哦，记得把窗户关好。"

说完他就推门出去了。

钟晚站在原地，微微皱眉，她总觉得这个阿泽似乎有什么地方很不对劲。

秦盛发觉自己被钟晚拉黑的时候正在酒吧喝酒。

几个酒肉朋友组的局，屋里音乐震天响，旁边还坐着几个小姑娘，容貌姿色和娱乐圈里的三四线明星相比也差不了多少。

明眼人都看得出来秦盛是这里的爷，几个小姑娘也都扎堆往秦盛身边凑，一会儿拍拍胸膛，一会儿端着酒杯贴上去。

秦盛意兴阑珊，不过他今天心情不错，也没发火，只是懒懒地摆了摆手。

这两天他和钟晚的关系算是有所缓和，这么想着，他干脆掏出手机，打算给钟晚发信息约着明天出去吃饭。

信息刚发出去，就收到了有些刺眼的红色感叹号。

瞬间，秦盛的脸就沉了下来。

他眼底带着冷意，舌尖抵着牙，身子往后靠了靠，干脆拨通了钟晚的电话。

第一遍，关机。

他接连又打了七八遍，还是关机。

最后他冷笑一声，直接把手机砸了出去。

嘭的一声，手机直接被摔得四分五裂。

屋子里顿时安静下来。

旁边有不懂事的小姑娘还凑上去，问："秦少这是怎么了，生……"

啪！

秦盛猛地一巴掌甩过去。

"都给我滚蛋！"

那个小姑娘捂着脸，带着抽噎声跑开了。

其余的人见状，也三三两两地离开了，很快，包房里只剩下秦盛一个人。

他沉着脸，从兜里往外掏烟，不知道是手抖还是怎的，一连点了三四次才点上。

桌子上还有刚刚剩下的酒，也不管都是什么，秦盛一杯接一杯、一瓶接一瓶地往肚子里灌。

等司机来接他的时候，他已经醉得不省人事了。

回去的路上，他靠在副驾驶，半梦半醒地呢喃着一个名字，司机以为是他临时要改地址，忙凑过去仔细听，问道："秦少你说什么？"

这次他听清了，秦盛念的似乎是一个人名。

"晚晚。"

第二日一早，古镇起了雾。

钟晚下楼的时候听见前台大叔正放着广播。

"据报道，本镇最近频繁发生入室抢劫案，请各户人家、客栈做好防护准备。”

“小钟起得这么早。”前台大叔冲她打了个招呼，“我去叫阿泽。”

“不用了，我今天不打算出门。”钟晚笑了笑，“雾这么大，出去也没什么好逛的。”

钟晚去院子里坐了一会儿。似乎自那天把秦盛拉黑后，他一直很安静。

这样其实最好不过，钟晚想，就这样断了吧，随他和傅瑶怎么样，都和她无关。

她一整天都窝在客栈里，感觉时间似乎过得很慢，天上的白云都飘飘然。

傍晚时钟晚房里的热水器坏了。可不巧她正在洗澡，刚洗到一半就没水了。没办法，她头上还顶着泡沫呢，只能围着浴巾去厨房大娘的房间里蹭热水，好歹勉勉强强把头发洗了。

“小钟啊，明天我叫人把你房间里的热水器修好，现在太晚了。”

“好，没关系。”

钟晚一边擦着头发，一边笑着往楼上走。

嘀。

刷房卡推开门，钟晚正要去拿吹风机，突然目光顿在床旁边的柜子上，整个人僵住了。

房里没开冷气，钟晚却仍旧觉得寒意一股股地顺着发丝、头皮传到全身各处，就连指尖都在颤抖，她攥紧了手里的毛巾，一动也不敢动。

她清楚地看到，黑色柜子底下的空隙露出一双棕色的皮鞋。

她的房间里怎么会有这样的鞋子呢？

大脑空白了一瞬，她猛地又想起早上下楼时听到的广播。

入室抢劫？

他是什么时候上来的？她刚刚洗澡的时候还没有这双鞋啊！

钟晚颤抖着吐出一口气，僵硬地扯出一丝微笑，努力让自己的语气变得自然。

“哎呀，刚刚把毛巾落在大娘的屋里了，我得去取一下才行。”

话音刚落，她就飞快地转身推门出去。

她几乎是一路小跑到了楼下，前台大叔被她吓了一跳，问："怎么了？房间里有蟑螂？"

"不是蟑螂，是人！我房间里有人！"钟晚咽了下唾沫，声音隐隐有些颤抖，"入室抢劫，在我房间里！"

前台大叔的脸一瞬间白了。

"要不然……报警吧……"他哆哆嗦嗦地开口。

"等警察来还要一会儿，我们也不能一直在这儿等着，人还在我屋子里呢！"钟晚咬了咬唇，"这边有刀吗？斧子也行！"

"姐姐，怎么了？"

钟晚听到声音抬头，看到阿泽从楼上下来，迷迷糊糊地揉着眼睛，像是刚睡醒的样子。

前台大叔把事情给他重复了一遍，阿泽顿时冷下脸，皱紧眉头，道："姐姐说得对，我们得上楼去看看，反正我们这么多人，总不会打不过他一个吧？"

前台大叔皱着眉，最终还是点头同意了。

他们几个人去厨房拿了刀，然后结伴战战兢兢地去了钟晚房间。

推开门，屋子里空荡荡的。

钟晚下意识地看向柜子，怔住了。柜子底部空荡荡，压根儿没有什么棕色皮鞋。

阿泽拿着刀，小心翼翼地凑近柜子，回头示意了他们一下，而后以迅雷不及掩耳之势拉开了柜子的门。

钟晚下意识地闭上眼。

没有动静，她咬了咬唇，颤抖着微微睁开眼。

没有人！

柜子里根本没有人！

几个人面面相觑，而后又迅速把屋子里找了一遍，还是没有人，根本没有钟晚说的什么入室抢劫犯。

阿泽看了一眼钟晚，迟疑着开口："会不会是跳窗逃跑了？"

钟晚摇了摇头，道："应该不会，我这屋的窗户是从里面关好的，而且这里举架高，虽然是二楼，但差不多相当于其他三楼的位置，若是跳下去，不可能完好无损地离开，我们总该听到动静。”

“那这人……”

钟晚紧皱眉头，道：“或许是我眼花了，看错了。”

“可能是听到新闻，精神有点紧张了。”大叔叹了口气，“晚上好好地睡一觉吧。”

钟晚充满歉意地笑了笑，道：“折腾大家了，不好意思。”

等人都下楼了，阿泽才开口：“姐姐，不然今晚你去我房间里睡吧，发生了那样的事，心里肯定有些发毛，晚上容易做噩梦。”

钟晚摇了摇头，道：“不用了，我没事的。”

“姐姐不会是担心我吧？你放心，我那屋里有两张床，我不会对姐姐做什么，现在客栈里也没有空的房间了。”

钟晚抿了抿唇。

平心而论，她的确是有些害怕，而且她总觉得那双鞋或许不是她的幻觉。

迟疑了一瞬，她点了点头，道：“那好吧。”

阿泽的房间布局和钟晚的差不多，只不过按照规格来说，钟晚的属于大床房，阿泽的是双床房。

“姐姐，你先坐。”阿泽把其中一张堆满杂物的床收拾了一下，不好意思地笑了，露出酒窝，“这里太乱了，姐姐别嫌弃。”

“怎么会呢？”钟晚抬头对着他笑了，“还要感谢你收留我呢。”

“姐姐今天好像在躲我。”阿泽的声音里有丝委屈。

钟晚身子一僵，尴尬地笑了笑，道：“没有啊，怎么会？”

“一整天了，只要我去哪儿，姐姐就会找借口离开，这难道不是躲我吗？”阿泽看着钟晚，漆黑的眸子里满是控诉的意味。

钟晚有些不自在。

其实她的确在躲着阿泽，那日在厨房刷盘子时听到厨房大娘的话，虽只是开玩笑，可钟晚还是放在了心上。

仔细想想，阿泽对她的确热情得有些奇怪。

“姐姐也发现了吧。”阿泽笑着，漫不经心地开口，“我喜欢姐姐呢。”

钟晚吓了一跳，往后退了两步，跌坐在了床上。

“你说什么呢，这种事不能乱开玩笑。”

“我没有开玩笑。”

“我们才认识三天而已。”

“可我从见到姐姐的第一面起就喜欢上姐姐了。”阿泽凑近两步，好看的桃花眼微微上挑，“见色起意也好，一见钟情也罢，反正我就喜欢姐姐。”

“打住，我看你也是被吓糊涂了。”钟晚慌乱地起身，准备推门出去，“我看应该没什么事了，我还是回去睡吧。”

“姐姐。”阿泽突然拽住了钟晚的手腕，脸上的笑意收敛，“姐姐就这么讨厌我？”

钟晚尴尬地笑了笑，努力挣脱他的手，道：“对不起。”说完她也不敢再停留，匆匆推门出去了。

那背影有几分落荒而逃的意味。

钟晚回到房间里，心有余悸地拍了拍胸脯。想起刚刚小孩儿弯着桃花眼叫自己姐姐的模样，她叹了口气，幸好自己定力十足，不然就要老牛吃嫩草了。

钟晚还是有些不放心，又把屋子里扫视了一遍，的确没有人。

她想了想，把柜子打开，突然目光一顿。

这是……

她出门在外，习惯把带的衣服挂在防尘袋里，且不会放在柜子里，这柜子她一直没用，所以底部已经有了一层积灰。

而就在这层灰尘上，可以很明显地看到一个鞋印。

看来，这一切根本不是她的幻觉。

这里曾经真真切切地有一双皮鞋。

可那个人到底跑到哪儿去了？

好歹这一夜算是相安无事地过去了，钟晚这一晚都没怎么睡着，天快亮时才入睡。

日上三竿时钟晚才爬起来，拉开窗帘一看，倒是没有雾了，只是外面天阴得厉害，好像不一会儿就会有一场倾盆大雨。

钟晚不想再待在客栈里了，穿好衣服下楼，打算去外面透口气。

她刚刚走出客栈的大门，就听见身后传来阿泽的声音：“姐姐。”

钟晚叹了口气，无奈地转头。

“你忘记带雨伞了。”阿泽小跑着过来，把伞递给钟晚，然后小心翼翼地看了钟晚一眼，才低声道，“一会儿可能会下雨，我知道姐姐讨厌我，不想我跟着去，不过万一姐姐不小心迷路了，一定要给我打电话。”

“然后让你歪歪扭扭地骑着自行车来接我？”钟晚没好气地瞥了他一眼，“小孩儿家家别想那么多，我只是单纯觉得我们俩不合适，没有讨厌你的意思。”

阿泽顿时又笑了，眼睛亮晶晶的，道：“这么说，姐姐还是喜欢我的喽？”

钟晚一不小心又被他绕进去了，干脆选择闭嘴。她接过伞，摆了摆手，正要转头走，脚步却猛地一顿。

不远处停着一辆黑色的车，车窗半开，隐约能看见里面的人，面色阴沉，目光冷厉。

是秦盛。

第七章

秦盛冤死了

钟晚的脚像是被粘在原地似的，动也动不了。

她现在满脑子只有一个想法：秦盛是怎么找来的？

不等她想明白，秦盛已经推开车门大步走过来。他站在钟晚面前，勾起嘴角，眼底带着冷意。

“你……你怎么来了？”钟晚惊愕地开口。

“想你了，就来了。”秦盛的语气冷冷的。他看到一旁的阿泽，脸色又阴沉了几分，不过很快就又笑了，拽过钟晚的手，用了几分力气，“我有点事要和你说。”

钟晚一看到他就想起傅瑶微信里的图片，下意识地拒绝了：“对不起，我还有事。”

“钟晚！”秦盛几乎是从牙缝里挤出她的名字，他还攥着她的手，十分用力，钟晚疼得皱起眉头，差点以为秦盛要把她的手捏碎。

“你真的不想和我谈谈吗？”

秦盛的脸色十分阴沉，整个人已经处于发火的边缘。

钟晚也不想当着阿泽的面和秦盛吵起来，她忍了忍，只能点了头，道：“去你车上说。”

在秦盛拽着她过去的路上，她一直想甩开他的手，可秦盛强硬且不容置疑地拽着钟晚一路往前。

不经意间，钟晚回头看，阿泽早就不在原地了，而那把雨伞被他扔在地上。

“没看够？这两天玩得挺爽吧？”秦盛冷冷的声音在耳旁响起。

“你乱说什么？”钟晚觉得他莫名其妙。

秦盛冷笑一声，打开后车门，直接把钟晚拽进去。

在车门被关上的一瞬间，秦盛就欺身压了过去。

钟晚被他抵到车门边上，车把手硌在腰间，疼得她直皱眉，秦盛却没管那么多，他掐着钟晚极细的腰肢，咬着她的唇。

钟晚下意识地想躲，却被秦盛压得更紧了，衣服一件件被粗鲁地拽下来。

钟晚疼得脸都白了，眼泪像断了线的珍珠大颗大颗地往下掉。

“秦盛。”钟晚倒抽了一口冷气，声音被他一次次撞得支离破碎，“你这是犯法。”

“好啊，你去告我。”秦盛带着火气，动作却轻柔下来，“我他妈找你找得快把A市翻了过来，你却在这里勾搭小白脸。”

“我没有。”

钟晚攀着秦盛的脖子，指甲在他侧脸留下一道长长的红痕。她想起傅瑶，心里气得不行，秦盛自己在外面勾三搭四，又凭什么跑到她这里来撒火。

“你只会欺负我！”钟晚抬手去捶秦盛，可她浑身软绵绵的，手上也没有一丝力气，“你只会对我这样，从前也是，不高兴了只冲我发火，我是你的发泄工具吗？凭什么你从不碰傅瑶一个手指头，只来我这里欺负我？”

秦盛停下动作，不悦地道：“我什么时候无缘无故冲你发火了？嗯？你自己一声不吭出门胡逛还把我拉黑，跟别的男的拉扯不清，怪我？”

“我们早就在两年前分手了，你算我什么人，你来管我的事？”钟晚瞪着兔子眼似的红眼睛，抽抽噎噎地开口。

“我算你什么人？”秦盛被气笑了，“我算你男人。”

秦盛捏着钟晚的下巴，冷笑着开口：“就你这么傻的，出去被人卖了都不知道，你要找男人也找个好点的，知道刚才那个是什么人吗？是我同父异母的弟弟，小狼崽子一个，被他吃了你都不知道！”

钟晚怔住了。

阿泽是秦盛的弟弟？

“从小到大，我的东西他都要抢走。他肯定是来这儿堵你的。”秦盛没好气地开口。

“我怎么样和你无关。”钟晚挣扎着要起来，可腿一软，差点又跪坐下去。

“钟晚，你能不能不要总是无故消失？你对我哪儿不满意能不能直接告诉我？”秦盛放软了语气，抬手去给钟晚擦眼泪。

“秦盛，我们以后能不能别见面了？”

秦盛的脸又沉下来，他磨了磨后牙槽，道：“钟晚，你能不能不闹了？”

钟晚看着秦盛，想说话，喉咙里却像是被什么堵住了一样。

“我知道你在这儿之后，买不到票，连夜开车来的。”秦盛的声音有些沙哑，“晚晚，跟我回去吧。”

钟晚看着秦盛，他头发乱糟糟的，眼睛里都是红血丝，甚至还冒出了一层胡子茬儿。

钟晚不由自主地心软了，可她还是倔着脾气，冷笑着开口：“刚折腾完我，就想着让我跟你回去，做梦呢？”

她推开秦盛，把衣服一件件穿好，又抬手拢了拢头发，道：“秦盛，你要是喜欢傅瑶就去找傅瑶，能不能不要总来招惹我？”

秦盛眯了眯眼，问：“我什么时候去找傅瑶了？”

钟晚冷哼一声。

“你能不能把话说明白了？”秦盛心底一阵烦躁，下意识去摸兜，摸了个空才想起，来的路上已经把一包烟抽了个干净。

“我已经说得很明白了。”

钟晚的眼睛有些酸涩，她不想哭，可越是这么想，眼泪越不受控制地往下流。

秦盛看不得她哭，忍了忍，又低声下气地道："无论是什么事，都是我错了。我脾气不好，我不该向你发火，不该折腾你。"

可秦盛越是这么说，钟晚越是觉得委屈。

秦盛没办法了，凑过去吻钟晚，轻声道："我和傅瑶没什么，我们都多久没见面了，上次在山区碰到只是偶然，我再没和她联系过。"

"钟晚，我命都给你，行不行？"

钟晚没想明白她要秦盛的命做什么。她被秦盛折腾了一番又吵了一架，此刻已经累得连动动手指都费劲，迷迷糊糊中竟直接在秦盛的车上睡了过去。

再醒来的时候是傍晚了，钟晚身上披着秦盛的外套，她坐起来，发觉自己竟还在车上，环顾四周，她愣了，问："你要开车去哪里？"

"回 A 市。"秦盛握着方向盘，缓缓开口。

"你有病吗？我行李还在客栈，谁允许你拉着我走的？"钟晚气急败坏地道。

"是去拿行李，还是去看小狼崽子？"秦盛一想起秦泽和钟晚在一起的画面就一肚子气。

钟晚被秦盛气得脑袋疼，她不想再和秦盛吵架，也知道秦盛不会把车再开回去让她取行李，干脆扭过头去看窗外。

两人是第二天傍晚才到 A 市的。

钟晚没理秦盛，看时间还没到下班点，干脆直接去律师事务所一趟，准备把假销了。

苏雅看见她，愣了一下，问："钟姐你这么快就回来了？"顿了顿，她又不好意思地开口，"对不起钟姐，是我告诉秦总你在古镇的，我真的不敢得罪秦总。"

"没事。"钟晚笑了笑。

"钟晚回来了？"乔丽捧着咖啡从走廊那一边走过来，"正好，老大刚刚还找你。”

“知道了啦，正好我要销假。”

钟晚拐了个弯，直接去了韩少明的办公室。

“老大，你找我？”

“这么快就回来了？我还以为你要多玩几天。”

钟晚笑了笑，道：“我得快点回来给老大挣钱啊。”

“行了，你看看这个。”韩少明递给她一张薄薄的纸。

钟晚拿过来一看，笑容僵在脸上。

“S 市那边正缺人，我准备把你调过去，不过位置只能先往下调一调，可能要麻烦你先做一段时间助理，放心，过一段时间肯定给你升上来。”

钟晚沉默了，没吭声。

“你可以回去考虑考虑……”

“不用了。”钟晚淡淡地打断他的话，“我考虑好了，我辞职。”

这么明显的调任显然就是有人在整她，S 市那边还不知道有多少麻烦事等着，与其留下来自取其辱，不如自己直接干脆利落地离开。

没想到去一趟古镇会发生这么多事。

钟晚抱着整理箱去开车门，钥匙在车里，她只能一只手支撑着箱子，另一只手掏兜拿钥匙，一时没拿住，整理箱嘭地摔到地上，里面的东西哗啦啦撒了一地。

钟晚静静地站了一会儿。

她突然觉得好累，她甚至想不明白，她明明已经很努力了，为什么生活还是被她过得一塌糊涂。

她弯下腰，蹲在地上，有点想哭。

秦盛一直是一个有点自负的人。

他很讨厌挽留，当初傅瑶说要分手出国的时候，他没有挽留。后来钟晚跑到他办公室来说分手的时候，他也没有挽留，反而口不择言地讥讽钟晚。

可他那个时候是惶恐的。

他害怕钟晚离开他。

就像这两年，他总是会梦到那天钟晚跟他说分手的样子。

他怕了，所以才会不顾一切地去古镇找钟晚。

秦盛送钟晚去事务所后，想了想，干脆拐了个弯，去了修理铺。

这些年来，哪怕他从秦盛变成了秦总，和于哥的关系也还是很好。

修理铺的卷帘门拉下来，屋里扯上线，又是一锅热气腾腾的火锅。

“好些日子没见你来了。”于哥看了他一眼。

秦盛淡淡地道：“忙。”

“是好事将近了吧。”于哥喝了一口酒，“你也别怪于哥多嘴，这事是你对不住小钟，小钟当年对你多好，我们是看在眼里的。至于傅瑶……她太偏执了，当年又割腕又跳楼的，啧啧啧。”

最近这是怎么了，一个两个都提傅瑶？

秦盛皱着眉头，问：“这跟傅瑶有什么关系？”

“别装了，傅瑶发的图片难道不是你吗？夏天洗澡的时候我看见过你那颗痣。”于哥冲他挤了挤眼睛。

秦盛沉下脸，道：“给我看看。”

“不是吧，你真不知道？”于哥嘟囔了一句，然后点开傅瑶朋友圈的那张照片，递给秦盛，“你看看，这不是你吗？”

秦盛看了一眼，脸阴沉得可怕。他想起了钟晚的反常，在这一刻都有了合理的解释。

钟晚到家的时候已经很晚了。

她在家门口看见了一个意料之外的人。

他应该已经在这儿等很久了，身上的衣服都皱皱巴巴的，看见钟晚的时候忙站起来，可能是蹲得太久腿有些软了，身子摇摇晃晃的。

钟晚就那么静静地看着他，甚至勾了下嘴角。

“你可真厉害啊，能提前去古镇堵我，现在也能找到我家里来，是不是明天就会在我家客厅等着我了，秦泽？”

秦泽咬了咬唇，带着几分委屈开口道：“姐姐生我的气了吗？”

“别装可怜。秦盛说你是个小狼崽子，看来还真是。”钟晚笑了笑，语气带着几分讥讽，“韩少明是你的人，还是被你收买了？给我下调令，逼我辞职的人，是你吧？”

秦泽脸上委屈的表情渐渐淡去。

“知道我去古镇的，只有苏雅和韩少明，苏雅把我的行程告诉了秦盛，那也只剩下韩少明了。”钟晚轻笑了一声，“你们不愧是兄弟啊，都一样，非要把我逼到绝路上。”

“我没有要逼姐姐辞职的意思，只是想让姐姐离开A市，离开秦盛。”秦泽轻声开口，“姐姐不是很讨厌他吗？”

“那是我和他的事，不用你插手！”

钟晚冷冷地看着秦泽，她一直以为秦泽只是一个有点过于热情的弟弟，没想到他这么工于心计。

“所以，姐姐是不肯原谅我吗？”

钟晚被气笑了。

“听秦盛说，你很热衷于和他抢东西。那我现在告诉你，我不是秦盛的东西，不是他的附属品，我和他没有任何关系，现在你可以放过我了吗？”

秦泽咬了咬唇，道：“我没有把姐姐看成他的附属品，或许我一开始的目的的确不单纯，但我现在是真的喜欢姐姐。”

钟晚冷笑一声，道：“是吗？那你在我的柜子里放皮鞋也是因为喜欢我？”

秦泽脸上的表情凝住了，整个人僵住了。

“你是在客栈打杂的，很容易就能拿到我房间的钥匙。你趁着我去楼下借水洗头时进了我的房间把皮鞋放到我的柜子里，而后又在我被吓得慌乱地跑出去的时候拿走皮鞋，装作什么都没发生过的样子下楼，和我们一起去找那个压根儿不存在的入室抢劫犯。这很容易想通，我之前没想到，是因为我压根儿没有怀疑过你。可是秦泽，你配不上我的信任。”

钟晚不愿意再多费口舌，她抱着整理箱径自上楼，和他擦肩而过，就在她转身的一瞬，听见秦泽低低的声音：“当时你躲了我一整天，我只是想和姐姐多待一会儿，才想出这个主意。”

“是吗？”钟晚冷冷地开口，“可你让我恶心。”

第二日一早，钟晚被手机铃声吵醒了，迷迷糊糊地摸过手机摁下接听键：“喂？”

电话那头响起男子低低的笑声：“你居然还能睡到日上三竿。”

钟晚一瞬间清醒了过来：“霍南？”

“听说你辞职了？这么悠闲？钟小姐打算去哪儿高就啊，能不能带上小弟？”

“不是吧，才一晚上你都知道了。”钟晚哀叹一声，“好事不出门，坏事传千里吗？该不会圈子里的人都知道了吧？”

霍南笑了，道：“听说你甩辞职书的姿势很潇洒。”

“快算了吧，别嘲笑我了。”钟晚苦笑一声。

“说真的，要不要出来喝杯咖啡，有事和你商量。”霍南咳嗽了两声，正色道。

“好啊，一会儿见。”

因为是工作日，咖啡店很清净，钟晚屈指敲了敲桌子，道：“霍南大律师，你不用去上班吗？”

“请假了。”

“这么嚣张，小心走上我的老路。”

“那我干脆回去就辞职好了。”霍南不在意地笑了笑，“我辞职了就来投靠你。”

“开什么玩笑？我都不知道怎么养活自己，你再过来投靠我，那我们干脆沿街乞讨算了。”钟晚嗤笑了一声，还不忘补充一句，“对了，今天的咖啡你请客，我是无业游民。”

“我认真的。钟晚，我没开玩笑。”霍南认真地说道，“我辞职，我们合伙开个律所怎么样？”

钟晚愣了一下，道：“合伙开律所？就我们两个人也不行啊。”

“我这边找一个朋友，你那边再找一个，不就齐活了？”霍南顿了顿，又道，“还是说，你打算再找一家律所上班？”

“跟你说实话吧，我是被逼才辞职的。可你干得好好的，干吗非要和我蹚这趟浑水？”

霍南笑道：“你就当我舒服日子过够了，非要出来追梦行了吧？”

钟晚抿了抿唇，没吭声。

“我不急，你先考虑一下。”霍南抬手看了一眼手表，“在辞职之前，我还是得回去上班。”

钟晚撑着下巴，有气无力地冲他摆摆手，道：“记得结账。”

霍南失笑。

钟晚回去后把手机里的通讯录翻过来翻过去。她在A市工作时间不长，除了律所的人，也不认识其他律师。

思来想去，她给乔丽打了个电话。

电话那头，乔丽的尖嗓子快把钟晚的耳膜震破了：“不是吧钟晚，你要拽着我跳火坑？”

钟晚一噎，道：“你来了，你就是高级合伙人了，不心动吗？”

“别给我画大饼。”乔丽丝毫不买账，“现在A市的律所之间竞争有多激烈你不是不知道，你以为开个律所那么简单吗，小孩子过家家？”

钟晚低头抠着指甲，也觉得自己有些冲动了。

她是光脚的不怕穿鞋的，可人家干得好好的，凭什么来陪她冒这个险呢？

“嗯，抱歉，是我……”

“合伙人的事可以先放到一边，资金的事是最重要的。”乔丽突然开口道，“要是你能找到投资，解决资金问题，我就辞职投奔你。”

钟晚沉默了一瞬，而后笑了，道：“好。”

钟晚答应得痛快，挂了电话才叹了一口气。说得简单，可怎么去拉投资？她脑海里闪过秦盛，可又很快被她否决了。

她不会去找秦盛。

钟晚把乔丽的要求同霍南说了，电话另一端的霍南沉默了一瞬，又道："其实她的要求也合理，辞职不是简简单单地说句话就行的。"

"我知道。"钟晚抿了抿唇，"只是……"

"我会想办法的。"

钟晚握着手机，一时不知道该说什么，最后只能低声道了一句谢谢。

不过这件事也不能都靠着霍南，钟晚最终还是收拾了一番，准备出去试试。

因为要谈事情，她特意换了一套白色的西装，踩着高跟鞋，嗒嗒嗒地下楼了。

钟晚心底烦躁得厉害，自然也没发现在后面还跟着一辆车。

是秦盛。

早在钟晚辞职的时候，秦盛就接到了苏雅的电话，知道了这件事。

不过，秦盛什么都没说。

他一直在等钟晚来找他。

可钟晚一直没有，哪怕她打算成立律师事务所，也没有想过找他。

秦盛坐在车里，脸色阴沉。他开车跟着钟晚走了快一天了，A 市大大小小的公司基本上跑了一遍，甚至见过钟晚被保安赶出来两次。

秦盛快把方向盘捏碎了，可他仍旧冷着脸，静静地坐在车里。

此时，正是下班的时候，路上堵车堵得厉害，街上行人穿梭，每一个人都行色匆匆。

钟晚穿着高跟鞋走了快一天，两只脚早已疼得快没有知觉了，走路一瘸一拐的。她去便利店买了面包，干脆坐在车里吃。

刚吃了两口，她就听见咚咚咚的敲窗户声。

钟晚侧头一看，皱起眉头。

是秦盛。

钟晚打开车门，有气无力地开口："我没力气和你吵架。"

秦盛一只手撑着车门，目光掠过她，眼波深处似是打了个小旋儿，又沉了下去，他问："为什么不来找我？"

钟晚抿了抿唇，没吭声，抬手准备把车门关上，可手刚抬起来，就被秦盛用力地攥住了手腕。

"我不知道傅瑶的朋友圈，我没有她的微信。"秦盛皱着眉，一字一顿地道，"那天晚上我压根儿就没跟她说过几句话，当时我把酒洒在身上了，就把上衣脱了换了一件，我不知道她什么时候拍的那张照片。"

钟晚没想到秦盛会特意解释这件事。

她低眉垂眸，声音依旧冷淡："你不要和我说这些事了，我不想听。"

"那你想听什么？"秦盛咬了咬牙，"你想听什么，我都说给你听。"

钟晚没吭声。

她的确是因为傅瑶的事心里别扭，可又不仅限于此。

见钟晚沉默，秦盛心底更增了几分烦躁，他干脆掏出手机，道："我给傅瑶打电话。"

"你做什么？"钟晚忙去抢他的手机。

"让她把事情都说清楚，我要冤死了。"

钟晚不想把事情闹到傅瑶那儿让她看笑话，她急着去抢秦盛的手机，忙说："好好好，我信你。"

秦盛动作微顿，问："那你是不是不生气了？"

钟晚被他弄得头疼，她叹了一口气，抬眸静静地看着秦盛，道："秦盛，你真的喜欢我吗？我没有听到你说过那三个字，甚至两年前，很多时候我都不知道我们到底算什么关系，我甚至觉得我只是你的一个床伴。你有兴致了就来找我，没兴致了就十天半个月都不见踪影。"

钟晚鼻子酸涩，眼眶微红。

秦盛只觉得心口像堵了什么东西似的难受，他弯下腰，吻了吻钟晚的眼睛。

秦盛没什么害怕的东西，自打少年时母亲在他面前跳楼死了后，他好像一瞬间就没有了软肋。

他骨子里带着叛逆，被赶出家门时没吭一声，傅瑶说要分手时他也只是随意地点点头，直到遇到了钟晚。

他害怕钟晚哭，见不得钟晚在他面前流泪。

“我以后都听你的，行吗？”

日色昏黄，不远处车水马龙，他们在偏僻的巷子里，好像与喧嚣的世界毫无关联。

钟晚坐在车里微微探出头，眼尾微红，睫毛微颤。秦盛偏头，吻了吻她的耳尖，留下沙哑的一句话。

“晚晚，我喜欢你。”

这一刻，无关风月，只是你我。

第八章
钟晚相亲

钟晚晕晕乎乎的，不知道怎么就被秦盛拉走了。

等回过神的时候，她已经坐在了秦盛的车上：“我的车……”

“我一会儿叫人去开。”秦盛转着方向盘，偏头看了钟晚一眼，“我们买些东西回家去做饭吧。”

这句话钟晚太熟悉了，两年前这样的话她听过许多次。钟晚几乎下意识就要答应了，又猛地回过神，道：“不要脸，谁要跟你回家。”

秦盛哼了一声，道：“不跟我回家，你要跟谁回家？秦泽？霍南？”

钟晚有些无语。

秦泽也就罢了，霍南不过和他打过一次照面，也不知道他怎么就小心眼地把人记住了。

“我和霍南清清白白的，你能不能不要乱说？”

秦盛的语气冷冷的：“你们之间若是清清白白的，他会无缘无故地辞职过来帮你？”

“你知道得挺清楚啊。”钟晚微笑，“我身边到底还有几个你的探子？”

秦盛自知失言，干脆闭嘴。

钟晚睨了他一眼。

两人直接回了秦盛的公寓，钟晚看到那个熟悉的小区时还愣了一下，问：“你还住在这儿？”

这是当时他们从低矮的出租屋搬出来后住的房子。

“我怕你哪天回来找我却找不到。”秦盛声音低沉，“谁知道你一次都没回来过。”

钟晚没理他，径自绕过他去按电梯。

进了屋子，钟晚发现房里的摆设一点也没变。她从前穿的拖鞋还在鞋架上，沙发上的抱枕是她一时兴起缝的，上面绣了她和秦盛的名字，歪歪扭扭的，秦盛当初嫌弃了好久，没想到居然还留着。客厅墙上是她和秦盛的照片，仅仅几张而已，秦盛讨厌拍照，每次拍照都臭着一张脸。

钟晚的眼睛有些酸涩，她怕秦盛看出端倪，忙低头掩饰般地开口：“都有什么菜啊？”

秦盛一噎，尴尬道：“好像也没有什么。”

自打钟晚走了以后，他几乎没在家里开过火。

钟晚看他这样就知道，走过去打开冰箱一看，果然空荡荡的，只有上边一层塞满了啤酒。

“喝喝喝，喝死你。”钟晚没好气地开口。

“你回来管着我，我就不喝了。”秦盛从身后抱着钟晚的腰肢，低声道。

“那你还是接着喝吧。”钟晚冷笑一声。

钟晚打开橱柜的抽屉，里面有几包方便面，她只能选择煮面了，两人坐在餐厅，捧着两碗面吃得香。

“天也不早了，一会儿你就住这儿吧。”秦盛咳嗽了一声，试探着开口。

钟晚低头吃面，头也不抬地说：“我住这儿干吗，我明天还有事呢。”

“我明天送你。”

钟晚挑了下眉，没吭声。

吃完了面，秦盛端着碗去厨房，等刷完碗再回到客厅的时候，发现钟晚早就在客卧睡下了。

秦盛敲了敲门，才发现钟晚居然把门反锁了，他咬了咬牙，道："你走错了，旁边那间房才是主卧。"

屋里传来钟晚的声音："我只说住在这儿，可没说要和你一起睡，你想多了吧，前男友。"

最后三个字刺痛了秦盛的心。

他又转了转门把手，可是没用，门已经锁得严严实实。

秦盛只能不甘心地去主卧睡觉。

这一觉钟晚睡得香甜，第二天早上是被手机铃声吵醒的。

"钟晚，我找到投资了。"霍南的声音中充满了欣喜，"是秦氏企业，而且他们愿意放弃之前合作的正和律所，选择长期与我们合作。以秦氏的实力，我们相当于找了一张长期饭票。"

霍南说得起劲，丝毫没注意到电话那头钟晚的沉默。

钟晚脑袋发晕，昨天秦盛只说气她没找他帮忙，后来两人就再没提过这件事了。

可……秦盛是什么时候决定投资的？

"喂……你在听吗？"

"啊，在。"钟晚回过神，她咬了咬唇，道，"好，那我一会儿就通知乔丽，我们下午见面吧。"

钟晚匆匆挂了电话，忙跑出房间。

客厅里，秦盛早就起来了，早餐都买好了，他正摆着早餐，看见钟晚出来，挑了下眉，道："你居然起得这么早。"

"你要给我们律所投资？"

秦盛动作一顿，随即不悦地皱起眉，不满道："霍南居然这么早给你打电话。"

"这么大的事，你怎么没和我商量？"钟晚屈指敲了敲桌子，"你这是对我的不尊重！"

"是吗？"秦盛低头吹了下粥，漫不经心地开口，"和我对接的是霍南，跟你有什么关系？退一步讲，你不正需要这笔钱吗？"

钟晚咬了咬牙，道："我不用……"

“钟晚，你能不能多依靠我一点？”

这句话像根针一般扎破了钟晚，她拉开椅子坐下，像漏了气的皮球，有气无力地说：“我自己也可以做好。”

秦盛把粥递给她，道：“我只是负责投资，后续的事情都要你来做。事先说好，一旦你们做不好，我可是要撤资的。”

钟晚眨了眨眼，道：“这么一来，你还真成了我老板。”

“老板有什么稀罕的，你什么时候给我转成老公才好。”秦盛勾起嘴角。

钟晚闻言，干脆不理他，埋头喝粥。

下午，钟晚给乔丽打了电话，乔丽也是爽快，直接递交了辞呈。霍南找来的也是之前的一个同事，叫何文成，头发剃得很短，一副精英理工男的形象。

几个人碰了头，简单地商量了一下，就开始找房子准备装修事宜。

最后办公地点定在了离秦氏不远的写字楼里，按照乔丽的话说，这叫背靠投资方好办事。

接下来就是装修和审批的事了。

霍南去跑审批，何文成、乔丽和钟晚搞装修。几个人为了省钱，干脆自己买材料来弄。

晚上秦盛找过来的时候，看到钟晚正站在梯子上安灯泡，其余两个人忙着刷墙，也没人给她扶着梯子，晃晃悠悠的，看得秦盛心惊肉跳。

他三步并作两步走过去扶住梯子，沉着脸道：“快下来。”

钟晚看秦盛脸色，就知道他已经在发火的边缘，忙拧好灯泡，乖乖下来。

“钱不够怎么不说？”秦盛不悦地皱着眉头。

“够的，够的。”

“那你这是干什么？不会请人来弄？”秦盛的语气冷冷的，“你那点心思我还猜不到吗？无非就是想少用点钱，少欠我一点人情。”

钟晚一噎。

秦盛薄唇轻抿，干脆转头去打电话联系装修队。钟晚忙过去扯着他的袖子，道："我们都快弄完了，现在请装修队不合适。"

秦盛瞥了她一眼，冷笑道："你是想明天趴在地上贴瓷砖，还是想再爬上梯子刷漆？"

钟晚沉默。

秦盛打了电话后心里仍旧憋着气，却又不想和钟晚发火，只能烦躁地去掏烟，掏了个空才想起来，烟被他落在车上了。

"好了。"钟晚拽拽他的衣角，道，"我们还没吃晚饭呢，他们俩也累坏了，我们去吃饭吧。"

秦盛看了钟晚一眼，心一下子软了，放缓语气，道："好。"

乔丽听到秦总要请客，欢呼雀跃地道："得狠狠宰秦总一顿，吃最贵的。"

何文成挠了挠头，说："什么都行。"

几个人最终决定去吃日料。

这家日料店钟晚和姜瑜来吃过，也不知道是因为这次太饿了还是因为上次心情不佳，钟晚竟觉得这次的好吃太多了。

吃完饭，乔丽和何文成直接开车回家了，钟晚撑得厉害，想四处走走，消消食。

秦盛自然乐意陪着她。

这几天越发冷了，钟晚被冻得鼻尖通红，却反而有了兴致："我们去修理铺吧，我好久没见于哥了。"

"好啊。"

大学城离这里不远，两人走了十几分钟就到了。修理铺已经关门了，不过透过门口的缝隙隐约能看见里面昏黄的灯光。

钟晚小跑着过去，咚咚咚地敲门，喊道："师傅，玛莎拉蒂能不能修？"

于哥骂骂咧咧的声音从里面传出来："谁啊，一天天的就知道拿我寻开心。"

钟晚扑哧一声笑了，推开门走进去。

“于哥怎么这么凶啊？”她皱了皱鼻子。

“小钟。”于哥有些惊喜。

自打两年前钟晚走了之后，两个人就再没有见过了，倒是秦盛有时候会过来。

于哥瞧见钟晚身后的秦盛，吹了声口哨，道：“哟，秦大少爷追妻成功？”

“当然！”秦盛牵住钟晚的手，一脸春风得意。

钟晚笑着摇摇头，懒得戳穿他。

“要不要煮个锅子？”

“可别忙活了，我们刚吃完饭。”钟晚笑了笑，“下次再来蹭吃蹭喝。”

几个人闲聊了一会儿，于哥收拾停当准备回家，钟晚和秦盛赶紧告辞离开了。

从修理铺出来，没走多远，钟晚就停了下来。

“我走不动了，你的车还停在日料店门口呢。”钟晚揉着酸疼的腿，埋怨道。

“我背你。”说着，秦盛就蹲在她身前。

钟晚笑了，刚要说什么，突然看见马路对面的人，那人穿着红色的大衣，隔着川流不息的车辆，正静静地看过来。

是傅瑶。

钟晚的笑意僵在嘴角。

“怎么了？”秦盛见钟晚不动，开口问了一句。

钟晚回过神，微微垂眸，掩饰地开口：“我吃了那么多，很重的。”

秦盛轻笑了一声，道：“放心吧，我背得动你，”

钟晚勾了一下嘴角，趴在秦盛的背上，搂住他的脖子，道：“那你要稳一点，可别把我摔下来。”

“放心吧。”

傅瑶是回母校来拿档案的，和老师多聊了一会儿，出来时天色已经很晚了。

没想到会碰到秦盛和钟晚。

马路对面，秦盛背着钟晚，嘴角含笑，神态宠溺，似乎低声说了什么，惹得钟晚捶了一下他，秦盛也没生气，反而勾起嘴角笑了。

傅瑶脸上的血色褪得一干二净。

在这一刻，她突然明白，她再也不可能站到秦盛身边了。

在原地站了良久，傅瑶拿出手机拨通了一个电话。

不知道电话那头的人说了什么，傅瑶轻轻地笑了。

“只要他们过得不好，让我做什么都行。”

冬至那天，律师事务所成立了。

钟晚的办公室在第一间，屋子不大，却是她自己收拾的，她还从花鸟鱼市场买了一小盆仙人掌，乔丽那天看到了还问她为什么不买花。

钟晚笑了笑，没吭声。

因为她觉得仙人掌和她很像，长得丑丑的，浑身是刺，却坚强地活着。

外面何文成他们热火朝天地聊着，钟晚给自己泡了一杯咖啡。

她想，日子总会越来越好的。

刚刚开业，一时半会儿也没有案子，钟晚索性提前下班，买了菜和肉回来，准备包饺子。

就在律师事务所开业前一天，秦盛半诱哄半威胁地让钟晚搬到了他家，当然，钟晚还是坚持睡客卧。

钟晚在厨房和面，秦盛想跟着她学。钟晚嫌弃秦盛笨手笨脚，赶他出去。

“我可以给你打下手啊。”秦盛理直气壮地道。他脸上还沾着面粉，看起来滑稽可笑。

钟晚被气笑了，刚要张口说什么，就听见手机响了。

钟晚腾不出手，只能叫秦盛把手机接通放在她耳边。

电话那端的人说了什么，秦盛没听清，只看到钟晚的脸色瞬间变得惨白。

秦盛皱着眉问了一句：“怎么了？”

再看手机，电话已经被挂断了。

钟晚唇瓣颤抖，甚至差点端不住手里的面盆。她看着秦盛，眼眶有些发红。

“我得回家一趟。”

电话是她妈妈打来的，说她爸爸快不行了，已经在重症监护室躺了好几天了，让钟晚赶紧去一趟。

钟晚从小在缺少父母疼爱的家里长大，自从上大学后就没再问家里要过钱，不仅如此，母亲还会隔三岔五地把她打零工挣的钱要走一些。

她对那个家其实是没有什么感情的。

不过不管怎么说，爸爸病重，她都得回家一趟。

律师事务所刚成立，她就要请假回家，钟晚心底有些愧疚，还好霍南、乔丽他们知道是她家里出了事，什么都不计较，只催她赶紧回去。

“下午的机票我都买好了，咱俩的行李也收拾好了。”秦盛道。

钟晚捕捉到了关键字眼，道：“咱俩？你该不会要和我一起回去吧？”

“当然。”秦盛揉了揉钟晚的鼻子，“我怕你哭晕过去没人扶着你。”

钟晚咬了咬唇，迟疑着开口：“可是你公司……没关系吗？”

“随他们折腾，还能反了不成？”秦盛懒洋洋地道。

钟晚笑了，没再说话，只是侧头靠在了秦盛的肩膀上。

当日下午，他们坐飞机回了老家。

钟晚的家离镇上还有不远的距离，得再坐一趟车才能到，两人一路折腾，等到家门口的时候，已经是深夜了。

“咚咚咚。”钟晚敲了敲门。

“谁啊？”有人过来开门。

钟晚看到来人的一瞬间脸色一变，而后又想明白什么，瞬间沉了脸，干脆利落地扭头就走。

“哎，晚晚，晚晚！”

院子里有人追出来。

“妈，你不觉得你自己太荒唐了吗？为了骗我回家，连爸重病的消息都编得出来，说吧，你又要多少钱？”

钟母瞪了她一眼，道：“你看你这孩子，还不是你总说忙，没时间回家，我才想出这个办法的。”

钟晚冷笑一声。

“行了行了，这么晚了，快进屋。”钟母抬头，看了一眼秦盛，“这位是……”

“我老板。”钟晚微笑，“现在你知道我工作有多忙了吧？”

秦盛挑了挑眉，虽然有些不满钟晚没承认他的身份，但也没说什么。

“哎呀，让老板看笑话了，快进来进来。”

钟家的房子是翻修过的，当然，钱都是钟晚出的。

一进屋，就有一个小姑娘跑过来抱住钟晚：“姐姐。”

小姑娘是钟晚的小妹妹，今年刚上小学，叫月月。

钟晚露出笑容，把小姑娘抱起来，问：“姐姐上次给你寄的衣服穿了吗？喜不喜欢？”

“喜欢。”小姑娘悄悄在钟晚脸颊上亲了一口，“还是更喜欢姐姐。”

“要我说，你大老远寄衣服回来干什么，你直接把钱给我，我在这边买什么不成。”钟母在一旁嘟囔了一句。

“是吗，我把钱给你，你会给月月买衣服吗？还不是把钱都拿去填你儿子的窟窿。”钟晚冷冷地说道。

钟母一听就急了，道：“你怎么说话呢，那可是你弟弟。”

钟晚不愿意再与钟母争辩这些事，干脆闭了嘴。

钟晚的弟弟钟诚是钟母的心头肉，也是钟母把他惯成了现在这副吃喝嫖赌的性子。

今晚钟诚也没回来，不知道跑到哪儿喝酒去了。

钟家房子翻修后，压根儿没给钟晚留房间，她干脆和月月一起睡，让秦盛睡钟诚的屋子。

好歹一晚上算是过去了。

第二天吃早饭的时候，钟晚说要带秦盛四处走走看看。钟母的表情有点不太对，她支吾着开口：“要不，明天再去逛吧，待会儿还有客人要来呢。”

钟晚皱皱眉，道：“这非年非节的，谁要过来啊？”

“就是你姑奶的小儿子的媳妇的娘家弟的儿子。”钟母笑了笑，“和你同岁，比你大两个月。”

钟晚眯了眯眼睛，冷笑一声，道：“妈，你到底什么意思？”

“你看看，你的脾气怎么越来越大了，就是人家来走亲戚，恰巧你回来了，想让你见一见。”

钟晚看了一眼秦盛，抿了抿唇，没再吭声。

大概中午的时候，那个让钟晚至今也没捋明白是什么关系的远房亲戚来了。

钟母热情地招呼着他。

钟晚一开始还没反应过来钟母的意思，直到钟母把自己和那人单独留在一间屋子里，她才明白钟母把她骗回来的真正目的。

钟母要让她相亲！

“这是林东哥，你小时候还见过，你们聊。”

钟晚脸色难看，等钟母走后，她才扯了下嘴角，露出一个有些尴尬的微笑，道：“抱歉，我不知道我妈是这个意思。”

“没关系。”林东轻笑一声，耸了耸肩，“可以理解，毕竟我也是被逼着过来的。”

嘭！

屋子的门被推开了，秦盛站在门口，嘴角叼着一支烟，手里上下抛着打火机，他脸色难看，冷冷地瞥了一眼交谈的两人，道：“有什么事，还一定要关起门来说？”

钟晚知道秦盛误会了，忙走过去，拽了拽他的手，解释道：“没有，都是误会，我们出去说。”

隔着钟晚，秦盛扫了一眼林东，眼底带着冷意。

两人回了房间，钟晚还没开口，秦盛将她抵到墙上，他一只手捏着钟晚的下巴，重重地吻了上去，手则顺着锁骨往下，一颗颗去解钟晚上衣的扣子。

“别，秦盛。”钟晚唇瓣微红，喘着粗气，“外面的人会听到……”

“听到就听到，最好让所有人都知道，谁才是你男人。”秦盛冷笑一声。

“我和他压根儿不认识，我刚刚也和他说清楚了。”钟晚躲避着，低声道，“我要是知道我妈让我回来相亲，我也压根儿不会回来。”

秦盛的动作顿了顿。

这时，钟母的呼喊声在门口响起：“晚晚，人呢，跑哪儿去了？”

钟晚吓了一跳，急忙挣脱开秦盛，把自己衣服上的扣子扣好，连头都不敢回，直接推门出去了。

秦盛看着她的背影，眸色微暗，咬了咬牙。

“什么事啊，妈？”

“你这孩子，怎么话说到一半就走了？”

“妈，我实话告诉你吧，我已经有喜欢的人了，我的婚事你就别操心了。”钟晚没好气地开口。

“你心里已经有人了？”钟母眼睛一亮，“谁啊？做什么的？聘礼能给多少钱啊？”

“我。”秦盛不知道什么时候走出来，揽住了钟晚的肩，嘴角噙着笑，“就是做点小生意，至于聘礼，还要看晚晚肯不肯嫁给我。”

晚上吃饭的时候，钟母笑得嘴都合不拢了。

“你看晚晚这孩子，还非要瞒着我，害得我闹了个笑话，女婿千万别见怪。”

“妈，他叫秦盛，还没结婚呢，您别瞎叫。”钟晚皱了皱眉头。

“没关系，我喜欢阿姨这么叫。”秦盛勾起嘴角轻笑。

钟晚一噎，干脆闭嘴了。

一顿晚饭，钟晚就没怎么吃，钟母一直在她耳边絮絮叨叨，一会儿问秦盛家里还有几口人，一会儿问秦盛公司有多大。

到最后，钟晚脸都绿了。

勉勉强强吃完了晚饭，钟晚怕再听见钟母的唠叨，干脆拽着秦盛出去了。

农村的夜晚比城市安静许多，两人走了一路，除了碰见一个卖糖葫芦的，就几乎没有人了。

“我妈就是那样的人，你别搭理她就行。”钟晚犹豫了一会儿才轻声道。

这样的家庭、这样势利的母亲让她觉得有些羞愧。

“钟晚。”秦盛皱着眉，“你的小脑袋里一天天都在胡思乱想什么呢？你要是真的太闲了，就多想想我，每天想个百十来遍的，我不嫌多。”

钟晚莞尔。

她不知道想到了什么，突然轻声道：“秦盛，你愿不愿意做我的第一顺位继承人？”

秦盛一愣。

“我的，丈夫。”

那晚月色温柔、繁星闪烁，秦盛弯着腰吻她。

这大概是整个冬日里，最温柔的一瞬。

第九章
征求你的意见

既然知道了钟母让她回来的原因，更何况律师事务所还有一大堆事，钟晚便不顾钟母的阻拦，直接订了机票回 A 市。

刚到 A 市，钟晚连歇都没歇，直接去了律所。

乔丽一看见她，苦笑一声，道："大小姐，你可算是回来了。"

"出什么事了？"

"这两天接了几个案子，我和霍南几个都忙死了。"乔丽嘟囔道。

"是我的错。"钟晚想了想，道，"周末我请大家吃饭。"

乔丽这才笑了，道："这还差不多。"

临下班的时候，霍南过来找钟晚，道："你知道咱们和秦氏签了合同，按照规定，咱们得派一个人到秦氏法务部坐班。"

"我知道啊。"钟晚整理着手里的东西，漫不经心地开口，"让乔丽去吧，一直是她和秦氏对接的。"

霍南摊了摊手，无奈地道："我也是这么说，可乔丽拒绝了，她说她不想重复之前的工作，既然来了新地方，肯定要尝试新的工作。"

钟晚一想，也点了点头，道："说得也是，不然你去问问何文成？"

"他也不去，他说在大公司上班压力太大。"霍南看着钟晚，咳嗽了两声，“我们一致决定，让你去秦氏法务部上班。”

钟晚动作一顿，抬头看着霍南，冷笑一声，道：“这是你们的决定，还是秦盛的决定？”

霍南不吭声了。

“好，我去。”

下班的时候，秦盛来接钟晚。钟晚一上车就冷着脸，哪怕到家了也一声不吭，板着脸坐在沙发上。

“怎么了？”秦盛皱了皱眉，“谁惹你不高兴了？”

“你说呢？”钟晚冷冷地看了一眼秦盛，“让我去秦氏上班的事，你为什么不和我商量？”

秦盛微微挑眉，问：“你不想离我近一点？”

钟晚看他这样，恨不得扑上去咬一下？”

“好，我记住了。”秦盛漫不经心地开口，他一只手撑着头，一副懒洋洋的样子，“你饿不饿？”

“被你气饱了。你每次都说你记住了，可下一次又我行我素。”

“怎么会，我不是说了要听你的话吗？”秦盛勾起嘴角，凑过来吻了吻钟晚的耳尖，“我现在就征求你的意见，晚晚，请问我今晚可以睡你房间吗？”

“你不饿，可是我饿了。”秦盛目光微暗，把手伸过去，不由分说地从钟晚的衣摆下一路顺着往上探，“先喂饱我吧。”

钟晚差点被气笑了，没好气地推开秦盛，道：“做梦呢你。”

她站起来，整理了一下衣服，居高临下地看着秦盛，道：“你想让我去秦氏上班，可以，不过我得告诉你，在公司里你要装作不认识我，我们只是普通的上下级关系，工作以外的事，你不要来找我。”

说完，钟晚就回了屋子。

秦盛咬了咬牙，看着钟晚离去的背影，神色黯然，他已经连续吃了好几天的素了。

可别让他抓到，不然他一定把她吃得连骨头渣子都不剩。

钟晚是说到做到，第二天上班也不和秦盛坐一辆车，直接自己开车去了秦氏。

“你好，我是来法务部上班的。”钟晚径自去了前台报到，“我叫钟晚。”

“钟小姐好。”前台冲她笑了笑，“您直接去四楼就好，那儿有人等着您。”

钟晚点点头。

她乘坐电梯到了四楼，刚出电梯，就见一个小姑娘给她鞠了一躬，吓了她一跳。

“钟经理早。”

“早早早。”钟晚连忙开口，“太客气了。”

“本来还打算给您办一个欢迎仪式，可是时间太赶，来不及。”小姑娘脸上带着笑，“我叫阮锦锦，是新来的实习生，以后您有事叫我就行，我现在带您去您的办公室。”

“好。”

四楼此刻已经有不少来上班的人，都在自己的电脑前正襟危坐，眼睛却都瞄着钟晚。

窃窃私语的多了，总有一两句会飘到钟晚的耳朵里。

“什么来头啊？空降经理。”

“是咱们公司新合作的律所的人，估计是关系户。”

钟晚挑了挑眉，表面上装作没听到，笑着跟阮锦锦去了办公室。

“办公室是新收拾出来的，您看看哪里不满意，招呼我们给您调整就行。”

阮锦锦太热情了，让钟晚有些招架不住。

“好，挺满意的，谢谢。”

“您太客气了。”阮锦锦笑着说，“那我先出去了，您有事叫我。”

“好。”

等阮锦锦离开了，钟晚才松了一口气，她坐在椅子上，随手翻了翻桌子上的文件。

丁零零。

桌子上的内线电话响了。

“您好，哪位？”

“工作得还舒心吗？”秦盛低沉的声音传来。

“秦总。”钟晚一板一眼地道，“上班时间，不谈私事。”

“这怎么能是私事呢，身为领导，关心员工也不行吗？”秦盛泰然自若。

钟晚咬了咬牙，道：“我很好，多谢领导关心。”

“中午想吃什么？”

“楼下食堂员工餐。”钟晚微笑，“秦总您还有事吗？我是来上班的，不是来陪您闲聊消遣的。”

秦盛笑了一声，道：“好，现在这么敬业的员工已经不多了，作为老板，我真是太感动了。”

钟晚翻了个白眼，挂了电话。

第一天来上班，也没什么重要的事，钟晚把之前秦氏的文档大致翻了一遍，再一看手表，竟然中午了。

她想了想，收拾东西准备去楼下食堂。

总裁办公室，助理推门进来，问：“秦总，今天中午您打算订哪家餐厅的餐？”

“楼下食堂员工餐。”秦盛头也不抬地说道。

助理一愣。

钟晚刚走进餐厅，就见不远处的阮锦锦向她招手道：“钟经理，这里。”

阮锦锦的嗓门不小，惊得不少员工都往这儿看。

钟晚尴尬地笑了笑，顶着众人的注视走到阮锦锦身边，道：“你也来食堂吃？”

“我们一般都吃食堂的。”阮锦锦拽着钟晚往前挤，“经理你快点，晚了糖醋小排就没有了。”

钟晚的笑容有些僵硬。

她并不是很想吃糖醋小排。

不过看到热情的阮锦锦，她也没说什么，跟在她身后迅速地打了菜，两人捧着收获满满的餐盘找了一个角落坐下。

“经理你快吃啊，这糖醋小排特别好吃。”阮锦锦嘴里含着排骨，含混不清地开口。

钟晚也低头吃了一块，味道的确不错，比外面卖的还好吃。

“秦总，他怎么来这儿了？”

钟晚一惊，一块肉差点卡在嗓子眼里。

她顺着阮锦锦的视线看过去，的确是秦盛，他站在门口，似乎正四处找着什么。

钟晚默默地低下了头。

“秦总一向不来食堂的。”阮锦锦摇了摇钟晚的胳膊，激动地开口，“我还是第一次在食堂看见秦总。”

钟晚埋着头，勉强地应和阮锦锦：“嗯，嗯。”

“钟经理，秦总朝着我们走过来了！”阮锦锦更激动了，钟晚感觉她快把自己胳膊扯掉了。

无奈，钟晚只能抬起头，哪知道刚刚抬头，就看见秦盛坐在了她们这桌。

“秦总好。”阮锦锦忙开口。

钟晚咳嗽了两声，也跟着开口：“秦总好。”

秦盛似笑非笑地看了一眼钟晚，顿了顿，侧头对阮锦锦道：“麻烦你帮我打一盘饭菜。”

阮锦锦忙点头道：“好的，秦总。”

等阮锦锦走后，秦盛才低声道：“你从昨晚到现在就没理过我。”

他的语气里带了一些委屈。

钟晚眨了眨眼，装无辜，道：“秦总是什么意思？”

“钟晚，我跟你道歉还不行吗？”

“有什么事下班再说吧。”钟晚低头吃饭。

“我……”

“秦总，你的饭好了。”

阮锦锦把餐盘放到秦盛面前。

秦盛一噎，语气淡淡地道：“好。”

他转头看着钟晚，接着道：“我……”

“秦总，这糖醋小排特别好吃。”阮锦锦开口，热情地推销着糖醋小排。

钟晚见状，差点笑出来。

秦盛的脸色已经有点难看了，钟晚怕他对阮锦锦撒火，忙拽着阮锦锦站起来，道：“秦总，我们吃完了，你慢慢吃。”

阮锦锦还有点舍不得：“我的糖醋小排还没吃完……”

秦盛看着两人离去，咬了咬牙，干脆站起身，拦住了两人。

一时间，餐厅里众人的目光都盯在几人身上。

“钟经理第一天来上班，我正好有事要找钟经理，既然钟经理吃好了，不如就去我办公室详谈吧。”说完，不由分说地拽着钟晚的手腕离开了。

阮锦锦站在原地，咽了口唾沫，扭头去座位上把剩下的糖醋小排吃了。

一路上碰到不少人，钟晚脸上挂着尴尬的笑，一直到了秦盛办公室，钟晚才把他甩开，没好气地开口：“你故意的是不是？”

“是。”秦盛目光微沉，“谁让你不理我。”

钟晚气得不行，道：“你幼稚不幼稚？你只会逼迫我，只会强迫我。”

秦盛挑了挑眉，一只手攥住钟晚两只手腕，把她的手扭到身后，钟晚挣扎了两下没挣开，只能被秦盛压在桌子上。

秦盛轻笑一声，吻了吻钟晚的嘴角，道：“这才叫强迫，懂了？”

钟晚气得说不出来话。

“我明天去英国出差，你陪我去。”

钟晚别过头道：“我不去。”顿了顿，她又想抬脚去踹秦盛，“你放开我。”

秦盛眯了眯眼睛，道：“你答应我，我就放开你。”

钟晚忍不住骂他："你就是个骗子，之前答应我要听我的，昨天又说以后会尊重我，你的保证、你的承诺呢？"

"对不起，差一点忘了。"秦盛挑眉，松开钟晚的手。钟晚气得推开秦盛，低着头去揉手腕，两只手腕通红一片，火辣辣地疼。

她委屈得想掉眼泪。

秦盛皱着眉，有些懊悔、心疼，他伸手帮钟晚揉了揉，道："怎么这么娇气，碰一下就红得不行？"

钟晚别过头不理他。

"我忘了，以前你也是这样，一碰就是一个红印子。"秦盛低低地笑着。

钟晚的脸霍地红了，她瞪着他，道："你要不要脸？"

"今晚记得收拾行李。"

"说了我不去。"

"我机票都买好了。"秦盛打开抽屉，拿出两张机票，放到钟晚面前。

钟晚这次连骂秦盛的力气都没有了。

折腾了一番回到四楼，阮锦锦正等着她，见钟晚回来，忙递给她一个饭盒。

"这是什么？"

"钟经理，你刚刚是不是因为秦总在，所以不好意思吃太多？"阮锦锦眨了眨眼，"我帮你打包回来了。"

钟晚一愣，有点感动："谢谢你。"

"没事的，经理，我特意打包的糖醋小排。"

钟晚一噎。

她觉得她再也不想吃糖醋小排了。

钟晚最终还是没拗过秦盛，第二天一早还睡得迷迷糊糊的，就被他拽起来去了机场。

"乖，一会儿上飞机了再睡。"

钟晚昨晚一直在看资料，凌晨才睡，此刻困得连眼睛都睁不开，她靠在秦盛身上，迷迷糊糊地应了一声。

秦盛皱着眉，干脆把人拦腰抱起来往外走。

等钟晚彻底清醒的时候，飞机已经到了英国。分公司派人来接，看到钟晚时愣了一下。

“钟……秘书？”

“你好，我是法务部的钟晚。”

“钟经理好。”

来人是分公司的经理，能在英国分公司站稳脚跟的，早就是个人精了，说话做事滴水不漏：“我叫张明，您叫我小张就行。”

“张经理太客气了。”

秦盛在一旁有些不耐烦了，皱着眉道：“和他们定了时间吗？”

“他们已经快到了。”张明忙开口，“秦总上车吧。”

“一会儿可能得谈很久，你要是累了就先回酒店。”秦盛低声道，“明天这儿附近有人体艺术展览，我陪你去看。”

钟晚点点头。

谈判的确是场持久战，钟晚的英语是个半吊子，更何况她本是主修刑法的，此刻听起来有些吃力，不一会儿就感觉头昏脑涨。

秦盛看出来钟晚的不自在，捏了捏她的手心，钟晚点点头，趁着几个人激烈讨论的工夫弯着腰从后门离开了。

她绕了几圈找到了卫生间，进去洗了把脸才觉得舒服了一些，谁知道出来的时候就找不到回去的路了。

这是家酒店，每层楼的装修都差不多，甚至每个房间门口的摆饰都一样，钟晚绕了几圈，彻底把自己绕晕了。

秦盛这时候在谈事情，钟晚又不好给他打电话。

“需要我帮忙吗？”一道低沉的声音从身后传来。

钟晚回头，看到一个穿着白衣服的男子，他看着钟晚，挑了下眉，又用韩语问了一遍。

钟晚这才回过神，不好意思地笑了笑，道：“我是中国人。”

“我看你在这里走了好几圈了。”男子轻笑着开口。

“我找不到房间了。”

“或许我可以帮你，是今天订的房间吗？”

钟晚点点头。

“今天订出去的只有六楼尽头的一间。”

“多谢。”钟晚顿了顿，忍不住开口问了一句，“你是这里的经理吗？”

男子耸了耸肩，道：“您高看我了，我只是一个服务生。”

钟晚有些尴尬：“抱歉。”

“没事，您快去吧。”

钟晚点点头，快步向走廊尽头走去。

刚到门口，钟晚还没来得及悄悄推开门，门就猛地被打开了，秦盛走出来，看了钟晚一眼，问：“怎么这么久？”

“你们谈完了？”

秦盛点点头，自然而然地牵住钟晚的手。张明看见了，愣了一下。

“谈得怎么样？”钟晚一时没反应过来。

“有我做不好的事吗？”秦盛挑了挑眉。

钟晚白了他一眼。

反正第二日也没事，钟晚也没看过什么展，索性就和秦盛去了。

会展很大，人还不少，钟晚和秦盛刚进去，就碰到昨天见过的合作伙伴，秦盛和对方客套了几句，钟晚闲得无聊，就四处乱逛。

“这么巧。”

钟晚的肩膀被人轻轻拍了一下，她回头一看，发现竟是昨天的那个服务生。

“你也来看展？”钟晚有些惊讶，“不用上班吗？”

“今天轮休。”男子低声笑了笑，“我叫蓝承。”

“钟晚。”

“你看那个。”蓝承指了指不远处，是一个人单手倒立在地上，腿部弯曲，摆成了一个花瓶的造型，中间摆着很多簇花，不停有人过去折花。

“好厉害啊。”钟晚道。

蓝承笑了笑，过去折了一枝玫瑰，微微弯腰，把花递给钟晚。

钟晚愣了一下，有些尴尬。

正当她不知所措，不知道说什么的时候，突然有人伸手接住了那枝花。

钟晚惊愕地侧头，看到了秦盛，问：“你……你谈完事情了？”

蓝承这时候也直起腰，皱着眉看着秦盛。

四目相对，敌意明显。

秦盛微微一用力，玫瑰花折断成两截，他勾起嘴角，声音带着些冷意：“晚晚，怎么跑这儿来了？”

钟晚一看秦盛的表情就知道他肯定生气了，怕他在这儿对着蓝承发火，忙开口：“你刚刚在和人说话，我就过来了，好了，你也谈完了，我们走吧。”

秦盛眸色微暗，看了一眼蓝承，抬手搂住了钟晚的腰：“好。”

钟晚知道秦盛心情不好，斟酌着开口：“我也不知道他怎么会送花给我，我跟他就见过两次……”

“两次？”秦盛眯了眯眼，似笑非笑，“原来早就勾搭上了。”

“你说话能不能不要这么难听？”

秦盛冷哼一声，拽着钟晚的手腕快步往前走，钟晚还穿着高跟鞋，跌跌撞撞地跟着他。

“秦盛，秦盛！”

秦盛直接拽着她来到一间放杂物的屋子，在关门的一瞬间，他直接把钟晚抵到墙上，蛮横地扯开她胸前的扣子。

地上有废弃的绳子，秦盛直接扯过来绑住了钟晚的手腕。

“秦盛，外面都是人，不要……”

秦盛充耳不闻，手狠狠地捏了下钟晚的腰肢，钟晚被他捏得疼，眼睛一红差点掉下泪来。

“我碰你你就哭，刚才那个人碰你你就不哭了？”

“你发什么神经，我根本不认识他。”

“你不认识他，他会送你玫瑰花？”秦盛冷笑，抬手轻轻拍了拍钟晚的脸，“是不是我晚来一分钟，你就要和他跑了？”

钟晚手被绑着，腰肢被秦盛掐得死死的，根本躲避不开。她仰着头，带着哭腔开口：“你浑蛋，你之前说都听我的……”

“听个屁。”秦盛的声音带着冷意，“听你的看着你找别的男人？你做梦吧。”

之前钟晚还怕有人闯进来，现在她连去想的力气都没有了，整个身子都是软的。

在钟晚身上发泄了怒火，秦盛心情好了一点，他低头吻着钟晚脸上的泪痕，小声道：“怎么这么能哭？”

钟晚把头靠在他肩膀上，哭得更凶了，骂道：“你浑蛋，我说了和他不认识，你也不信我。”

一提到那个人，秦盛脸色又是一沉，他看着哭得厉害的钟晚，抬起她的下巴亲她，道：“别提他了，你想再来一次吗？”

钟晚吓得脸一白。

秦盛一只手抱着钟晚，一只手去捡地上的衣服，一件件地穿好，扣子一颗颗地扣上。

钟晚还在抽噎着。

“别哭了，你是水做的吗？我的衣服都被你弄湿了。”秦盛低声道。

钟晚耳尖霍地红了，像是能滴出血一般。

她扭过头，声音有些沙哑，隐隐带着哭腔：“秦盛，我讨厌死你了。”

秦盛勾起嘴角，把钟晚抱了出去，还好这里偏僻，从这里走到后门都没有遇到人，不然钟晚也没脸见人了。

从会展回去后，一直到回A市，钟晚再也没离开过酒店，别问，问就是羞愧得没脸见人。

回A市后，天冷得更厉害了，钟晚被秦盛逼迫着穿上了厚厚的羽绒服，把自己裹成了一个球。

“今天晚上不是有酒会吗？”钟晚挣扎着想少穿一件，“反正也要换礼服，穿得越多，换起来越麻烦，是吧？”

秦盛瞥了她一眼，冷哼一声：“冻感冒了别来找我。”

晚上的慈善酒会人不算多，却有很多熟人，钟晚和秦盛刚走进去，就碰到了姜瑜和韩致。

姜瑜诧异地看着挽着手的两人，惊讶地道：“不是吧晚晚，你也太不够朋友了，瞒我瞒得那么紧。”

钟晚尴尬地笑了笑，正准备把手抽出来，秦盛却握得更紧了，只听他道：“你好，我是晚晚的未婚夫。”

这次不仅姜瑜瞪大了眼睛，连钟晚都愣住了。

她什么时候和秦盛升级为这种关系了？

“恭喜秦总。”韩致向他伸出了手。

秦盛和他握了握手，勾起嘴角，道：“我和晚晚的订婚仪式，你们一定要来啊。”

姜瑜拽着钟晚，道：“让他们去聊吧，你快跟我过来，让我好好审问你！”

钟晚一脸无奈地跟着姜瑜走了。

“说，你什么时候和秦盛勾搭上的？难道是那次我带你去朋友的酒局上？”姜瑜装出一副恶狠狠的模样，“老实招来，否则我就要严刑拷打了。”

钟晚连忙举起双手求饶：“冤枉，我和他其实早就认识了，只是因为一些事分开了，后来碰巧又遇到了。”

姜瑜眯了眯眼睛，揶揄道：“破镜重圆啊。”

“姜瑜？”这时有人走过来，叫了姜瑜一声。

姜瑜侧头，皱起眉道：“林娇娇？你长的是狗鼻子吗，怎么我到哪儿你都跟上来？”

钟晚有些诧异，她没见过这个林娇娇，但她和姜瑜认识这么久了，还是第一次见姜瑜脾气这么大。

林娇娇的脸色一变，她咬了咬牙，道：“听说你们姜家的生意最近一落千丈，你得意什么？怕是你很快就没有来参加这种酒会的资格了。”

姜瑜面色不变，勾起嘴角，不屑道：“我怕什么？姜家没了，还有韩致呢，有韩致养着我，什么样的地方我来不了？倒是你，靠着一个当小三的姑姑勉强挤进名媛圈，我要是你，早就羞愧得在家待着了，怎么还有脸大摇大摆地跑出来？”

林娇娇气得脸通红，跺了跺脚，道：“不就是嫁给了韩致吗，你得意什么？”说完，她冷哼一声，扭头走了。

钟晚看着林娇娇离开的背影，开口问道：“这是从哪儿冒出来的？”

“对了，你要是想和秦盛订婚结婚，林娇娇肯定是你的死对头。”姜瑜猛地想起来，拍了拍脑袋，“你应该知道秦家现在的老夫人是秦盛的后妈吧？”

这件事钟晚倒是听说过，秦盛当初离开秦家去做了一个修理工，和这件事也有很大的关系。

“林娇娇就是秦盛后妈的侄女，这两年一直住在秦家，看那意思，是想着嫁给秦盛呢。”

钟晚挑了挑眉，道：“嫁给秦盛？”

姜瑜怕钟晚多想，忙补充了一句：“不过你放心，以林娇娇那么惹人厌恶的性子，秦盛肯定不会喜欢她的。”

钟晚抿了抿唇，没吭声。

晚上回去的时候，钟晚没忍住说了这件事：“对了，今天我碰到林娇娇了。听姜瑜说，你认识她？”

“她？她没难为你吧？”秦盛皱皱眉。

“你当我是什么？随便来个人都能欺负我？”钟晚好气又好笑地摇了摇头，“她压根儿没认出我来。”

“不用理她。”秦盛的语气带着厌恶，“就当她是空气好了。”

钟晚沉默。

因为之前的事，钟晚今年压根儿不想回家过年。秦盛听她说了，干脆开口道：“你跟我回秦家过年吧。”

钟晚一愣，指了指自己，道：“我跟你回秦家？”

“嗯。”秦盛弯腰亲了亲她额头，“正好和姥爷商量一下订婚的事。”

钟晚听到这个事就来气，直接拿拳头捶他：“我什么时候说了要和你订婚？”

秦盛抓住钟晚的拳头，低头问道：“嗯？你想始乱终弃？那晚是谁说让我做她丈夫的？”

钟晚想起那夜自己说的油腻腻的情话，脸颊有些发红，道：“我那是情绪到了，有感而发。”

“这么说，你是诓我的？”秦盛危险地眯了眯眼，“嗯？”

钟晚咽了一下唾沫，忙说：“订！订婚！”

订婚是一回事，要回秦家则又是另一回事了。就那天看到的林娇娇来说，秦家一屋子还指不定都是什么妖魔鬼怪。

“怕什么，他们还能吃了你不成？谁欺负了你，你就打回去，反正有我给你撑腰。”

钟晚无语，道：“你能不能别总想着动手？”

秦盛哼笑，凑到钟晚耳边，低声道：“不行，我一看见你，就忍不住想对你动手动脚。”

腊月三十那天，钟晚跟着秦盛回了秦家。

秦盛的亲妈虽然不在了，可好歹还有一个亲爹，钟晚嘴上说着不在意，内心却忍不住有点紧张。早上起来换衣服用了快一个小时，直到秦盛等得快睡着了，钟晚才收拾好了。

等坐上车，钟晚又猛地想起来什么：“哎呀，咱们是不是没买东西？”

“我都准备好了，你就放心吧。”秦盛漫不经心地开口，“你压根儿不用紧张，他们是他们，我是我，更何况就算你恭恭敬敬的，他们也不一定会给你好脸色。”

听秦盛这么一说，钟晚干脆也不管了。

车直接开进秦家院子里，一个老管家出来迎接。

“少爷回来了，先生和太太都在屋里呢。”顿了顿，老管家又道，“二少爷不在，说是明天才回来。”

秦盛表情淡淡的，点了点头，拽着钟晚的手走了进去。

“哟，阿盛回来了。”客厅里，一个打扮美艳的妇人笑了笑，起身迎上去，道，“就等你开饭了，怎么来得这么晚？”

秦盛面无表情地掠过她，拽着钟晚就准备上楼。

“不会叫人吗？”客厅里的中年男子忍不住开口。

秦盛冷笑一声，道：“我妈早就死了，你让我叫谁？”

“你！”

“叔叔好。”钟晚忙开口打圆场，她暗中掐了掐秦盛的手，面上带着笑，“我叫钟晚。”

秦盛挑了下眉，补充了一句：“我的未婚妻。”

他这句话一出，屋子里的人都变了脸色。

“秦盛哥！”这时一道甜美的声音响起。

听到熟悉的声音，钟晚挑眉，微微抬头。

二楼楼梯口，林娇娇正站在那儿，脸色惨白，不敢置信地看着秦盛。

“胡闹！你什么时候交了女朋友家里都不知道，怎么突然就成了未婚妻？你也太儿戏了！”秦东拍着桌子，愤愤地开口，“你到底有没有把我这个父亲放在眼里？！”

“是啊，阿盛，你好歹要和家里说一声。”继母林雅皱着眉头，装出一副贤良淑德的模样。

“我这不是在说吗？”秦盛漫不经心地道。

“我不同意！”秦东冷声道，“你的婚事得由家里安排。”

“凭什么？”秦盛勾起嘴角笑了。

他抬手指了指二楼的林娇娇，语气微冷地道：“想让我娶她？你做梦吧。”

林娇娇脸色一白，身子摇摇晃晃的，她快走几步来到秦盛身旁，带着哭腔开口：“秦盛哥，你什么意思？”

“字面上的意思。”秦盛淡淡地道。

林娇娇咬了咬牙，看到秦盛身旁的钟晚，猛地想起来什么，指着钟晚大喊：“是你！你是姜瑜的朋友，是不是姜瑜让你来勾引秦盛哥的？”

说着，她猛地扬起手打过来，却在半空中被秦盛狠狠攥住了。

秦盛冷着脸，将林娇娇甩到一边。林娇娇脚步踉跄，差点跌到地上。

“我看，你们是不是误会了？”秦盛语气讥讽，“这是秦宅，不是因为我爸姓秦，而是因为我姓秦，这房子是我的，房产证上也是我的名字，你们只是客居在这儿，我好心好意收留你们，你们反而在这里大呼小叫，对我指手画脚，你们也配？”

秦东脸色惨白，伸出手指着秦盛，身子哆嗦，半天没说出来一个字。

“老秦，老秦，你别吓我！”林雅急忙扶着秦东，带着哭腔道，“阿盛，你少说两句吧，看把你爸给气得，大过年的，万一气出个好歹可怎么办。”

秦盛神色漠然，冷笑着看着这些人在他面前演戏。反正这么多年来，他们一向是这样，把自己伪装得父慈母爱；反观他，就是人人唾弃的不肖子孙。

“走，不用管他们。”秦盛拽着钟晚上了楼。

二楼拐角的一间是秦盛以前住的屋子，这么多年来，哪怕秦盛早就搬出去了，这屋子里的一切还是没人敢碰。

钟晚绕着屋子走了一圈，最后目光落在角落里的一个篮球上，大概许多年没人碰了，上面都有些积灰了。

“你会打篮球？”钟晚有些诧异。

“以前玩。”秦盛的语气淡淡的，似乎没有什么兴趣的样子。

钟晚眨了眨眼。

她明明看到架子上摆了许多奖杯，都是篮球方面的奖项。

咚咚咚。门外有人敲门。

“夫人叫你们下去吃饭。”

秦盛皱着眉，语气有些不耐烦：“不去。”

“少爷……”

“秦盛。”钟晚拽了拽他的胳膊。

秦盛看了钟晚一眼，最终还是和她下楼了。

秦东大概已经缓过来了，只是脸色还是难看，坐在餐桌旁看着两人下来，冷哼一声。

林雅脸上依旧堆着笑，她道："阿盛，这些东西都是你爱吃的。"

秦盛没吭声，拉开椅子坐下。

秦东见状，脸色又难看了几分。

"明天阿泽也要带着女朋友回来，咱们一家也就团圆了，真好。"林雅笑着说。

秦东听了小儿子的事，脸色才好看了几分，问："他什么时候交的女朋友？"

"听说是之前工作时认识的。"

钟晚动作微顿，心里觉得有些好笑。

这做父亲的也是真够偏心，秦盛的婚姻就要交给他们决定，秦泽就可以随心所欲。

钟晚抬头看秦盛，见他表情淡漠，好像对这些都不关心。

其实他不是不关心，也不是不在乎，只是他小时候遭受的差别待遇太多了，已经习以为常了。

钟晚伸出手，在桌子底下拽住了秦盛的手。

她想，哪怕这些人都对秦盛不好，她可以对秦盛更好一点，把她全部的好都给秦盛。

她不愿意秦盛受委屈。

第十章
姜瑜要离婚

秦泽是在第二日傍晚的时候到的。

钟晚刚从厨房洗了一盘水果端出来，还没来得及上楼，就听见门口传来热热闹闹的声音。

“阿泽回来了！”

钟晚站着看过去，见秦泽穿着黑风衣走进来，他身后还跟着一个人，被秦泽挡着，一时看不清脸。

“看什么呢，这么认真？”

“秦泽回来了。”

“他可是全家人的心头肉，当然要回来。”秦盛冷笑一声。

秦泽似乎感觉到什么，抬头看过来。他的目光在钟晚身上顿了顿，而后又看向秦盛，他微微一笑，喊道：“大哥。”

秦盛看着他，扯了一下嘴角。

“我带女朋友回来了，大哥也认识一下。”

秦泽勾起嘴角，身子一侧，露出他身后的女子。女子头发梳起来，穿着白色的羽绒服，轻声开口：“我叫傅瑶，是秦泽的女朋友。”

钟晚愣在原地。

傅瑶？她……她怎么成了秦泽的女朋友？

林娇娇倒是和傅瑶相处得很好，吃了晚饭，两人一直坐在一起闲聊，不知道傅瑶和林娇娇说了什么，林娇娇笑着跑去厨房，不一会儿端了一杯咖啡出来，然后往楼上走去，看那方向，是往秦盛的房间去的。

钟晚站在院子里，透过玻璃隐约看见秦盛走出来，似乎是站在楼梯口和林娇娇说了什么。

“秦盛。”钟晚抿了抿唇，走过去拉开门，喊了一声，“你过来，我想让你陪我放烟花。”

林娇娇回头瞪着钟晚，怨恨的目光快把钟晚身上灼出一个洞来。

秦盛没有迟疑，直接越过林娇娇走了出来。

“和她说什么呢，那么久？”钟晚轻哼了一声，从地上抓了一把雪扔到秦盛身上，“你得意坏了吧？一个旧情人，一个追求者。”

秦盛勾起嘴角，问：“你吃醋了？”

钟晚白了他一眼，道：“美得你。”

“她刚刚要递咖啡给我，我没接，跟她说，让她离我远点。”秦盛低声笑了，“晚晚脾气不好，我生怕明天下不了床。”

“你不要脸！到底是谁脾气不好？”钟晚急了，“是谁一看见我和别的男人在一起就气得不行？”

“是我，是我。”秦盛从背后搂住钟晚的腰。钟晚手里那些仙女棒在漆黑的夜里有些刺眼。

“这东西能许愿吗？”

“这是烟花，又不是蜡烛，能许什么愿？”钟晚觉得好笑，“秦盛小朋友，你不会没放过烟花吧？”

秦盛笑了，问：“那我能跟晚晚许愿吗？”

“嗯？说来听听，说不定本小姐心情好，就答应你了。”

“永远在我身边。”秦盛亲了亲她的耳尖。

“这是今年的愿望吗？”

“不，这是每一年的。”

屋里，林娇娇坐在傅瑶旁边，气得咬牙：“那个贱人，她就是故意把秦盛哥叫出去的。”

傅瑶低头剥着橙子，温柔地笑着，道：“她就是那样的人，表面上云淡风轻，背地里算计秦盛，秦盛的心早就被她抓得紧紧的了。”

“傅瑶姐，你再帮帮我，到时候我肯定在姑姑面前多说你好话，让你早点进秦家的门。”林娇娇双手合十，“拜托了。”

“你要先认清你的目标，现在你的目标不应该是秦盛，而且钟晚。”傅瑶低着头，轻声道，“如果把她从秦盛的心里剜掉，那你不就能住进去了吗？别总想着怎么在秦盛面前表现自己，那只会让他更加厌恶你。”

林娇娇眨了眨眼，一副似懂非懂的样子。

傅瑶笑了，把剥好的橙子放进白色的盘子里，走到一楼的书房门口，敲了敲门，道：“阿泽，我给你剥了橙子。”

大年初一，钟晚同秦盛去了姥爷家。

钟晚知道，在秦盛心里，十个秦东也比不过老爷子。快到老宅门口时，她忍不住有些紧张。

“别害怕，姥爷很和善的，他一定喜欢你。”秦盛安慰她。

钟晚舒了一口气，努力地缓和情绪。

老爷子岁数大了，喜欢清静，宅子里只有一个保姆张妈和定期过来的钟点工。

“一早就让张妈做好了饭菜等你们。”老爷子乐呵呵地说，“这就是小钟？长得真好看，一看就是被你小子骗到手的。”

“能骗到手也是我的本事。”秦盛扬了扬眉，一副扬扬得意的样子。

钟晚忙开口：“姥爷过年好。”

“好好好，快过来吃饭吧。”

在这里吃饭可比在秦家吃饭舒服多了，过年这两天，钟晚都快要消化不良了。

“你们准备什么时候订婚？”

“过了年就着手准备。”秦盛低着头给钟晚剥虾。

“小钟家里那边说过了吗？”

钟晚忙点头道：“我父母那边都已经知道了。”

“好好好，早日让我抱上重孙子。”

钟晚一噎，脸颊通红，一时不知道该说什么。

老爷子年纪大了，精神不如往日，吃了饭不过一会儿就困了。钟晚也无聊，索性就拽着秦盛出门逛街。

“不要戴围脖，丑死了。”临出门时，钟晚还在因为一条围脖和秦盛僵持不下。

秦盛冷哼一声，不由分说地把围脖套在钟晚的脖子上，道：“大晚上出去，你想美给谁看啊？”

钟晚气得去踩秦盛的脚。

大概是因为过年，大家都在家里和家人团圆，街上人很少，倒是偶然在路边碰到了一个卖棉花糖的。

钟晚叫秦盛去给她买了一根。

买到棉花糖，钟晚也懒得走了，两人坐在路边的长椅上，钟晚一只手还戴着手套，认认真真地低头吃着棉花糖。

“钟晚。”秦盛突然叫了她一声。

钟晚抬起头，猝不及防地被秦盛吻住了。

她瞪大眼睛，棉花糖的香味在两人之间弥漫。

路灯昏黄，隐隐约约晃在两人身上，像是罩了一层朦胧的纱。

不知过了多久，秦盛才松开钟晚，他低低地笑了两声，附在钟晚耳边，轻声道：“甜的。”

当晚直到两人回去的时候，钟晚的脸颊都是红扑扑的，害得张妈一直说钟晚是冻感冒了，非让她喝了一肚子姜茶。

本来两人晚上是分房睡的，毕竟在老爷子这里也不好太放肆。谁知钟晚因为喝了姜茶，翻来覆去地睡不着，凌晨的时候，隐隐约约听见有人敲门。

钟晚一惊，赤着脚下床去开门。

门外是秦盛，他看见钟晚没穿鞋子，皱了皱眉，直接拦腰把她抱到床上。

“你……你怎么过来了？”

秦盛在钟晚身旁躺下，甚至还抢了钟晚一半的被子。

“当然是过来睡觉。”他拉着钟晚的衣带，轻轻一扯，睡衣就松松垮垮地落了下来。

“你……你别太过分，姥爷也在二楼。”钟晚挣扎着往后躲。

“这屋子隔音还不错。”秦盛轻笑一声，道，“更何况，姥爷也说让我们快点给他生个重孙子。”

秦盛的目光落在钟晚白皙纤长的胳膊上，沉沉地说：“我得加把劲才行。”

第二天一早，秦盛是从钟晚房间走出去的。至于钟晚，则拖着疲惫不堪的身子睡到日上三竿。

等钟晚打着哈欠下楼时，秦盛已经和老爷子准备吃午饭了。

刚来第二天就睡懒觉，钟晚有些不好意思，她红着脸，小声道：“不好意思，姥爷，我起晚了。”

“年轻人嘛，多睡一会儿才好。”老爷子摆了摆手，“一会儿你陪这小子去给他妈妈扫墓吧，我年纪大了，受不得这些，就不去了。”

秦盛要去给他妈妈扫墓？

钟晚抬眼看秦盛，只见秦盛面色淡然，甚至还让张妈给钟晚盛了一碗饭递到她面前。

“我们什么时候去？”钟晚问。

“等你吃完饭。”秦盛给她夹了一筷子青菜，叮嘱道，“别挑食。”

老爷子在一旁看着，笑了。

吃完饭，秦盛开车带着钟晚去了墓地。

“你昨天怎么没和我说要来祭拜你妈妈啊？”钟晚有些懊悔，“我是不是起得太晚了？”

“没有，本来也是打算下午去的。”秦盛懒洋洋地瞥了钟晚一眼，把车停在了花店门口，“等我一下。”

钟晚乖乖地点头，她知道秦盛是去给他妈妈买花了。

不一会儿，秦盛就捧着一束火红的玫瑰上了车。

钟晚愣住了，问：“你怎么买了这种花？”

哪有人祭拜会用红玫瑰？

“我妈喜欢这种花。”秦盛低头看了一眼红玫瑰，淡淡地道，“她这一生只爱这一种花。”

钟晚沉默了。

陵园在郊区，两人开了快两个小时的车才到。此刻天色已经有些昏暗了，有雪花从天空中飘飘悠悠地落下。

这个时候，整个陵园空荡荡的，几乎没有人。

秦盛带着钟晚到了墓碑前。

钟晚还是第一次知道秦盛妈妈的名字。

盛玫。

真是一个很美的名字。

秦盛把花束放在墓碑前，抬手扫了扫墓碑上刚刚落下的雪花，语气微沉：“妈，我来看你了。这是晚晚，我要娶的人。”

钟晚也跟着秦盛跪坐下来，轻声开口：“初次见面，阿姨你好，我是钟晚。”

“别紧张。”秦盛看了一眼钟晚，轻笑了一声，“我妈会喜欢你的。”

钟晚眨了眨眼，道：“真的吗，阿姨？”

回应她的，只是耳侧的风声。

“我妈像我姥爷，人很和善，只是高傲了一些，眼里容不得沙子。”秦盛淡淡地说道，“否则她当年也不会跳楼了。”

盛玫本是千金小姐，一生荣华富贵，一直是被人捧在手心里的，没吃过一点苦，甚至没受过一点委屈。

所以她才会那么天真单纯，才会被秦东骗了。

秦东娶盛玫时，就是个穷小子。他和盛玫结婚后住的房子，也就是现在的秦宅，都是老爷子当年花钱买下的。

秦氏也不叫秦氏，它本该叫盛氏。

秦东用花言巧语将盛玫吃得死死的，盛玫才同意将盛氏改为秦氏。

还好老爷子当年仍旧存了理智，坚持没把股份让出去，只有小部分的股份在秦东手里，大头还是给了秦盛。

也因为这件事，秦东怀恨在心，认为盛家提防他，对盛玫也心存怨恨，这才让他身边体贴的秘书林雅得了机会爬上了他的床，并怀上了孩子。

秦东本还忌惮老爷子，哪怕林雅生下了秦泽，也不敢把林雅接回去，而是把他们母子都养在外头。林雅自然不甘心只做一个外室，她故意找人把事情捅到了盛玫面前。

那一年，秦盛才十岁。

盛玫是天之骄女，打小就没遇到过什么难事，更别说是丈夫背叛，甚至已经有了私生子这种丑事，她不堪其辱，精神崩溃，最终选择了自杀。

老爷子也因为独女的去世而生了一场大病，身体每况愈下。

而秦东在这种时候把林雅母子接了回来，堂而皇之地住进了秦宅。

“我十岁生日的时候，正是家里最混乱的时候。”秦盛低声开口，他碰了碰墓碑，只觉得冰冷刺骨。

“其实那时候她已经有些不正常了，有时候会抱着我叫爸爸的名字，更多的时候是抱着我哭，她本来是想带着我一起跳楼的。”

钟晚一惊，不敢置信地看着秦盛。

“但是我不怪她，我知道她只是担心我被欺负。”

钟晚沉默，抬手攥住了秦盛的手。

过了很久，钟晚才轻声道：“她很爱你。”

秦盛笑了笑，道：“我知道。”

临走的时候，钟晚和秦盛一起对着墓碑鞠躬，雪越下越大，几乎快把刚刚放上去的红玫瑰掩盖了。

就像这世间万物，很多轰轰烈烈、惊心动魄的事，最终都会归于平淡。

过了年，扫了墓，钟晚又得回到秦氏上班了。

“复工第一天就愁眉苦脸的，”秦盛不满意地皱起眉头，“你是对我这个老板有意见？”

“那老板能多给我放两天假吗？”

“钟经理得寸进尺。”秦盛眯了眯眼，“老板都去上班了，员工又怎么能待在家里？”

钟晚冷哼一声，拎着包出了门。

“钟经理早。”前台笑着和她打招呼，“钟经理来得好早。”

“早啊。”钟晚笑了笑，“笨鸟先飞。”

因为时间还早，电梯里没有几个人，当电梯门缓缓合上的时候，一个人伸手拦住了。

“等一下。”

钟晚连忙按下开门键：“快进……”

她话说到一半就猛地顿住，走进来的人穿着工整的西服，甚至连领结也打得板板正正，头发丝都精致得一丝不苟，和当初在古镇软软地叫她姐姐的人判若两人。

也是，毕竟当初秦泽就是装出来的。

他本身就是个狼崽子。

可是……秦泽也来秦氏上班……

秦泽走进电梯，看见钟晚，勾起嘴角笑了，道:“这么巧啊……姐姐？”

钟晚面无表情，没吭声。

秦泽挑了下眉，抬手按了楼层键，钟晚眼尖地看到，秦泽按的是第十二层，从十层往上都是公司高管的办公室……

四楼到了，就在钟晚走出电梯的那一刻，秦泽突然开口：“姐姐，以后我们会常常见面的。”

钟晚脚步微顿，身后的电梯门缓缓合上。

总裁办公室，秦盛发了好大的火，指着助理的鼻子狠狠骂了一通。

“新人报到为什么我不知道？当我是死人吗？”秦盛愤怒地道。

助理有苦说不出。

这么大家公司招个人，哪里用得着惊动总裁，也不知道新来的那个人哪里惹了总裁不痛快，总裁发了这么大的火。

咚咚咚。

秦泽敲门进来，看着扔了一地的文件，脸上表情淡淡的，丝毫不意外，他笑着，轻声开口："我想，你应该是要和我谈一谈吧。哥哥？"

秦盛眯了眯眼，然后瞥了秘书一眼，秘书忙把地上的文件收拾了一番，转头就快步离开了，甚至还贴心地把门带上。

妈呀，这是什么豪门戏码，他听到了不该听的会不会被灭口啊？秘书有些欲哭无泪。

"谁允许你来这儿上班的？你以为它叫秦氏就真的是秦氏了吗？只要我想，它随时能变回盛氏。"秦盛冷声道。

"我只是来做一个小职员，哥哥也不让吗？"秦泽缓缓开口，"爸爸早就把他的股份转给我了，哥哥你也是知道的。"

"你那点股份，还不及我的零头。"秦盛冷冷地开口。

"是，公司是哥哥一家独大，可哥哥如果不让我来上班，那我只好以股东的身份来公司闲逛，那样哥哥会不会更厌恶？"

秦盛冷着脸，道："你这是在逼我快点把你处理掉。"

"那哥哥要快点动手了。"秦泽笑了。

他走近两步，微微压低声音道："看看是你先把我处理掉，还是我先把姐姐抢到手。秦盛，我喜欢钟晚。"

"我觉得你在找死。"秦盛的脸色瞬间沉了下来，他猛地抬手拽住了秦泽的领口。

"反正，我从你手里抢东西也不是一次两次了。"秦泽微笑，"你应该也不在乎这最后一次吧？"

咚咚咚。

这个时间来敲门的，一般都是来送报表的。

"进。"钟晚头也不抬地道。

那人推门进来，把一堆需要法务部盖章的合同和报表放到桌子上，然后叫了一声："姐姐。"

钟晚一愣，皱着眉抬起头，道："你还有什么事吗？"

秦泽轻声道："我刚来公司，还没有认识的人，今天中午姐姐能陪我一起去吃饭吗？"

"抱歉，我没空。"钟晚淡淡地开口，"还有，麻烦你不要再叫我姐姐了。"

秦泽的目光暗了几分。

他上下打量了一番钟晚，喉结微动，却也没再说什么，转身离开了。

中午吃饭的时候，钟晚问起秦泽的事。

"他去找你了？"秦盛眯了眯眼，声音微冷。

"他到底为什么来秦氏？"钟晚漫不经心地戳着碗里的米饭，"肯定是有所图谋。"

秦盛差点笑了。

"你照顾好自己就行，不用管他。"秦盛淡淡地开口，"他既然敢来，我也不可能让他全身而退。"

钟晚挑了挑眉，正准备说什么的时候，接到了姜瑜的电话。

"怎么了，姜姜？"

"宝贝儿你快来，我在医院呢。"

钟晚一听吓了一跳："医院？你出什么事了？"

"你来就是了！"

"好好好，我这就去。"钟晚忙说。

等她挂了电话，秦盛皱着眉开口："怎么了？"

"姜瑜在医院呢，不知道出了什么事，我得去看看她。"钟晚有些焦急。姜瑜是她难得的朋友，她自然不希望姜瑜出什么事。

"我开车送你。"

"不用了，我自己去就行。"钟晚拎起包，匆匆地往外走。

医院二楼走廊充斥着消毒水味。

姜瑜坐在走廊尽头的长椅上，低头抱着腿，长发散下来，像小猫般可怜。

钟晚心里一紧，快走几步过去。

“怎么了这是？和韩致吵架了？他打你了？”

姜瑜抬起头，脸上带着泪痕。

“真的是韩致？”钟晚一股火冲到心头，转身就要往外走，“我去找他。”

“不是韩致！”姜瑜急忙拽住钟晚的手腕，“是我，是我自己。”

顿了顿，姜瑜把手里的化验单递给钟晚，道：“晚晚，我怀孕了。”

钟晚僵在原地。

她接过化验单，唇瓣微动，好半天才吐出几个字：“谁的孩子？”

姜瑜瞪大了眼睛，道：“你说什么呢！当然是韩致的孩子！”

钟晚这才松了口气，她无语地看着姜瑜，问：“那你哭什么？”

“喜极而泣不行吗？”

钟晚无力地坐在姜瑜身旁，道：“你没告诉韩致吗？”

“我打算给他一个惊喜！后天正好是他生日，你先陪我去给宝宝买东西，再给韩致挑个礼物。”

钟晚瞥了她一眼，道：“所以你让我翘班就是为了陪你逛街？”

“顺便通知一下你要当干妈的消息。”

“行吧，看在宝宝的分上。”钟晚弹了弹姜瑜的额头，“走吧，孕妇大人。”

两人直接开车去了母婴店，可姜瑜连宝宝是男是女都不知道，两人一合计，干脆买蓝色好了，这样无论男女都合适。

逛了一圈，钟晚和姜瑜手上都拎着大包小包的东西。

“我让韩致来接咱们吧。”姜瑜拿出手机给韩致打电话。

电话响了两声就被挂断了，姜瑜皱着眉又打了一遍，还是被挂断了。

“他可能在开会吧。”钟晚见姜瑜脸色不对，忙开口道，“反正也开车了，就自己回去吧。”

姜瑜抿了抿唇，没吭声。

“行了，你在这儿等着，我过去把车开过来。”

姜瑜点点头。

钟晚先把手里的东西放下，快走几步去开车。

叮咚。

是手机提示音的声音，钟晚一只手打开手机，另一只手去掏车钥匙。

是本市新闻提醒。

钟晚刚准备刷过去，突然目光一顿，只见新闻标题写着："新晋小花网曝公开与商业新贵韩致恋情，有可能嫁入豪门。"

钟晚手一抖，差点握不住手机。

她回头看去，姜瑜还站在原地等她，看见钟晚看过来，还笑着比口型让她快一点。

她还什么都不知道。

钟晚把那条新闻删了，可她知道这无济于事，姜瑜的位置多少人在盯着，这些消息自然会有有心人捅到她面前。

等开车把姜瑜送回家的时候已经傍晚了，钟晚顺便留在姜瑜家吃了晚饭。

"韩致说今晚有应酬。"姜瑜皱了皱眉，随即又笑了，"他知道我怀孕了肯定很高兴，他一直想要个孩子。"

钟晚低头吃着饭，状似无意地开口："那你可要小心了，听说有很多丈夫会趁着妻子怀孕时出轨。"

"他敢！"姜瑜哼了一声，"他要是敢对不起我，我就带着孩子回家，让他一辈子也见不到我们。"

过了片刻，姜瑜又叹了口气："我家里最近也出了很多事，我爸头发都白了。"

姜家最近不景气，频频被竞争对手打压，几乎已经在破产的边缘了，还是因为韩致的帮助才有所缓解，不过因为这件事，韩家不少人都对姜瑜颇有微词。

尤其是姜瑜的婆婆，她一开始就不看好姜瑜，不过刚结婚的时候姜家实力还算不错，韩致又态度坚决，她才没说什么。

"她又来找你麻烦了？"钟晚皱了皱眉。

姜瑜看起来活得肆意潇洒，其实日子也不好过。

“我又不是软柿子，她顶多就是给我脸色看，我不看不就成了。”姜瑜摸了摸肚子，“不过我现在怀孕了，她也不能把我怎么样。”

钟晚点点头。

晚上回去后，钟晚同秦盛说起这件事。

秦盛眯了眯眼，漫不经心地道：“那条新闻应该是假的，韩致不是那样的人。”

“你倒是了解他！”钟晚笑了一声，“最好是假的，他要是敢对不起姜姜，我就……”钟晚攥紧小拳头，在空气中挥舞了两下。

秦盛觉得这样的钟晚很可爱，过去亲了亲她的小拳头，问：“怎么？你还要找他打架不成？我帮你。”

钟晚瞥了他一眼，把他推开了，道：“快起来，你们这些臭男人都一样。”

纸终究包不住火，姜瑜最终还是知道了这件事。那时候，姜家和韩家已经闹得不可开交了。

姜瑜和她婆婆大吵了一架，甚至收拾行李搬回了姜家住，自始至终她都没看见韩致，电话没人接，发短信也不回。

姜瑜给韩致准备的生日礼物最终也没有送出去，甚至还没有告诉他，自己已经怀孕的事。

钟晚是在一周后接到姜瑜的电话的。

电话里，姜瑜泣不成声，什么也说不清，钟晚吓了一跳，挂了电话就去姜家找她。

姜父姜母在楼下看见钟晚，勉强挤出一丝笑，让钟晚上去劝劝姜瑜，不是劝她别哭了，而是劝她早日回韩家。

钟晚心里一堵，不知道该说什么。

她上了楼，见姜瑜正把自己埋在被子里哭得撕心裂肺。

“这么哭，不怕对孩子不好吗？”钟晚伸手，揉了揉姜瑜的头。

“晚晚。”姜瑜起来，紧紧抱住了钟晚，“我要离婚，我要和韩致离婚。”

钟晚一梗，问："因为那个娱乐消息？"

姜瑜点点头，又摇摇头，道："是韩致，我联系不上他，他在躲着我，他就是想和我离婚了。"

钟晚叹了一口气，抬手擦了擦姜瑜的眼泪，又问："孩子怎么办？"

姜瑜咬了咬唇，道："不要了。"

"别说气话。"钟晚皱了皱眉，"不管怎么说，总得先联系上韩致才行，你去过他公司找他吗？"

姜瑜苦笑一声："他已经一周没回家了，我又何必觍着脸去公司找他，就这样吧，我已经不想再见他了，我预约了医生，明天就去把孩子打了。"

"你爸妈怎么说？"

"他们当然不希望我离婚，他们还指望着靠韩家东山再起呢。"姜瑜闭了闭眼，泪水顺着脸颊流下，"韩家的人几乎轮番上门来找我，都逼着我和韩致离婚，让韩致甩了我这个拖油瓶。"

没人知道她这两天是怎么过的，怀着孕上吐下泻，还要赔着笑脸，应付一个个上门的韩家亲戚，那些人都指望着把与自己沾亲带故的人嫁给韩致，自然看姜瑜不顺眼。

姜瑜被逼得每天都哭，哭着给韩致打电话，发短信，可韩致就像消失了一样。

"他们没人知道我怀孕了。"姜瑜摸了摸肚子，"这样也好，就让这个孩子悄无声息地来，悄无声息地走。"

钟晚从姜家出来后，想了想，开车去了韩致的公司。

前台拦住了她，道："您好，请问有预约吗？"

钟晚掏出名片，道："我是秦氏法务部经理，和韩总有业务洽谈。"

前台抱歉地摇了摇头，道："抱歉，钟小姐，没预约不能进。"

钟晚点点头，就在前台以为她要转身离开的时候，钟晚直接快步走向了总裁专用电梯。

"钟小姐……"前台一愣，忙跑过去。

她还是迟了一步，电梯门已经合上了。

钟晚推开总裁办公室门的时候，韩致低着头似乎正在看文件，听见声音抬起头，微微皱眉，问：“钟晚？你怎么来了？”

钟晚冷笑一声，道：“韩总真是太忙了，电话不接，短信不回，没办法，我只能过来见韩总一面。”

韩致揉了揉眉头，道：“是她叫你来的？”

“姜姜没叫我来。”钟晚冷冷地开口，“事实上，她根本不想看见你。”

“我知道她这两天受了委屈。”韩致的声音有些沙哑，“可是公司这两天出了事，我根本抽不出空回去，电话里一时也说不清，等过两天我再去跟她解释。”

“不必解释了。”钟晚淡淡地道，“姜姜要和你离婚。”

韩致动作一顿，皱起眉头，有些疑惑：“离婚？”

钟晚勾起嘴角，道：“姜姜闹脾气时的确喜欢和你说离婚，可她这次不是开玩笑的。”

韩致的脸色有些难看，解释道：“那些新闻都是假的。”

“韩总不用和我解释。”钟晚低头看了一眼手表，“如果韩总对姜姜还有哪怕一丝感情，就麻烦你明天去一趟医院吧。”

韩致的脸瞬间沉了下来，问：“医院？她怎么了？”

钟晚摇了摇头，没再说什么，转身走了。

第二日一早，秦盛陪着钟晚去了医院。钟晚和姜瑜去排号等着，秦盛不方便也懒得过去，就在医院楼下的院子里抽烟。

嘎吱。

一辆黑色的车停在秦盛身旁，下来的人是韩致。

他脸色阴沉，不知道多久没睡了，眼睛里都是红血丝，平时工整的西装此刻也皱皱巴巴的。

“哟，韩总。”秦盛挑了挑眉。

他因为帮着韩致说话惹了钟晚不高兴，连着好几日钟晚都没让他碰。秦盛现在是一肚子火气，看见韩致就更来气了。

“姜瑜呢？”韩致沉声问。

秦盛弹了弹烟灰，道："二楼呢，你再晚来一会儿，手术都做完了，孩子没了，你就等着哭吧。"

韩致愣了一下，随即猛地想到了什么，脸色瞬间变得惨白，几乎是一路跑着上楼的。

"欸，先生，前面是妇产科，你要找谁……"

护士的话还没说完，韩致就已经往走廊尽头跑过去了。

"下一位，姜瑜。"

听到医生叫号，姜瑜身子一抖，指尖都是冰冷的。

她缓缓站起身，准备走过去。

"你想好了吗？"钟晚拽着她的手腕，心里急得要命，韩致怎么还不来？

"想好了。"姜瑜深呼吸一口气。

"姜瑜！"

熟悉的声音让姜瑜浑身一颤，她不敢可置信地回过头，在她身后，韩致喘着粗气，几缕头发被汗水打湿了贴在额头上，显得有些狼狈。

他红着眼睛看着姜瑜，声音带着一丝哽咽："阿瑜，跟我回家吧。"

姜瑜静静地看着他，摇了摇头，道："你来晚了，我刚做完手术。"

韩致的脸瞬间白了。

他慢慢走到姜瑜面前，猛地把她抱住，安慰道："没事的，阿瑜，我们还会有孩子的。"

韩致比姜瑜大一些，姜瑜总开玩笑叫他老男人，因为韩致在她面前总是格外冷静，做事一丝不苟，仿佛对什么事情都有掌控。

哪怕每次他们吵架，韩致也只会冷静地分析问题，把她的毛病一针见血地指出来，让姜瑜连火都发不起来。

这是第一次，姜瑜见他这么惊慌失措。

韩致抱住她的时候，姜瑜甚至都能感受到他身子的微微颤抖。

"对不起，我以为你只是因为绯闻的事生气，公司出了事我回不去，本想着过两天再跟你解释，我不知道，对不起阿瑜，我不知道韩家的那些人去找你，我不知道你怀孕了。"韩致语无伦次地说着。

姜瑜的喉咙像是被什么堵住了似的。

“姜瑜！”手术室的门又被推开了，小护士不耐烦地道，“你到底做不做手术？后边一大堆人还排着队呢。”

韩致身子一僵。

姜瑜勾起嘴角，握住韩致的手放到她的肚子上，道：“我和宝宝可还没决定原谅你呢。”

剩下的事钟晚就不知道了，她不愿意再当电灯泡，匆匆下楼去找秦盛了。

后来听说韩氏来了个大换血，当初去找过姜瑜麻烦的人，家里若是有人在韩氏上班，一律被开除了。韩家许多人不满，却再没人敢在姜瑜面前说什么。

第十一章

被泄露的文件

“钟经理！”阮锦锦风风火火地推门进来，苦着一张脸道，“我脚崴了，这些文件钟经理能帮我去复印一份吗？”

钟晚低头看阮锦锦的脚，果真包裹得严严实实，她问：“这是怎么弄的？”

“昨天抢糖醋小排崴到脚了。”

钟晚一噎，她起身接过文件，道：“行了，我帮你去弄吧。”

“谢谢钟经理！”

这些事平时都是阮锦锦负责的，钟晚这是第一次去复印文件，一时没找到打印室。

她拐了又拐，进了走廊尽头的一间屋子。

屋里堆着杂物，好像是废弃的杂物间。

钟晚皱了皱眉，正要转身离开，突然听见一阵窸窣的声音。

钟晚有些好奇，走了过去，只见一排废弃的书架后，两人正在角落里拥吻，女生的裙子已经被扯掉了一半。

钟晚有些尴尬，正想着要不要装作什么都没看到转身离开，就被那女生看到了。

“啊！”她尖叫一声，慌乱地把男子推开，迅速地整理衣裙。

男子被打断，似乎有些不耐烦，转身看过来，顿时愣住了。

钟晚也怔在原地。

是秦泽。

秦泽眼底的慌乱一闪而过，他快走几步过来，想拉扯钟晚的手，却被她躲开了。

“姐姐。”秦泽慌慌张张地开口，“你听我解释。”

钟晚一个字都不想听，转头往外走。

“姐姐。”秦泽跟出来，拽着钟晚的手腕，咬了咬牙，道，“是她勾引我的，我跟她什么都没有。”

钟晚听了只觉得好笑。

“这些事你和我说什么？你不用和我解释，和谁做什么是你的自由。”顿了顿，钟晚又皱眉道，“你该考虑的，是对不对得起傅瑶。”

秦泽的脸唰地白了。

他看着钟晚，漆黑的眼睛上仿佛蒙了一层水雾，他咬了咬唇，道：“姐姐真的不喜欢我吗？”

“真的。”钟晚斩钉截铁地道，“我喜欢你哥哥，秦盛。”

秦泽的脸色又难看了几分。

“没什么事我就先走了。”钟晚看了秦泽一眼，指了指自己的脸颊示意他，“口红印记得擦干净。”

钟晚也不敢再四处去找打印室了，索性抱着文件去了楼下的便利店复印。

想想刚刚在杂物间看到的一幕，钟晚的心情有些复杂。秦泽和傅瑶到底是怎么回事？

钟晚想得头疼，其实在第一次见到傅瑶作为秦泽女朋友出现在秦家时，她就觉得很不对劲，若是说没有预谋，任谁也不会信，傅瑶怎么可能不知道秦泽的身份。

这一对情侣，一个惦记着自己，一个惦记着秦盛，狼狈为奸也不稀奇，只是钟晚好奇，秦泽来秦氏到底是为了什么。

不过这个疑问，秦泽很快给了她答案。

当天快下班的时候，钟晚在茶水间又碰到了秦泽，他低头接着水，看到钟晚后唇瓣微动，似乎想说什么，可最终还是沉默了。

钟晚一天看见他两次，只觉得心累，更是不想开口，只装作没看见。

她喝了小半杯咖啡，准备离开的时候，秦泽突然开口："我有些话想跟你说，我们去天台吧。"

钟晚无奈地回头看着他，道："我没什么想和你说的。"

秦泽微微垂眸，道："就这一次，我再也不会过来烦姐姐了。"

钟晚沉默了，半晌，她叹了一口气，点头道："好。"

两人去了天台。

"有什么事情你就直接说吧。"钟晚率先开口。

秦泽看了钟晚一眼，低声开口："我喜欢姐姐不是为了想要抢他的东西，或许一开始是，可是后来……"

"打住！"钟晚皱着眉，"这个问题我们已经说过了，无论你是为了什么，我都不想知道，我现在就请你离我远点，行吗？"

秦泽突然两步走过去抱住了她。

钟晚吓了一跳，拼命地挣扎着，甚至狠狠踩了秦泽一脚，才从他的怀抱中挣脱开。

啪。

钟晚猛地甩了秦泽一巴掌。

秦泽的脸偏过去，白皙的脸颊上微微泛红。

"你真让我觉得恶心！"

钟晚冷冷地看了他一眼，转身离开了。

秦泽看着钟晚离开的背影，舔了舔刺痛的嘴角，突然笑了。

晚上秦盛有应酬，钟晚自己开车回家，到了家门口才发现，钥匙居然不见了。

钟晚皱着眉仔细想了想，她记得早上明明带了的啊。

脑中灵光一闪，钟晚突然想到可能是和秦泽在天台上争执的时候把钥匙落在那儿了。

她烦躁地皱眉，只得开车回公司去找。

她刷卡进了公司，这时候大家都已经下班了，门口的保安亭里也没有人，大概是去吃饭了。

钟晚直接坐电梯上了顶层天台。

她举着手电筒在天台找了好一会儿，终于在角落里找到了她那串银色的钥匙。

钟晚松了一口气，拿着钥匙下了楼。

第二日，钟晚起得晚了一些，再加上早上被秦盛拽着非要把一整杯牛奶喝了，差一点迟到。

她到公司的时候发现大家都低着头窃窃私语，似乎发生了什么大事一般。

钟晚悄悄去问阮锦锦："怎么回事？"

"设计部的人说，昨天刚做好的设计方案丢了。过两天公司不是要上新品吗，设计部的人通宵加班忙了半个月才定了稿，居然被人偷了，现在大家都说，公司里有内鬼。"

钟晚皱了皱眉。

她和秦盛差不多是同时到公司的，估计秦盛也是刚知道这件事。

过了不到半个小时，就有人叫钟晚去会议室开会。

钟晚推门进去的时候看见了一个保安，还有设计部经理、总经理等人，秦盛坐在首位，脸色有些难看，看见钟晚进来的时候才缓和了一些。

钟晚刚坐下，身旁的设计部王经理就冷冷地开口：“钟经理，请问你昨晚下班后干吗去了？”

钟晚挑了下眉，道：“回家。”

王经理眯了眯眼，又问：“然后呢？你就没再去过别的地方？”

“回过公司一趟。”

“你回公司做什么？”王经理紧紧地盯着她。

“王经理不如直接问昨晚我是不是来偷设计方案的。”钟晚淡淡地道。

啪。王经理一拍桌子，道：“果然是你！”

钟晚差点被气笑了，道：“如果警察也像王经理这么审问犯人，那全天下的人都是罪人了。没有证据，空口白牙，你就断定是我，你这是诬陷。”

“好，你要证据是吧？”王经理看了一眼保安，点点头。

保安放了一段监控视频。

“昨天我回家吃饭了，有一个小时不在保安亭。”保安说这话时战战兢兢的，毕竟他这是私离岗位。

“在那一个小时里，只有钟经理一个人进了公司。”王经理冷声开口。

“我刚刚就说了，我的确去了公司，那是因为我钥匙落在天台上了，我来取钥匙。”

“这么巧？碰巧你来取钥匙，刚好就丢了设计方案？”王经理冷冷地道。

钟晚皱着眉，道：“王经理为什么一直针对我？”

“你……”

“好了！”秦盛皱着眉打断王经理，他屈指敲了敲桌子，“就这么点证据，的确不能证明是钟经理做的。好了，先到这儿吧，都回去吧。”

“秦总，可是……”王经理不甘心，还想说什么，可对上秦盛冰冷的眸子，顿时说不出话来了。

屋子里的人见秦盛脸色不好，都纷纷收拾东西快步离开了，生怕晚一步就被怒火殃及。

最后，屋子里只剩下秦盛和钟晚两人。

“别想太多。”秦盛走过去从身后搂着钟晚的腰，“我会查清楚的。”

钟晚皱着眉，还在想着刚刚的录像。

“昨晚楼里的监控录像呢？”

“坏了。”秦盛的语气带着冷意。

这么巧……估计是有人故意为之。

可那个人既然弄坏了楼里的监控，为什么不干脆把门口的监控一并弄坏了，还非要留下一个？

钟晚抿了抿唇，一字一顿地说道：“偷设计方案的人是想让我做替罪羊。”

“估计是。可是他怎么知道你会回公司？”秦盛眸色漆黑，眼底带着冷意。

钟晚一怔，猛地想到什么，脸色瞬间沉了下来，她咬了咬牙，几乎是从牙缝里挤出几个字：“是秦泽。”

秦盛冷下脸，问：“怎么回事？”

钟晚把昨天碰到秦泽的事说了一遍。秦盛眸色微暗，一只手撑着额头，另一只手拿着遥控器又播放了一遍监控视频。

画面中显示，秦泽是跟着大部分人一起下班的，之后就再也没回过公司。

“下午六点的时候设计方案才定稿，秦泽那个时候已经下班了。”秦盛淡淡地开口。

钟晚微微皱眉。

难道设计稿不是秦泽拿走的？

“公司里肯定还有他的人，正好趁这个机会揪出内鬼。”秦盛沉着脸道。

钟晚沉默。

从总裁办公室到她自己办公室这段路，太多风言风语钻进了她的耳朵里。

钟晚脸色有些难看，中午连饭也没吃，一个人去了天台。

她蹲在墙角，双手环着腿，将头埋在膝盖上。

不知道过了多久，一阵脚步声由远及近，有人上了天台。

“姐姐？”

钟晚抬起头，看见面前站着盛泽。

他担忧地看着她，问：“姐姐怎么了？身体不舒服吗？”

过了片刻，他又像想到了什么似的，摆了摆手，道：“姐姐，我不是，我不知道你在天台。”

钟晚闭了闭眼，泪珠顺着脸颊滚落。

“姐姐怎么哭了？”秦泽吓了一跳，忙凑过来要给钟晚擦眼泪，手在半空中又停住了。

钟晚哭得更厉害了，她哽咽着道：“公司里的人都说是我偷了设计方案，连秦盛也……可是我真的没有。”

“我知道姐姐没有。”秦泽沉声道，“我相信姐姐。哪怕秦盛不相信你，哪怕所有的人都不相信你，我也会相信你。”

钟晚微微抬起头，眼睛有些发红，看起来可怜又可爱。她轻声开口：“你相信我有什么用，我在公司里已经没有立足之地了。”

“如果我说，我能帮你呢？”秦泽缓缓地开口，“秦盛不信你，我信；秦盛不能帮你，我帮。现在，姐姐能看到我的好了吗？”

钟晚愣了一下，随即苦笑一声，道：“别开玩笑了，你能怎么帮我？”

“姐姐信我。”

下午的时候，设计部的王经理就去找了秦盛，道：“总裁，我刚刚才发现，原来昨晚设计稿被我装进包里带回家了，我刚刚在包里找到了，我一直以为是落在公司了，真是抱歉，都是我的错，害大家早上折腾了一通。”

秦盛懒懒地靠在椅子上，似笑非笑地道：“你的错？”

“是，是我的错。”王经理心里倒是没有多惊慌，毕竟她也是坐到了经理的位置，这种小事，估计总裁不过是斥责她两句。

“既然你知道错了，那就辞职吧。”秦盛漫不经心地开口，似乎在说一件无关痛痒的事。

王经理怔在原地。

“听不懂我说的话吗？”秦盛勾起嘴角，眼底带着冷意。

设计部王经理被辞退的事很快传遍了公司的每一个角落，大家私底下都说总裁冷面无情，因为这么点小事居然就把王经理辞退了。

晚上下班后，钟晚在电梯里碰到了秦泽。

空荡荡的电梯里只有他们两个人，钟晚在角落里垂着头，不知道在想什么。

“王经理被辞退了。”秦泽突然开口，随即轻笑了一声，道，“姐姐这么聪明，大概已经想到了吧。”

“想到什么？想到你是怎么害我的吗？”钟晚冷笑一声。

“所以，中午在天台上，你是装的？”

“以彼之道还之彼身。”钟晚淡淡地开口，“秦二少爷好演技，你教我的，我学得可还好？”

电梯很快就到了，门打开后，叮咚一声提示音，钟晚便快步走了出去。

她真是一分一秒都不想和秦泽待在一个空间里。

虽然王经理被辞退了，可秦泽依然留在公司里。

不知道是不是因为上次的事，接连一个月，钟晚都没有再碰到过秦泽。

“钟经理。”阮锦锦敲了敲她办公室的门，“楼下保卫室说有人找你。”

钟晚皱了皱眉，有人找她？难道是姜瑜？

“好，我这就下去。”

钟晚匆匆走下去，一见到等在门口的人，顿时沉下脸，道：“钟诚，你怎么来了？”

“姐，你这说的什么话！”站在她面前的男子挠了挠头，“你不是在律所上班吗？咋换地方了？”

钟晚皱着眉，道：“你到底有什么事？”

“这不是你过年也没回去吗，妈让我过来看看你，顺便……也来看看姐夫。”钟诚说着就要往公司里走，“听说姐夫是你老板？那这家公司不会是他开的吧？”

钟晚忙拦住他，道：“哪儿的事，我不过是一个小职员，你姐夫就是我上面的一个小主管，这公司不让外人进，你快回去吧。”

“姐！”钟诚不乐意了，“我哪儿能是外人呢！”

“你直说了吧，要多少钱？”钟晚懒得在这儿跟他掰扯。

钟诚一噎，顿了顿，小心翼翼地开口：“二十万。”

钟晚冷笑一声，扭头就往回走。

“姐！姐！我是真有急用！”钟诚急忙拦住她。

“你当我是提款机？我又不是开银行的，随手就能拿出那么多钱！”钟晚冷冷地开口，“钟诚，我在你身上花的钱够多了，就连你在老家新盖的房子都是我出的钱，你怎么还好意思跟我开口？”

“姐，你再帮我最后一次！”钟诚急得不行，“我……我欠了别人一点钱，你帮帮我！”

“行啊，等你什么时候被告上法庭再叫我，我去帮你打官司，不收律师费。”

“姐，我要是不还钱，他们肯定会找我麻烦的。”

“钟诚，你能不能让爸妈少操心，你去找一份正经工作干行不行？”钟晚冷冷地看着他，“我没有二十万，就算我有，我也不会拿出来填你这个无底洞。”

钟晚扯开钟诚的手，转身走进办公楼。

不远处的保安亭里，一个女子静静地站在那儿，勾起嘴角。身旁的保安看她没有动作，提醒了一声：“傅小姐，您还要去给您先生送饭吗？”

“不用了。”

钟晚回到办公室的时候，正好有人来给她送报表。

“钟经理，这是下周团建的单子。按照顺序，这次应该是法务部和行政部一组，具体地点还要再商议。”

钟晚只匆匆扫了一眼，她对这种事没什么兴趣，道：“看行政部的意思吧，我都可以。”

“好的，钟经理。”

晚上下班后，钟晚去看了姜瑜。

“怎么又买这么多东西？”姜瑜见钟晚拎着大包小包地进来，皱了皱眉，“我家里都快被你送来的东西塞满了。”

“又不是给你的。”钟晚弯下腰摸了摸姜瑜的肚子，“这是给我干儿子的。我可告诉你，一定要多吃一些，别饿着我干儿子。”

“还吃？”姜瑜揉了揉自己的脸，“你看我胖得，我现在都不敢上称了。”

“胖点好，是福相！”钟晚顿了顿，压低声音道，“你婆婆没再来找你麻烦吧？”

姜瑜摇了摇头，道：“韩致跟她说了，她来找我一次麻烦，我们就搬一次家。”

钟晚差点笑出来。

这可真不像那个古板的韩致能说出来的话。

“你的订婚安排在哪天？”

“秦盛张罗的，好像是下个月吧，我没仔细问。”钟晚随口道。

“你可真行，这么大的事都不关心。”

“是订婚，又不是结婚。”钟晚懒懒地开口，“我哪有那么闲，最近公司出了一大堆事，烦都要烦死了。”

“对了，明晚有个生日宴，你陪我一起去吧。”

钟晚愣了一下，道：“你怀着孕就别折腾了吧？”

“所以让你陪我去啊。”姜瑜可怜兮兮地道，“自打怀孕后，韩致都不让我出门了，我快憋死了。”

钟晚挑了下眉。

被姜瑜缠着磨了好久，钟晚最终还是败下阵来。

第二日傍晚，她还是被姜瑜拽走了。

很不巧地，她碰到了傅瑶和林娇娇。

算起来，从过年到现在也没过多久，两人竟好得像姐妹一般，只听林娇娇一口一个二嫂，好像傅瑶已经嫁进了秦家似的。

“哟，这不是钟小姐吗？”林娇娇冷笑道，“我以为钟小姐会看不上这种小宴会。”

钟晚瞥了她一眼，没吭声。

不搭理她，她还不识趣，非要自己凑上来，一身浓烈的香水味把姜瑜熏得干呕了几声。

林娇娇厌恶地捂住了鼻子，道：“怀孕了还出来，是肚子里好不容易揣了块肉，要好好显摆吧？”

姜瑜看着她，皮笑肉不笑地道：“你倒是也想怀孕，可也要有人看得上你才行。对了，你怕是还不知道，晚晚和秦盛的订婚礼就在下个月，只不过，秦盛这么讨厌你，怕是不会邀请你。”

林娇娇的脸色一阵青一阵白，她瞥了钟晚一眼，冷笑一声，道：“那就祝钟小姐订婚顺顺利利，可千万别出什么差错。”

最后两个字，她咬得格外重。

钟晚勾起嘴角，道：“林小姐放心。”

相比林娇娇的风风火火，傅瑶一直安静地站在一旁，她穿了一条白色的裙子，整个人站在那儿，倒是吸引了不少人的目光。

只是她的目光似乎从头到尾都只落在钟晚一人身上。

团建的地点最终定在郊区的一座山。

“又爬山！毫无创意！”

“又累又晒，不想去！”

办公区里哀号一片，钟晚倒是没什么想法，对她来说去哪儿都一样，如果不是团建不方便请假，她也是一点都不想去。

更何况，秦盛也对她去团建表示了强烈的不满。

“你真的不跟我去出差？”秦盛眯了眯眼。

“你去处理事情，我去团建，两不耽误。”

“团建有什么意思？”

钟晚抬眸瞥了他一眼，道：“那和你去出差有什么意思？”

秦盛一噎。

经过秦盛一夜的“奋力挽留”，钟晚更坚定了自己要去团建的心，一大早趁着秦盛还没醒，她就背着包出发了。

因为租的是小型汽车，两个组只能分别出发，在半山腰的木屋客栈里碰面。

前些日子刚下过雨，山里的空气非常清新，从车上下来，钟晚深吸了一口气，心情都好了几分，越发觉得这一次团建真的是来对了。

谁知刚刚往客栈的方向走了两步，她整个人就僵在了原地。

秦泽？他怎么会在这儿？

阮锦锦见钟晚停下脚步，疑惑地问了一句：“钟经理怎么了？”

“前面的都是行政处的人？”钟晚的嗓子有些干涩。

“是啊。”

钟晚只知道秦泽来秦氏做了一个小职员，却不知道他被分到了行政处，估计这件事连秦盛都忽略了。

来都来了，钟晚也不能掉头回去，只能尽量避开他，别和他正面撞上就好。她叹了一口气：“走吧。”

爬山的过程中，她一直和阮锦锦走在一起，丝毫不敢落下一步，生怕碰到秦泽。不过也不知道是不是她的躲避有了效果，一直到从山上下来也没碰到他。

爬了山再回到客栈已经是傍晚了，势必要住上一晚，第二日再回去。

“钟经理，这是你的房间。”阮锦锦把钥匙递给她，又指了指拐角处的一间屋子。

“单人间？”钟晚挑了下眉，她本以为会是大通铺。

“经理的福利嘛。”阮锦锦笑嘻嘻的。

能住单人间自然最好，钟晚也没矫情，直接拿过了钥匙，道：“谢了。”

爬了小半天的山，再加上碰到了秦泽害她吓了一跳，钟晚是身心俱疲，进了屋子后匆匆洗漱一番就睡下了。

大约后半夜时，她觉得有些口渴，迷迷糊糊地爬起来，正要下床去倒杯水喝，不料借着月光隐隐约约瞧见地上有一堆黑黢黢的影子在蠕动。

钟晚吓了一跳，顿时清醒了。

她本以为是老鼠，也不敢动，伸长胳膊去拿手机，打开手机上的手电筒一照，竟发现是一堆黑蛇。

一股凉意顺着脚底蔓延到头顶，钟晚僵在原地，只觉得头皮发麻。眼看着那堆蛇要向她爬过来，钟晚忍不住尖叫了起来：“啊——”

钟晚这辈子最怕的就是滑腻腻的蛇了，只要想一想就觉得浑身不舒服，更别说亲眼看见了。

好歹还算残留着一丝理智，钟晚拼命地去推窗子想要跳出去，只是这窗子大概从没有打开过，十分牢固，怎么也打不开。

眼看着那堆蛇就要爬上来了，钟晚越害怕越是手脚发麻，突然，嘭的一声，有人撞门进来。

“姐姐怎么了？”

秦泽大概是刚刚被吵醒，身上的衣服连扣子都没扣上，趿拉着鞋子就跑了出来，看起来比钟晚还要狼狈。

他一眼看到了地上的蛇，脸色变了，又四处看了一圈，随手拿起角落里的铁桶将那堆蛇扣上，又快跑几步到床边拽着钟晚的手腕把她拉出了房间。

“好歹先出来，一会儿再去抓那几条蛇。”秦泽喘着粗气，有些担忧地看着钟晚，“姐姐没有被伤到吧？”

钟晚摇了摇头。

“那姐姐先在这儿等一会儿，我去拿铁钳子把蛇抓起来。”

秦泽说着就离开了。

钟晚张了张嘴，欲言又止。

这一会儿工夫，周围的人陆陆续续都惊醒了，听说有蛇都吓得不行。客栈老板急于撇清责任，忙解释道：“不可能啊，山中虽然常常有蛇，但我在每个屋子的角落里都放了驱蛇的香包，那是我家祖传的秘方，我在这儿开客栈这么久了，也没见哪个屋子有蛇进去过。”

钟晚微微皱眉，察觉到事情有些不对劲。

还没等她想明白，秦泽和几个人已经进去把蛇抓住装到了麻袋里。

客栈老板看见麻袋里乱作一团的黑蛇，顿时没了话，可还是百思不得其解，一直挠着头喃喃自语：“这怎么可能，不应该啊……”

周围的人见蛇被抓住都松了一口气，现在已是深更半夜，大家都困得不行，很快就四下散了。秦泽把蛇处理好，看到还站在院中的钟晚，担心她是害怕蛇，忙说：“姐姐要是害怕，就住我那间屋子吧，我住姐姐的这间。”

钟晚静静地看了他一眼，突然开口：“秦泽，刚刚……为什么是你第一个赶到我的屋子？”

秦泽愣了一下，随即脸色变得一片惨白。

他苦笑一声，道：“姐姐怀疑是我把蛇引到你屋子里的？”

看秦泽的表情，似乎真的是冤枉的，更何况他刚刚确实救了自己。

钟晚有些不自然地开口：“你别多想，我就是随口一问。好了，今天谢谢你，已经这么晚了，快回去休息吧。”

秦泽看了她一眼，转头往钟晚的房间走去。

“你……”

秦泽头也没回地道：“我知道姐姐害怕，姐姐去住我那间吧。”

钟晚抿了抿唇，没再说什么。

秦泽去了钟晚的房间，刚推门进去就发现地上似乎有什么东西，被门外透进来的月光一照隐隐发着光亮。

秦泽弯腰把那个东西捡起来，一看才发现是一条水晶手链。

他的脸色有些难看。

如果他没记错，这是之前林娇娇过生日时他送给她的生日礼物，怎么会在这儿？

难道……林娇娇来过这儿？

秦泽猛地想起客栈老板说的话。

他走到角落里，拿起放在那里的香包，刚打开，一股刺鼻的味道就扑面而来。

他的脸色顿时变得有些难看。

他拿起一个小袋子，装了一些香包里的东西，打算带回去让人查查。

如果他没猜错，这次的事八成是林娇娇搞的鬼。

钟晚后半夜都没怎么睡，她甚至怀疑自己是不是被A市封印了，要不怎么一出A市她就有事呢？

去山区的时候把脚崴了，去古镇的时候又碰到秦泽，这次来团建还能遇到毒蛇。

她发誓，这次回A市后一定老老实实在A市待着，半步也不离开A市。

回去后，因为是月底，业务多了起来，再加上要忙订婚的事，一时间钟晚团团转，就把这件事抛到了脑后。

轰！

一声惊雷在天空中炸响。

钟晚站在办公楼门口，抱着包瑟瑟发抖。

她没带伞，秦盛又出去谈生意了，因为她加了一会儿班，这个点单位已经没人了。

钟晚咬了咬牙，把包顶上头顶，冲进雨幕里。

刚跑了没两步，就感觉头顶被雨伞挡住了，她愣了一下，侧头看到了秦盛。

“你……你怎么在这儿？”钟晚手上还举着包，呆呆地问了一句。

“就知道你忘了带伞。”秦盛淡淡地开口，并把伞递给她，“拿着。”

钟晚接过伞，就见秦盛把身上的外套脱下来披在她身上。

“回去后你得喝两杯姜茶！”秦盛没好气地开口。

钟晚小声撒娇：“一杯行不行？”

“别讨价还价……”

两个人说话的声音渐渐被雨声淹没。

不远处，秦泽举着伞，手臂上还搭着衣服，他目光淡淡地看过去，眼底带了些冷意。

“亏得秦二少还巴巴地跑过来送伞，结果呢，人家自然有人惦记，更何况，您把伞送过去她也不会要的。”

傅瑶站在一旁，面上带着嫉恨，语气讥讽，和她平时温柔可人的模样判若两人。

秦泽的手攥紧伞柄，骨节分明，青筋暴突。

“这个钟晚还真是厉害，趁着我出国的时候勾搭上秦盛，我猜，她怕是早就知道了秦盛的身份。”傅瑶恨恨地开口。

如果当初知道秦盛是秦家太子爷，她也不会出国；如果她没有出国，那现在这一切都是她的。

“我和钟晚去团建，钟晚能活着回来，你很吃惊吧？”秦泽突然开口，声音微冷。

傅瑶怔了一下，脸色有些难看，道：“我不明白你在说什么。”

“按照你的计划，钟晚现在已经被毒蛇咬了，就算不死也肯定是重伤，怎么还能好好地回来呢？”秦泽勾起嘴角，“因为我救了她。”

傅瑶脸色惨白，指尖冰冷一片。

“我在钟晚的屋子里发现了林娇娇的手链，那地方蛇虫鼠蚁多，所以客栈老板会在每个屋子的角落放置香包用来驱蛇。可是钟晚屋子里的香包被人换走了，我把里面的东西带回来检验了，那不是驱蛇的，反而是招蛇的。”

秦泽一番话好比一把利刃扎进傅瑶的心。

冷汗顺着她的脸颊流下来，一滴滴地滑落过脖颈儿，又落到衣襟上。

“如果……如果你所言是真的……那也应该是林娇娇的错，你知道的，她也喜欢秦盛，她会害钟晚很正常，你为什么怀疑我？”

“这件事当然是林娇娇做的。”秦泽看了她一眼，语气微冷，“只是，林娇娇是怎么知道我们要去哪里团建，又怎么知道钟晚会住在哪间房？”

傅瑶僵在原地。

“是你，你知道我们要去哪里团建，知道钟晚是经理，一定会分到那个单人间。”秦泽冷冷地开口。

“我……”

啪！

秦泽抬手，一巴掌甩到傅瑶的脸上。

“啊！”傅瑶的脸瞬间红肿起来，她捂着脸，不敢置信地看着秦泽，“你居然打我！”

秦泽冷笑一声，抬手掐着傅瑶的脖子将她抵到柱子上。

“我们合作，我的目标是钟晚，你的目标是秦盛。我想你怕是搞错了对象，你若再敢对钟晚下手，别怪我心狠。”

秦泽冷冷地瞥了傅瑶一眼，松开手，转身走进了雨幕。

傅瑶腿一软，跌坐在地上。雨水将她整个人浇得湿淋淋的，她蜷缩着，身子微微颤抖。

钟晚。

她闭着眼，一遍遍在心底念着这个名字。

她恨极了钟晚。

第十二章 订婚礼服被毁

傅瑶其实是见过钟晚的。

当年她为了出国和秦盛分手，可一出国，各种不如意随之而来，她很快就后悔了，无比想念和秦盛在一起的每分每秒。家里人一开始不同意她回国，她逃课、哭闹、自残……用尽了办法。

疼爱她的父母终是答应了她回国的要求。

那时她已经折腾出一身的病，情绪不稳定，时常崩溃大哭。

回国后，家人立即把她送进医院，她又偷偷跑了出来。

她想去找秦盛。

从医院出来，她身上没带钱，一路小跑到修理铺，可一问于哥才知道，秦盛早就不在修理铺打工了。

她失魂落魄地往回走，却在路过学校门口的时候看到了秦盛。

他还是老样子，叼着烟漫不经心地站在那儿，像以前很多次他等自己下课那样。

傅瑶眼眶红了，她几乎是想都不想就要跑过去，却看到另一个女孩比她快一步扑到秦盛怀里。

傅瑶的脚步顿住了。

秦盛揉了揉那女孩的头发，两人挽着手走了，举止十分亲昵。

他们没有看到傅瑶。

傅瑶那天回到医院后就又自杀了，还好被护士发现又救了回来，父母怕了她，不得不打电话让秦盛来看她。

知道秦盛要过来的时候，傅瑶特意换下病号服，穿上了她从前最喜欢的白裙子，还涂了口红。

她想让秦盛看到她最美的样子。

可秦盛来得匆匆，眉目间带着不耐烦，似乎连与她多说一句话的心情都没有。

傅瑶的心好像被人揉碎了又踩到地上。

她是为了秦盛才回国的，秦盛怎么可以这样无情。

她忍不住哭起来，问："你是因为她吗？我见过她，她哪里能比得过我？"

秦盛的脸一下子就沉了下来。

他眸色微暗，眼底带着冷意，目光像刀子似的扎在傅瑶身上，傅瑶何曾见过这样的秦盛，吓得脸都白了。

秦盛却没再说什么，只是毫不犹豫地转身走了，任傅瑶在病房里哭得撕心裂肺也没有回头。

后来，傅瑶知道了那个女孩的名字。

她叫钟晚。

为了一件晚礼服，钟晚已经和秦盛争执了快半个小时。

"不行，那V领都快开到肚子上了。"秦盛皱着眉，脸色阴沉。

"那第二件总行了吧？"

秦盛冷笑一声，道："整个背都露出来了，你觉得好看？"

钟晚被他气得头疼，道："最后这件总行了吧？"

秦盛还是不甚满意，摇头道："腿那里的开衩也太大了。"

"算了，我不挑了。"钟晚彻底翻脸了，转身往外走。

秦盛拽着钟晚的手腕把人拉回来，妥协道："好好好，那就最后一件吧。"

明天就是订婚的日子，钟晚想着反正钟诚也在A市，就把请帖给了他，省得钟母过来乱说话。

"可惜了，我怀着孕不能给你当伴娘。"姜瑜叹了口气。

钟晚被她逗笑了，道："我是订婚，又不是结婚，要什么伴娘。"

"也对。"姜瑜拍了拍肚子，"等你结婚的时候，这孩子也出来了，说不定到时候你也有宝宝了，我们还能定个娃娃亲。"

"你轻点拍，这又不是西瓜。"钟晚啼笑皆非地开口，"行啊，到时候我们做亲家。"

"对了，明天秦家那边的人来吗？"姜瑜跟钟晚这么熟，自然也知道秦家内部错综复杂的关系。

"肯定是要来的。"钟晚叹了口气，一想到这事就头疼，"希望明天平平安安吧，可别出什么差错。"

"放心吧，就算出了什么事，不是还有秦盛吗，他肯定护着你。"

钟晚点点头。

第二日一早，专车来接钟晚到举行订婚仪式的会馆。

折腾了一早上连口水都没喝上，钟晚被按在凳子上化了快一个小时的妆，等差不多九点的时候才化好，姜瑜这时候也过来了，陪着钟晚去换礼服。

钟晚忍不住和姜瑜抱怨选礼服时秦盛的挑剔。

"都一样，我结婚时穿的婚纱也是韩致挑的。"姜瑜笑着道。

两人一起去放礼服的更衣室。

钟晚先去脱衣服，等着姜瑜把她的礼服拿过来。

"啊！晚晚！"姜瑜快步走过来，脸色惨白，手里拿着钟晚的礼服，颤颤巍巍地开口，"晚晚，你的礼服坏了。"

钟晚愣了一下，忙拿起姜瑜手上的礼服，只见礼服从中间被剪开，已经破烂得不成样子，根本不能再穿了。

钟晚沉下脸。

两人叫来会馆的负责人，负责人一看到那破破烂烂的礼服，吓了一跳，脸都白了，连忙道："这真不关我们的事，礼服一直保存在这间更衣室里，怎么会发生这种事呢？"

来这里办订婚宴的人非富即贵，更何况这次还是秦氏总裁的订婚宴，这礼服怕是能顶她一年的工资了，负责人急忙撇清责任："钟小姐，今早七点我们还特意过来检查了，礼服是完整的，没出什么差错啊。"

"我们是九点左右到的更衣室，也就是说在这期间有人来了这儿并把衣服剪坏了。"钟晚沉声道，"调监控。"

负责人忙点头，并安排了一个服务生过去。

不一会儿，服务生垂头丧气地回来，说："监控坏了。"

"不用想，一定是被弄坏礼服的人一并搞坏的。"姜瑜咬了咬唇，"怎么办，晚晚？快到时间了，宾客已经在前厅等着了。"

钟晚微微攥紧手里的礼服，转头看向负责人，问："你们这里有备用的礼服吗？"

负责人愣了愣，道："有，只是怕尺码……"

"你先拿过来让我试一下。"

"好。"

负责人匆匆离去，不一会儿就把会馆的备用礼服都拿来了。钟晚挨个儿试了一遍，很可惜，要么就是太大，要么就是压根儿穿不进去。

"这可怎么办？"姜瑜急得不行。

"没事。"钟晚咬了咬唇，又看了一圈堆了整张床的衣服，突然眼前一亮，从中拿起一套白色的西装。

"这件我还没试。"

"钟小姐，这不是晚礼服，估计是刚刚服务生拿错了。"负责人忙说。

"我先试试再说。"

钟晚麻利地换上白色西装，竟发现意外地合身，她道："挺好，就这件吧。"

"晚晚，今天可是你的订婚仪式啊。"姜瑜皱着眉，"秦盛穿西装，你也穿西装，是不是……"

“那怎么办，现在也没有别的办法了。”

钟晚把头发扎成高马尾，再配上白西服，整个人显得干净帅气。

咚咚咚。

门外有服务生敲门：“钟小姐，您整理好了吗？仪式马上就开始了。”

钟晚深呼吸一口气，抬手理了理头发，挺胸走了出去。

秦氏总裁的订婚宴自然是高朋满座。

钟晚从楼梯上走下去的时候，全场的目光都转向她，随即响起窃窃私语。

“她居然穿的西服。”

“这是什么新潮流吗？”

“估计就是想标新立异，否则秦家太子爷也不会看上她。”

钟晚带着淡淡的笑容，一路走到秦盛身边。

秦盛牵着她的手，趁人不注意，低声道：“怎么穿西服下来了？”

钟晚微微一笑，道：“你不是怕我露得太多吗，怎么样，这件西服裹得严实吗？”

秦盛一噎。

“今天是秦先生与钟小姐的订婚仪式！”这时，司仪微笑着开口，秦盛也不好再说什么，只能勾起嘴角抬起头。

秦盛穿着一身黑色的衣服，袖口上有暗纹，抬手整理领带时被阳光一晃，更是贵族公子派十足。

而钟晚一身白西服站在他身旁，干净利落，远远看着，倒是格外登对。

经过俗套而无趣的仪式，钟晚趁着司仪下台的工夫活动了一下僵硬的脖子。很快，她就要走给秦家人敬酒的过场了，想必又是一场硬仗。

随行的服务人员早就准备好了酒杯，钟晚端起酒杯，脸上带着笑，甜甜地喊了一声：“爸。”

秦东冷哼一声，没有回话。

秦盛沉下脸，抬手理了理袖口，状似不经意地开口：“爸，你要是闹得太难看，我也不介意把事情再闹大一点。让我想想，秦家分家这件事就不错，你觉得呢？”

秦东沉下脸，瞪了秦盛一眼。他脸色阴沉地端着酒杯，不情不愿地和钟晚碰了杯。

“晚晚，以后咱们可就是一家人了。”林雅笑着道，“秦盛平时忙，你可要时常回家来。”

钟晚眨了眨眼，十分乖巧地道：“林姨，我就是在秦盛手底下打工的，秦盛忙的时候，我怕是也忙。”

林雅的笑容僵在脸上。

一旁的秦盛勾起嘴角，攥了攥钟晚的手心，微微偏头凑到她耳侧低声道：“你要是能一直这么乖就好了。”

钟晚瞥了他一眼。

一旁的林娇娇注意到两人的互动，一股火气涌上来，气得浑身发抖。她咬着牙，忍不住讽刺道：“姑姑你说错了，这只不过是订婚，又不是结婚，她怎么就成了咱们家的人？”

秦盛眯了眯眼，冷笑一声，道：“你倒是提醒了我，明天我就和晚晚去领证。而且，她是不是这个家的人是我说了算，你又是谁？这个家还不姓林。”

林娇娇脸色一白。

秦东咳嗽了两声，沉声道：“秦盛，说话别太过分。”

“我想说什么、想怎么说都是我的事，”秦盛冷冷地开口，“轮不到别人来管。”

大概是“别人”这两个字刺痛了秦东，他捂着胸口半天说不出话来。

“走吧。”秦盛懒得再应付下去，拽着钟晚的手走了。

“到底怎么回事，你的晚礼服呢？”

“坏了，被人剪成碎片了。”钟晚淡淡地开口。

秦盛沉下脸，问：“谁做的？”

“不知道，监控也坏了。”

秦盛挑了下眉，冷冷地道：“我会去查的。”

“姐姐！”不远处的钟诚快步走过来，又笑着向秦盛打了一声招呼，“姐夫。”

秦盛点点头。他知道钟晚一向讨厌她这个弟弟，因此也没多说什么，只道：“韩致在那边，我先过去了，你们姐弟聊。”

钟诚笑着点点头，看着秦盛转身离开后，脸上的笑容顿时消失了。他撇了撇嘴，道：“姐，姐夫是不是看不上我啊？”

钟晚没好气地瞥了他一眼，问：“你有什么值得他看上的？”

钟诚被说得有些恼羞成怒，冷哼一声，道：“姐，你还不明白吗？咱们是一家人，他看不上我就是看不上你。”

钟晚气笑了，道：“可别把我跟你混为一谈。”

顿了顿，钟晚又皱了皱眉，道：“你打算什么时候回老家？”

“我不回去了，我找到工作了。”钟诚说得理直气壮。

钟晚愣了一下。钟诚就初中学历，而且只知道吃喝玩乐，一点苦都吃不了，居然能找到工作？

“什么工作？在哪儿上班？”钟晚问。

“姐你别管了，是朋友介绍的。”钟诚不耐烦地开口，“我找到工作还不好吗？也不用你给我拿钱了。”

“可是……”钟晚皱了皱眉，还是有些不放心。

“行了姐，我先走了。”钟诚摆摆手，直接就转身走了。

“钟晚。”姜瑜走过来，笑着说，“第一次发现你穿白西装这么酷。”

钟晚捏着她的下巴，笑着道：“觉得我酷？那你从了我吧。”

姜瑜笑着拍开她的手，问：“刚刚那个是你弟弟？”

钟晚点点头，微微皱眉，道：“我总觉得他有点不对劲。”

“你就是太敏感了，看谁都不对劲。你就别想那么多了，陪我去吃点东西吧。”姜瑜是孕妇，容易饿，她今天一早起来陪着钟晚忙活，早就饿得前胸贴后背了，只想拽着钟晚大吃一顿。

钟晚的思绪都被姜瑜拽走了。她无奈地笑了：“走走走，陪姜大小姐吃饭去。”

秦盛和钟晚打了一溜招呼，从会馆出来的时候已经是傍晚了，按照规矩，今晚得去秦家吃饭。

秦盛臭着脸道："一想到回去看他们做戏，我就觉得恶心。"

"好了。"钟晚牵着他的手晃了晃，"好歹你现在还姓秦，要是闹得太难看，对公司也不好。"

秦盛沉默。

回到秦家的时候，秦泽和傅瑶都在，林雅招呼着他们吃饭，钟晚刚在会馆里陪着姜瑜吃了一肚子糕点，又得装模作样地到餐桌前戳米饭。

"阿泽最近也去秦氏上班了，感觉怎么样？"秦东咳嗽了两声，问。

秦泽微微抬眸看了钟晚一眼，很快又把目光收回来，淡淡地道："还行吧。"

"妈知道你是想从基层做起，可是没道理哥哥是大总裁，弟弟只是小职员。"林雅笑着道，"我看啊，还是得给你安排一个靠谱的位置。"

秦盛冷笑道："那你觉得什么位置靠谱？干脆把我这个总裁的位置让给他吧。"

秦东猛地摔了筷子，瞪着秦盛，道："你什么意思？难道你想让阿泽一直做个小职员？"

"又不是我让他来秦氏的。"秦盛懒懒地开口。

"副总经理的位置还空着一个。"秦东不容置疑地道，"明天你就让人事部下通知。"

秦盛挑了挑眉，道："凭什么？"

"凭公司还姓秦，凭我手里还有秦氏的股份！"

一时间，整张餐桌寂静无声，大家都低着头，不知道在想什么。

秦盛屈指敲了敲桌子，突然笑了，道："好。"

钟晚皱了下眉，抬头看了秦盛一眼，以秦盛的性格，怎么可能会答应得这么爽快。

秦东也愣了一下，不过很快反应过来，他哼了一声，没再说什么。

吃过饭已经很晚了，两人干脆就住下了。

钟晚洗了头，想着下楼去倒杯咖啡喝，突然发现拐角的一间房还亮着灯。

她记得上次来，那间屋子是封死的。

钟晚皱眉，踮着脚尖走过去，轻轻推开门，猛地愣住了。

这是一间……画室。

屋子里扯着麻绳，上面挂满了画，画的大多是花草树木，不过更多的是一幅肖像画。

钟晚和秦泽的肖像画。

大概是看到了地上的影子，坐在画板前的人转过来，微微一怔，喊了一声："姐姐？"

钟晚猛地回过神，道："抱歉，我不知道这里是你的画室，我现在就离……"

"姐姐是不是不知道我喜欢画画？"秦泽突然开口。

钟晚愣了一下。

屋子里的灯光昏黄明灭，打在秦泽的侧脸上，使得他整个人都带着些柔和，恍惚间，钟晚又看到了那个在古镇上骑着单车的大男孩儿。

"其实我不喜欢去秦氏上班，也不喜欢学金融。"秦泽淡淡地开口，"可是从小到大，我人生的每一步路都是我父母帮我设定好的，我没有选择。"

钟晚道："他们对你很好。"

"是吗？"秦泽讽刺一笑，"我母亲爱我，只是因为我能让她顺利进入秦家，并帮她坐稳秦家夫人的位置；我父亲爱我，只是因为他需要一个人来帮他制衡秦盛。"

"我第一次见到秦盛，是在一个儿童节，母亲带我去公园玩，看到父亲和秦盛还有秦盛的母亲，他们一家其乐融融，而母亲怕被看到，只能慌慌张张地带我离开。"秦泽咬了咬牙，"他是万众瞩目的王子，而我只是一个小丑。我知道，是我母亲破坏了他的家庭，可是这和我有什么关系？如果可以，我也不想做一个私生子。"

窗户半开，外面卷来一阵风，吹掉了桌案上的一张画。

钟晚走过去捡起来，递给秦泽，道："这些并不能成为你一次次算计他的理由。”

那幅画上是一株向日葵，向阳而生。

可秦泽不是，他的心住在黑暗里。

“我以前的梦想是做一个画家，可父母不允许。”秦泽低声道，“我和秦盛竞争，只是因为我想什么时候我比得过秦盛，我就可以去做我自己想做的事了。”

“钟晚！”一道低沉的声音突然在身后响起，吓了钟晚一跳，她手一哆嗦，那幅画又掉到了地上。

钟晚侧头，有些吃惊：“秦盛？”

“你是不是走错房间了？”秦盛的脸色有些难看，语气微冷，“已经很晚了。”

钟晚一看秦盛的脸色就知道他已经在发火的边缘，怕秦盛在这儿闹起来，她忙过去牵住他的手，道：“对，我们得回去了。”

秦盛勾起嘴角，眼底却带着冷意，他越过钟晚往后看了一眼，见秦泽正在弯腰捡一幅画。

那幅画上是一株向日葵。

几乎是刚刚回到屋子里，秦盛就抵着钟晚把她压到门上，他危险地眯起眼，捏着钟晚的下巴，开口时声音沙哑：“坦白从宽，抗拒从严，说，你去找秦泽干什么？”

“我就是路过……”钟晚挣扎着。

秦盛嗤笑一声，道：“路过？路过会跑到他画室里？路过会去给人家捡画？”

他的手顺着钟晚的衣摆伸进去，冷冷地道：“钟晚，你就是欠收拾。”

“我……”

所有的呢喃细语，都化在了漫漫长夜里。

第二日一早，钟晚又被秦盛折腾了一番，等再爬起来的时候已经很晚了，钟晚干脆请了一天假。

秦盛听她打电话请假，还在一旁低低地笑，道："老板就在你身旁，直接跟我说不就好了？"

钟晚没好气地踹他。

两人都不想再待在秦家，干脆快些收拾利索准备回去。下楼的时候只看见林娇娇一个人坐在那儿吃早餐，她瞥了一眼钟晚，冷笑一声，道："订婚了就是不一样，日上三竿才起来，要是搁在过去，都是要早起给婆婆敬茶的。"

钟晚挑了挑眉，道："那又是谁家的规矩，让你能在这儿对我指指点点？说起来，我还有件事想问你。昨天你有没有进过我放礼服的房间？"

林娇娇动作一顿，问："怎么，你礼服坏了要找我当替罪羊？"

钟晚看了一眼秦盛，笑了，道："我什么时候说过我的礼服坏了？"

林娇娇的脸都白了，她咬了咬唇，结结巴巴地道："我是听说的，会馆里那么多服务生，人多口杂，我就听了一耳朵。"

秦盛冷笑一声，道："是吗，那你耳朵还挺好使的。"

"秦盛哥。"林娇娇忙说，"你相信我，这件事和我没关系，你不要听钟晚乱说。"

"真是好笑，我和你什么关系，和钟晚什么关系，我为什么不听我老婆的话，反过来听你的话？"

林娇娇的脸色更难看了。

"你最好祈祷我查不出来这件事是你做的。"秦盛勾起嘴角轻轻一笑，眼底却是一片冷意。他瞥了一眼林娇娇，牵着钟晚的手走了。

林娇娇看着两人离开的背影，再想想刚刚秦盛冰冷的目光，身子微微一颤，她哆哆嗦嗦地掏出手机，拨通了一个电话。

电话嘟嘟地响了两声，很快被人接了起来。

林娇娇颤抖着开口："傅瑶姐……"

左右今天也请了假，钟晚问秦盛要不要去看姥爷。秦盛自然说好，钟晚愿意去陪姥爷，他自然开心。

姥爷见两人来了，乐得叫张妈去把好酒拿出来。

"这可不行，医生嘱咐了老先生不能喝酒。"张妈笑着道，"正好大少爷来了，快劝劝。”

“喝酒有什么意思。”钟晚走过去，笑着挽着老爷子的胳膊，“我们去钓鱼吧。”

“好好好。”

钟晚陪着老爷子去钓鱼，本来秦盛也是要去的，只是他接了一个电话，就匆匆离开了。

“那个臭小子总是这么忙，都没时间陪你吧？”

“哪儿啊，我们在一家公司，上下班都是在一起的。”钟晚笑着说。

“那就好，他要是对你不好，你就给姥爷打电话。”老爷子像个小孩儿似的，悄声说，“你来我房间。”

钟晚眨了眨眼，道：“咱们不是要去钓鱼吗？”

“你先跟我来。”

钟晚跟着老爷子去了他的房间，只见老爷子翻箱倒柜，不一会儿翻出了一个小盒子递给她。

钟晚打开一看，盒子里放着一只玉镯，她疑惑道：“这是……”

“这是小玫的东西。”老爷子叹了一口气，“她去世以后就被我拿回来了，本是小玫的妈妈给她的，现在就留给你了。”

钟晚忙推拒道：“这太贵重了。”

“本就是该给你的。”老爷子不容置疑地道，“打从秦盛第一次带你回来的时候，我就知道他这辈子非你不可。”

钟晚心里流淌过一股暖流。

“我听过你的名字。”老爷子叹了一口气，“大概是前年过年的时候，那时候他接管秦氏不久，整日忙得不行，应酬一个接着一个，整个人瘦了一圈，也就过年的时候能空出来一两天。”

老爷子顿了顿，又道：“他来我这儿，喝了些酒。我问他是不是秦东又骂他了，他摇了摇头，什么都没说，我也不好问。晚上的时候，他陪我一起守岁，零点了，外面放爆竹，他坐在屋里，眼泪唰地落下来。我吓了一跳，说实话，自打小玫走了，我再也没见过阿盛哭。他眼睛通红，跟我说他把心爱的女孩弄丢了。我从他嘴里听到了你的名字。”

钟晚眼睛有些湿润，她勾起嘴角，勉强笑了，道：“这些话，秦盛才不会和我说。”

“他当然不会和你说，他脾气又臭又硬，好话到他嘴里就成了坏话。”老爷子没好气地开口，“那臭小子打小就这样，什么话说出口都要反着来，狗脾气。”

钟晚想到秦盛那翻脸比翻书还快的性子，扑哧笑了，点头道：“是狗脾气。”

“我就是告诉你，无论当初你们之间发生了什么，现在既然在一起了，就要好好的。阿盛心里只有你一个。”

钟晚低头看着盒子里的镯子，笑了，道：“我知道的，姥爷。”

傍晚秦盛来接她，看见她手上戴着的手镯微微愣了一下，道：“这不是……”

钟晚扬了扬手，问：“好看吗？”

“好看。”秦盛的目光柔和下来。

“姥爷今天可和我说了，你要是敢欺负我，他可不饶你。”钟晚笑着，歪着头看着秦盛。

“学会告状了？”秦盛挑了下眉，“我什么时候欺负你了，嗯？”

钟晚只是笑着。

她仰头看着秦盛，眼睛里像是有万千星子闪烁。

秦盛低头吻了吻她的额头。

“喀喀喀。”一阵咳嗽声突然响起。

钟晚吓了一跳，猛地把秦盛推开，后退两步，有些尴尬地看向门口：“姥爷。”

秦盛皱起眉头，把钟晚揽在怀里，吊儿郎当地道：“人吓人吓死人，姥爷，你怎么不为我的幸福着想？”

“臭小子。”老爷子看着院子里的两人，“这都什么时候了，天都黑了，还不回去，再晚了路上开车危险。”

“知道了。”

钟晚满脸通红，她吐了吐舌头，冲着老爷子挥了挥手，跟他道别：“姥爷再见。”

也算是休息了一天，第二日要重新投入上班族的生活。

一大早，钟晚刚进办公室，就被阮锦锦拉到一边。

“钟经理，大新闻！”阮锦锦兴奋地道。

钟晚无精打采地打了个哈欠，问：“什么事啊？”

“还记得那次团建，你碰到蛇，救了你的秦泽吗？”阮锦锦疯狂地摇着钟晚的胳膊，“他直接飞升到了副总！”

人事部动作这么快？

钟晚被阮锦锦摇得头晕，忙开口道：“好好好，我知道了。”

“你就不好奇他怎么升上去的吗？”阮锦锦兴冲冲地开口，她环顾四周，又压低声音，道：“听说啊，他是秦家二少爷，之前那是微服私访。”

钟晚忍不住扬起嘴角。

不过她很快敛起表情，一脸正色地道：“是吗，这真是大新闻，不过你要是再拽着我，我的胳膊就要掉了。”

阮锦锦忙松开手。

“秦副总早。”

“秦副总。”

不远处传来众人向秦泽打招呼的声音。

钟晚抬起头，看到秦泽正往她这个方向走过来，他面色淡淡的，一身藏蓝色西装显得人都成熟了几分，也陌生了。

他走到钟晚身边，目光在她身上停留了一瞬，又很快移开了。他脚步未停，同钟晚擦肩而过。

等秦泽走出去很远，阮锦锦才一副花痴的样子开口道：“太帅了吧，以前怎么没发现他这么帅？”

钟晚扯了扯嘴角，借口自己有事，赶忙溜走了。

中午，她特意出去和秦盛吃了顿午餐。

两人订了附近餐厅的一个小包房。秦盛还有些诧异，道："钟大小姐今天怎么肯赏光和我一起吃饭了？"

平时钟晚怕被人看见，都是和阮锦锦一起吃员工餐。

"上次忘记问你了，你为什么同意给秦泽升职？"钟晚皱着眉，道，"这不像你的性格啊。"

秦盛瞥了她一眼，道："怪不得来和我吃饭，原来是为了别的男人。"

最后四个字，秦盛咬得很重。

钟晚忙摆了摆手，道："我就是好奇，今天一上午公司都在谈论秦泽的事。"

"他要是做个小职员，就是在暗处，做了什么事我也不清楚。反而把他摆在高位，一举一动都在我眼皮子底下，这才放心。"秦盛淡淡地开口。

钟晚一噎。

她就知道，秦盛才不会做让自己吃亏的事。

"所以秦太太，能把你的目光从别的男人身上移开了吗？"秦盛撑着下巴冷冷地开口，"你没发现你最近对秦泽的关注太多了吗？"

"我就是觉得他最近……尤其是今天，有些奇怪。"

秦盛勾起嘴角，道："我也觉得你有点奇怪。"

"啊？"钟晚有些发蒙，"哪里？"

"怪好看的。"

钟晚沉默。

救命！秦盛到底是从哪儿学来的土味情话！

周六，姜瑜约钟晚去逛街。

"大小姐，顶着大肚子还来逛街。"钟晚有些无语，她摸了摸姜瑜的肚子，"预产期是两个月后？"

姜瑜点点头，扶着腰，不满地道："我在家快憋死了，韩致更可怕，他居然为了在家看着我，改成了在家办公，今天他出差了，我才能逃出来透口气。”

钟晚忍不住笑出了声。

两人去订了婴儿床，还买了一堆婴儿用品。从商场出来的时候，姜瑜说想休息一下，而且有些口渴，钟晚让姜瑜坐在休息区等她，她转了一圈，在一旁的奶茶店买了一杯热饮。

“不是吧，热饮，晚晚你太狠了。”姜瑜嘟嘟囔囔。

钟晚没理她，她抬头看着不远处，微微皱眉。刚刚如果她没看错的话，那人是……林雅。那她旁边的男人是谁？

“晚晚，晚晚？”姜瑜拍了拍她，道，“发什么呆啊，我休息好了，咱们走吧。”

“好。”钟晚回过神，点点头。

晚上钟晚刚进家门就看见秦盛在收拾行李。

“我明天去一趟S市，有点事要谈，可能要两三天。”秦盛揽着钟晚的腰道。

钟晚对他今天飞这儿明天飞那儿已经习以为常了，她点点头，贴心地嘱咐：“记得带外套，最近要降温。”

“好，我知道。”

钟晚洗漱完毕，回卧室准备休息。秦盛推门进来，二话不说，上来就解钟晚的睡衣扣子。

钟晚一脸无奈，轻轻拍开秦盛的手，娇嗔道：“你不是还要收拾行李吗？”

秦盛笑得一脸谄媚道：“行李晚点收拾也不碍事，只是我们难道不需要来一个离别前的小温存吗？”

钟晚无语。

第二天早上钟晚起来的时候秦盛已经出门了，她打了个哈欠，爬起来洗漱。

今天是周末，也不用上班，她稍微吃了点东西填肚子后，又缩回床上，打算睡一个美美的回笼觉。

就在钟晚迷迷糊糊地酝酿睡意的时候，手机铃声响了。

“喂？”钟晚揉着眼睛接通了电话。

“晚晚啊，我是林姨。”

钟晚一愣，瞬间清醒过来。林雅？林雅怎么会给她打电话？

“今天周末，你晚上过来吃个饭吧。”林雅声音温柔，乍一听，还真像一个善解人意的婆婆。

钟晚顿了顿，道：“林姨，今天秦盛出差了，不如改日……”

“他出差了，你可以过来啊。”林雅仍旧笑着，“自打你们订婚后还没回来过。”

“林姨，我看要不然……”

她话还没说完，电话那头已经换了个声音。

“钟晚，晚上过来吃饭。”是秦东的声音。

若是林雅，钟晚拒绝也就拒绝了，可秦东怎么说也是秦盛的亲生父亲。钟晚咬了咬唇，还是答应了：“好，我晚上过去。”

傍晚，她开车去了秦宅。

今天倒是没看见秦泽，反而是林娇娇和傅瑶跟亲姐妹似的坐在一起闲聊。

“晚晚来了。”林雅迎上来，热情地说道，“饿了吧，饭菜都做好了，就等你了。”

林娇娇撇了撇嘴，似乎想说什么，可一想到那日秦盛冰冷的目光，又愤愤地闭上了嘴。

钟晚只是笑着，也没说什么。

吃饭的时候，林雅一个劲儿地给钟晚夹菜，并道：“晚晚多吃一点，以后好生个大胖小子。”

林娇娇冷哼一声。

钟晚低眉垂眸，静静地开口：“林姨，生孩子的事，现在说还太早。”

“哪儿早了，你和秦盛也老大不小了，应该要个孩子了。我听说你和韩家太太关系不错，你应该向她学学啊，早点要个孩子。”

钟晚没吭声，低头剥着虾。

林雅见状，又把目光转向了傅瑶，问："瑶瑶，你和阿泽是怎么打算的？"

傅瑶乖巧地笑着道："我都听阿泽的。"

"这就乖了，来，多吃点。"

林雅又一个劲儿给傅瑶夹菜。

一顿饭吃完，饭桌上的人各有各的心思。吃了饭，钟晚本想告辞离开，林雅却拼命留她住一晚。

"左右秦盛也不在家，你就在这儿住下吧。"林雅笑着道。

钟晚勉强笑了笑。

她现在真是一万个后悔答应过来吃饭。

临睡觉前，钟晚路过书房，隐约听见里面传来争吵声，应该是秦东和林雅起了争执，只是房门关着，具体说什么听不大清。

钟晚一直以为秦东和林雅的感情不错，否则秦东也不会非要把林雅接进门了，现在一看，也不尽然。

钟晚没多停留，去厨房倒了一杯牛奶，正打算上楼的时候被傅瑶叫住了。

"钟晚。"

傅瑶坐在客厅的沙发上，侧头静静地看着钟晚，微微一笑，道："过来坐一坐吧。"

钟晚站在原地没有动。

傅瑶笑了，道："在这里，你还怕我吃了你吗？"

钟晚挑了下眉，端着牛奶走了过去。

"秦盛他……胃不好，特别挑剔，不爱吃太辣的东西。"傅瑶突然开口，"你做饭要注意点。"

钟晚笑了笑，道："傅小姐不要担心，我们在家都是秦盛做饭。"

傅瑶抬眸，静静地看着钟晚，道："趁我不在夺走了我的男人，你很得意？"

"其实也还好吧。"钟晚低头抿了一口牛奶，淡淡地道，"我想你应该认清一下现实，我和秦盛在一起的时候，你们已经分手了。”

傅瑶攥紧拳头，有些尖锐的指甲抠进肉里。

“你的学历和家世根本比不过我，你配不上秦盛！”

“我知道，所以我和秦盛分开过一次，两年前。”钟晚淡淡地说道，“我以为你会和秦盛在一起，可是没有，秦盛在等我。我不知道你做秦泽的女朋友是为了什么，但是傅瑶，我对你，问心无愧。”

钟晚站起来，转身走上二楼。

第二天秦盛回来的时候她刚到公司，秦盛给她打了电话，让她去医院一趟。

“怎么了？出了什么事？”

“爸生病了。医院给我打的电话。”

钟晚愣了一下，怎么会？明明昨天她去秦家的时候，秦东的身体看起来还不错啊。

钟晚匆匆赶去医院，秦盛正在医院的院子里抽烟。钟晚皱着眉走过去，问：“到底怎么回事？”

“他还在昏迷中，被送进重症监护室了。”秦盛把烟掐了，语气淡淡的，“具体什么原因还没查清。”

“那先去看看吧。”

秦盛看了钟晚一眼，点点头。

重症监护室外的走廊上，林雅哭得像个泪人，她看见秦盛，哭得更厉害了：“阿盛，你怪我吧，是我没照顾好你爸爸。”

秦盛冷笑一声，移开目光。

“医生怎么说？”钟晚皱着眉问。

“突发心脏病，可能是被气的。”林雅看了一眼钟晚，“钟晚，不是林姨我说你，昨天我让你要孩子也是为了你好，你却拒绝得那么无情。当时你爸爸虽然没说什么，可回头生了好大的气，今天就犯病了……”

钟晚被气笑了，碰瓷也没有这么离谱的吧。

“林姨，饭能乱吃，话不能乱说。您与其说是我把爸爸气病了，不如说是您和爸爸吵架把爸爸气病了来得真实。”

林雅的脸色有些难看，她道：“你乱说什么，我什么时候和你爸爸吵架了？”

“好了！”秦盛冷冷地打断她，“有病治病，别把帽子往钟晚身上扣。”

也许是秦盛的目光太过冷厉，林雅唇瓣微动，终究还是什么也没说。

从医院出来，秦盛才问起昨晚她回秦家的事。

“我本来不想回去，可你爸都亲自给我打电话了，我再拒绝怕是不好。”钟晚嘟囔着，“谁知道回去就被赖上了。”

“不用管他们。”秦盛沉着脸。

“最近怎么事情一件接着一件？”钟晚叹了口气，揉了揉涨痛的额角。

“这些事我都会处理，你当作不知道就好。”

虽然秦盛这么说了，可钟晚怎么能当作不知道。过了两天，她又去了医院一趟，咨询医生，医生只答复病情还没有什么起色，只能先观察着。

钟晚也没什么办法。

姜瑜的预产期快到了，不巧的是韩致又在美国，一时间可能赶不回来，钟晚担心姜瑜一个人在医院应付不来，干脆搬到医院去陪床了。

“秦盛他爸是不是也在这家医院？什么病呢，严不严重？”

钟晚切苹果的动作一顿，抬头微微皱眉，道：“连你这足不出户的都知道了？”

“现在还有谁不知道，秦家在A市可是排的上号的，多少双眼睛盯着呢。”姜瑜咔嚓咬了一口苹果，“大家都等着看，秦东若是没了，秦家会不会乱起来。”

钟晚叹了口气，道：“秦家乱不乱我不知道，不过这两天我心里倒是挺乱的。秦盛这两天忙得要命，我连他的影子也看不到。”

“行了，别担心了，你家秦盛办事你还不放心？”

“倒不是不放心他，只是我总觉得他父亲病得蹊跷。前一天我还见过他父亲呢，一点病态都没有，怎么第二日直接就病危了呢？”钟晚皱着眉。

“不是说是心脏病吗？心脏病都是突发的。”

姜瑜吃了一个苹果，突然觉得肚子有些痛，她皱着眉，拍了拍钟晚，道：“先别说那些了，帮我叫大夫，我可能……可能要生了……”

钟晚吓了一跳，急忙跑出去叫医生。

生孩子是个体力活，姜瑜一直折腾到傍晚才被推进产房，钟晚在走廊上焦急地来回踱步。

不远处一阵急促的脚步声由远及近大，钟晚抬头，看到跑过来的韩致，微微一愣，道：“姜瑜说你去了美国，要一周才能回来的啊！”

韩致扶着墙喘粗气，问：“姜瑜呢？”

钟晚指了指产房：“已经进去有一会儿了。”

话音刚落，两人就听见一阵婴儿啼哭的声音。

韩致的眼圈当即就红了。

第十三章
秦父去世的疑团

姜瑜生完宝宝，照顾姜瑜的钟晚就可以功成名就地退下了。

回家后，钟晚听秦盛说，秦东的身体越来越不好了，医生也查不出是什么病因，最近都很少有清醒的时候。

“我联系了一家美国的医院，打算先转院过去。”秦盛皱着眉道。

虽然秦盛恨秦东，可再怎么说也是父子连心，他不能任秦东这么稀里糊涂地在医院里等死。

钟晚点点头，顿了顿，她有些迟疑地开口：“你是打算让林雅跟着过去，还是另找一个护工？”

秦盛目光一暗，道：“看情况吧。”

毕竟，目前秦东的状况还不好说。

第二天下班后，秦盛就和美国医方那边敲定了，机票也订好了，明天一早就出发。钟晚没多说什么，不知道怎么回事，她总觉得秦东病得蹊跷。

深夜，钟晚是被一阵雨声吵醒的。

她皱着眉，正要起身去关窗户，猛地听见一阵铃声。

秦盛也被吵醒了。

他烦躁地皱着眉头，不耐烦地接起电话："哪位？"

不知道电话那头说了什么，秦盛的脸瞬间沉了下去，道："好，我现在过去。"

挂了电话，秦盛静静地看着钟晚，沉默了一会儿，才缓缓开口："医院的电话，他走了。"

钟晚愣住了。

她自然知道秦盛嘴里的"他"是谁，只是……怎么这么突然……

一阵忙乱后，钟晚和秦盛赶到了医院。

林雅在医院走廊里哭得像个泪人，秦泽也来了，他只是在角落里站着，没什么表情。

钟晚同秦盛去问医生具体情况。

医生也只说是心脏病突发，没来得及抢救。

钟晚捕捉到关键词，微微眯了眯眼，道："没来得及是什么意思？人就在重症监护室里，怎么会没来得及抢救？"

医生苦笑一声，道："家属按铃的时候，我们已经以最快的速度赶过去了，可还是没来得及，我们到的时候，秦先生已经……唉，您节哀，出了这种事，我们也很痛心。"

秦盛沉着脸，转身走出了医生办公室。

钟晚见他脸色不对，忙跟过去。

秦盛一路走到林雅身边，冷着脸问："你不是一直在医院陪床吗？那我爸突发心脏病的时候你在哪儿？为什么医生赶来的时候已经晚了？"

"秦盛哥你什么意思？你工作忙，不常来医院，你不知道姑妈照顾姑父有多辛苦，她好几夜没合眼了，姑父走了，姑妈伤心得都要昏过去了，你怎么还来质问她？"林娇娇义正词严地道，眼睛里闪着泪花，一副为她姑妈鸣不平的样子。

林雅在一旁也配合着哭得更大声了，她捂着脸，抽噎着道："娇娇，别说了。阿盛，你怪我吧，是我没照顾好你爸，他病的这两天我心急如焚，每天都睡不好，昨晚实在支撑不住了就睡了一会儿，谁知道就出了这种事。你打我、骂我都行，是我对不起你！"

她哭得大声，引得隔壁病房的人也探出头来看。若是不知情的人乍一看，还真以为是善良继母和恶毒继子的故事。

“自始至终，我和秦盛都没说过一定要林姨来陪床，我们也知道这是累人的活儿，我也提过很多次了，找一个看护来，是林姨您自己坚决地拒绝了我，我还记得您当时斩钉截铁地说您一点也不累。”钟晚淡淡地开口，随即瞥了林雅一眼，“我就不明白了，秦家又不是差那点钱，您何苦累着自己，最后又让爸爸……”

林雅面色一僵，紧接着又摆出一副苦大仇深的样子，道：“你还年轻，不懂这些，雇来的人哪儿能照顾得好，还是得亲自照顾才放心。”

林娇娇本就看钟晚不顺眼，得到机会更是毫不客气地开口：“钟晚你别在这儿指手画脚的，装出一副悲伤的样子给谁看？你别忘了，姑父就是被你气病的！”

“你的舌头若是不想要了就去割掉！”秦盛冷冷地开口，他看着林娇娇，面色冷厉，“我之前就警告过你，注意你对晚晚的态度！”

林娇娇面色一白，咬了咬牙，闭上了嘴。

秦泽这时候走进来，淡淡地看了一眼钟晚，又移开目光，对一旁的秦盛道：“爸的后事打算怎么办？”

“按规矩办。”

“对对对，这个得尽快。”林雅忙不迭地开口，“一直放在医院里也不好。”

钟晚微微皱眉，抬头看了林雅一眼。

从医院出来后，钟晚对秦盛说了林雅的不对劲。

“你不觉得她有点太急于办理爸爸的后事了吗？明明前一秒还在伤心痛苦，下一秒就张罗着要快点把爸爸的后事办了。而且，爸爸的死的确有很多蹊跷的地方。”

秦盛脚步微顿，冷下脸，道：“你的意思是……”

“不……”钟晚摇了摇头，“其实仔细想想，爸爸的去世对他们母子是最不利的。秦氏被你掌控着，秦泽手里有股份却不多，他们的日子过得可没有以前好。”

秦盛眯了眯眼，冷冷地开口："也就是说，现在还缺一个充分的理由？"

钟晚抿了抿唇，沉默了。

其实她心里也隐隐怀疑秦东的死，林雅肯定脱不了干系。

接下来的几天里，秦家更是一团乱。秦东的后事是秦盛一手操办的，林雅称自己伤心过度，一直卧病在家，至于秦泽，钟晚这几天都没见到他的人影。

再见到秦泽，是在秦东的葬礼上。

秦东的葬礼上，各界有点头脸的人士皆前来吊唁，毕竟秦氏在 A 市的影响力非凡。那日下着蒙蒙细雨，宾客纷至。

秦泽来得有些晚，打着一把黑伞，神色淡淡的，走到钟晚和秦盛面前，轻声开口："抱歉，我来晚了。"

"看来他生前最宠爱的儿子也指望不上。"秦盛语带讥讽，"如果他知道，是我这个他口里声声念着的不孝子给他操办的后事，他会不会气得从棺材里跳出来？"

秦泽像是没听出来秦盛话里的意思，他面无表情地走过去，同两人擦肩而过。

钟晚看着他的背影，皱了皱眉，道："他怎么像变了个人似的？"

"我早说了，他就是个狼崽子。"秦盛磨了磨后牙槽，"等着吧，说不定林雅干的事他也插了一脚。"

钟晚沉默。

她倒是没怀疑过秦泽，他虽然坏，却也不至于做这种事。

"爸爸去世了，怕是他们母子也不会消停，等不了两天，林雅说不定就要闹着分家产。"钟晚淡淡地开口。

"分什么家产，都是我妈留下来的财产。"秦盛冷笑道，"他们想分，做梦吧。"

钟晚摇了摇头，道："这件事不会这么轻易揭过去的。"

"我知道。"秦盛看了钟晚一眼，攥紧了她的手，道，"这段时间公司一定不会消停，我的意思是，你先回律所……"

"秦盛！"钟晚不悦地皱眉。

秦盛扬了扬眉，看着一脸坚决的钟晚，最终无奈地道：“好好好，当我什么都没说。”

葬礼结束后，两人正准备回公司，却看见了倚在车旁的秦泽。

他勾了下嘴角，道：“哥。”

秦盛面色冰冷，问：“有事？”

“下午公司将召开股东大会。”

秦盛目光微冷，瞥了秦泽一眼，冷笑道：“公司召开股东大会？怎么我不知道，反而要你来通知我？”

“这重要吗？”秦泽笑了，“这场会议能决定什么，才是最重要的吧。”

秦盛脸色阴沉。

“对了……嫂子也会去吧？”秦泽看了钟晚一眼。

钟晚怔住了。

这还是秦泽第一次这么叫她。

“时间不早了，我先回公司等你们。”秦泽耸了耸肩，“不过我想，你们夫妻也不会在今天做调情之类的事吧。”

秦盛眯了眯眼，道：“这和你有关吗？”

秦泽笑了一声，什么都没说，上车离开了。

“我就说吧，这小子不安好心。”秦盛看着远去的秦泽，语气微冷。

“他到底想做什么？”

“看上了更高的位置呗。”秦盛开了车门，“走吧，去看看他能掀起多大的风浪。”

钟晚和秦盛在公司门口分开，她坐员工梯直接上去，还没走到办公室就被阮锦锦拦住了。

“经理，刚刚有人叫你去开会。”说着，阮锦锦指了指上面，比了个口型，“出事了。”

钟晚点点头，道：“好，我知道了。”

到了会议室，里面已经坐了许多人，大多是公司的股东，平时不常来，钟晚都不认识。

秦盛坐在首位，沉着脸，看见钟晚进来，面色缓和了一瞬，冲她微微点点头。

钟晚抿了抿唇，找了一个角落坐下来。

不久后，又进来一个笑呵呵的中年人，他倒不像会议室这些人那么安静，一进来就笑着同秦盛说话："秦总今天来得早。"

意外地，秦盛竟然笑了。

钟晚抬头看着他，总觉得这人有些眼熟，突然，钟晚一愣。

这人……她见过！

"好了，人都到齐了。"秦盛屈指敲了敲桌子，偏头看了秦泽一眼，"你到底有什么事？"

秦泽轻轻一笑。

"父亲去世了，怎么说公司也是姓秦，没道理我一个二少爷就坐一个副经理的位置吧？"秦泽抬眸看了秦盛一眼，"哥哥？"

秦盛一副毫不意外的样子，甚至勾了下嘴角，道："所以你今天召开这个会议，是为了来争家产的？难道父亲去世之前你没问过他吗？看看他手里的那点股份，够你掀起多大的风浪。"

秦泽低头翻着手里的材料，头也不抬地说道："既然哥哥这么有信心，那我们就拭目以待吧。"

秦盛眯了眯眼。

"喀喀。"刚刚进来那个中年人咳嗽了两声，"阿盛啊，要我说，小泽说得也对。"

他话音刚落，钟晚就看到秦盛的脸色沉了下来。

"韩叔。"秦盛声音微冷，"您什么意思？"

"阿盛啊，再怎么说，你们也是亲兄弟，何必为了身外之物闹得不愉快呢。"韩叔笑呵呵地说，"副总的位置还空着，要我说，小泽就很好，他虽然手上股份不多，但进公司这么久，能力还是有目共睹的。"

秦盛冷笑一声，道："这么说，韩叔是打算支持秦泽了？"

"阿盛这么说就见外了。"韩叔笑了笑，"你和小泽是一家人，我支持小泽，不也是帮你吗？"

秦盛瞥了一眼一旁的秦泽，冷冷地开口："看来你是有备而来。"

秦泽笑了笑，没说话。

“要不要我把这总裁的位置也拱手让给你？”秦盛嗤笑一声，猛地把手里的笔摔出去，笔落在地上发出清脆的声响，会议室里顿时安静下来。

“哥哥是不是忘了，秦氏不是你一个人的。”秦泽抬眼看着他。

钟晚在角落里看着兄弟纷争，一颗心渐渐沉了下去。

这场会议兄弟相争，真是难看无比，不过，最终秦泽还是如意了，当上了副总裁，秦盛的脸色阴沉得可怕。

会议结束后，钟晚去办公室找秦盛。

她推开门进去，见秦盛叼着一支烟懒懒地靠在椅子上，丝毫看不出刚刚在会议室里暴怒的样子。

钟晚睨了他一眼，道：“合着你是表演学校毕业的？”

秦盛掐了烟，神色微暗，道：“我早就知道他会找帮手，只是没想到韩叔会过来帮他。这的确让我很意外。”

“那个韩叔是谁？”

“他算是我们盛家的人，以前姥爷掌管公司的时候他就跟着效力，算是公司的老人了。我平时对他很尊敬，所有股东里，谁都有可能被秦泽拽过去，我唯独没怀疑过他。”

钟晚抿了抿唇，抬头看了秦盛一眼，道：“你有没有想过，或许那个韩叔帮的不是秦泽，而是林雅。”

秦盛目光一暗，问：“你什么意思？”

“按照你说的，韩叔是你们盛家的人，不该和林雅有什么交集，可上次我和姜瑜逛街时，看到林雅和韩叔在一起。”

秦盛的脸沉下来。

“这件事我还在查。”钟晚仰着头，对着秦盛笑了笑，“我也能帮到你的。”

秦盛看了她一眼，弯了弯嘴角。

“晚晚站在我身旁，就是对我最大的帮助。”

钟晚请了假，去了律所一趟。

她到的时候，几个人正忙着，乔丽看了她一眼，酸溜溜地道：“还知道回来啊，以为你在秦氏待得乐不思蜀了呢。”

钟晚笑嘻嘻的，抬手晃了晃手里的打包袋，道：“我给你们带了小龙虾。”

乔丽眼睛一亮，道：“算你有良心！”

几个人索性都挤在乔丽的屋子里，热闹地围着吃小龙虾。乔丽嘴里塞得满满的，含混不清地开口：“你怎么这时候过来了，听说秦氏的老爷子去世了，我以为你会很忙。”

钟晚低头剥着小龙虾，道：“也还好，不是太忙。我这次回来，是想让你们帮我一个忙。”

乔丽冷哼一声，道：“就知道你无事不登三宝殿。”

霍南笑呵呵地说：“乔丽就这个脾气，最近有点忙，她有点暴躁，你那边有什么事尽管说。”

“我想问问你们，有没有熟悉的私家侦探。”钟晚道。

霍南皱了皱眉，道：“这倒是……”

“我知道一个！”乔丽突然一拍桌子，兴冲冲地开口，“我之前私下接过一个离婚的案子，女方怀疑老公出轨，就找了一个私家侦探。当时我还和那个私家侦探对接过，应该有他的名片……”

乔丽说着，低头去翻自己的包，好半天才在角落里找到了一张皱皱巴巴的名片。

钟晚接过来看了看，只见上面写着：诚明侦探所柳志明。

从律师事务所出来，钟晚直接开车按照名片上的地址找到了诚明侦探所。

侦探所位于南街一个偏僻的角落，钟晚绕了两圈才找到。

她推门进去，屋里像是准备装修，到处都是一桶桶的油漆，桌子椅子都摆得乱糟糟的。

迎面走来一个头发花白的中年人，钟晚忙把他拦住，问道：“你好，请问柳侦探在吗？”

中年人上下看了她一眼，问：“你有什么事？”

“我有事情想委托柳侦探。”

“我就是。”中年人立马满脸堆笑，“快进来吧，可算是来生意了，我都歇了快一个月了。”

钟晚忍不住扶额。

乔丽给她推荐的这个人真的靠谱吗？

事到如今，也只能死马当活马医。

钟晚跟着中年人七拐八绕，进了一间办公室，里面还算整洁。柳志明示意钟晚随意坐。钟晚也不客气，直接坐下，开门见山道：“柳侦探，我姓钟，是朋友介绍我来这儿的，我想让你帮我调查一个人。”

柳志明点点头：“我懂，钟小姐要查老公还是情人？查出轨还是私生子？”

钟晚摇摇头，道：“都不是。”

她从包里掏出韩叔和林雅的照片递过去，道：“我想让你帮我查查这两个人是不是有暧昧关系，他们发展到哪一步了。”

柳志明接过照片看了看，点点头，道：“我还需要你列出这两人的住址和常去的地方。”

“我只有这个人的，你跟踪她就好。”钟晚点了点林雅的照片，随手拿起一旁的便利贴，从包里掏出笔，唰唰唰地写下了几个地址。

“好的，钟律师。”柳志明道。

钟晚动作一顿，眯了眯眼，看了柳志明一眼，道：“你怎么知道我是律师？”

从进屋到现在，她只透露了姓氏，连名字都没说完，柳志明是怎么猜到她的职业的？

“你手里的这种笔我见过。”柳志明扬了扬下巴，“外观看起来和普通的笔一样，实则有录音功能。能随身带着录音笔的，要么是记者，要么是律师。我是个私家侦探，平时和记者没什么交集，倒是和几个律师打过交道。而你又说自己是朋友介绍来的，只可能是律师了。”

钟晚弯起了嘴角，道：“看来我朋友没介绍错人，柳侦探的业务能力果然很强，我相信，你一定能帮到我。”

她从包里拿出一个信封，递给柳志明，道：“这里面有两万块钱，算是定金。还请柳侦探多多上心，麻烦了。”

柳志明乐得都快看不到眼睛了，连忙道：“不麻烦，不麻烦。”

钟晚笑着点点头，随口问了一句：“柳侦探这儿是准备装修吗？”

“哪儿啊。”柳侦探苦笑一声，“我这儿生意不好，眼看着就要吃不上饭了，我没办法了，就把外面的屋子租出去了，只留下了这一间办公室。”

钟晚挑挑眉，道：“这么说，我还解了柳侦探的燃眉之急？那柳侦探可更要尽心了，事情办得漂亮，尾款也不会少的。”

“放心，一定办好。”

走出侦探所，钟晚给秦盛打了电话：“今晚我想去秦宅一趟。”

“你去那儿干吗？”

“有些事情想查一查，你不用担心我，我自己过去住就好，就说我们俩吵架了，这样也不会引起怀疑。”

“你打什么主意呢？”

“秘密。”钟晚笑了笑。

“总之你小心一点，有什么事情就给我打电话。”

“我知道，你放心吧。”

挂了电话，钟晚拐去超市买了一小瓶辣椒水。她把车开到秦宅院子里的时候，拿出辣椒水在眼睛处喷了一下，顿时被呛得眼睛通红。她又对着镜子把自己脸上的妆容擦了擦，这才打开车门下了车。

“钟小姐来了。”管家看到钟晚时愣了一下，还往她身后看了看，“少爷没来吗？”

钟晚揉了揉眼睛，摇了摇头，没多说，直接进了屋子。

客厅里，林雅正敷着面膜和林娇娇聊天，看见钟晚愣了一瞬，道：“钟晚？你怎么过来了？”

不是伤心过度吗？怎么还有心情敷面膜？

钟晚心底冷笑，面上装出一副楚楚可怜的模样，她抽噎着，坐在沙发上就开始控诉秦盛：“也不知道秦盛今天的脾气怎么这么大，莫名其妙地就和我吵架，我是自己跑出来的。”

林娇娇冷笑道：“说不定是你做了什么惹得秦盛哥不高兴了，要么就是秦盛哥厌烦你了。”

“娇娇别乱说。”林雅把面膜取下来，瞪了林娇娇一眼，“你怎么能这么说你嫂子。钟晚，你也别太伤心，我一会儿就给阿盛打电话，我好好说说他，怎么能冲着你发脾气，越来越不像话了。”

钟晚眼睛通红，可怜兮兮地开口：“这么晚了，林姨，我能在这儿住一晚吗？”

“当然可以了，你就安心住下。”林雅一副慈祥和蔼的样子，“饿不饿？我叫人给你热饭。”

钟晚抬手擦了擦眼泪，道：“谢谢林姨，我不饿。我先上去了。”

“好好好。”

看着钟晚的身影消失在二楼，林雅脸上虚伪的笑容才冷下来，她得意地哼了一声，道：“秦盛为什么脾气不好？那肯定是今天心情不好，就是因为我们小泽当了副总把他气到了。”

林娇娇也笑了，道：“看来他和钟晚的感情也不怎么样。姑妈，你说秦盛哥会不会把钟晚甩了？”

林雅哼了一声。

“要我看，秦盛把钟晚甩了是迟早的事。钟晚有什么啊，要家世没家世，要模样没模样。”林雅拍了拍林娇娇的手，“我们娇娇这么漂亮，秦盛早该喜欢你。你再争气些，嫁给秦盛，怀了孩子，那秦家的一切不都是我们的了？”

林娇娇低着头羞涩地笑了。

这边姑侄俩畅想着美好的未来，卧室里钟晚坐在床上，从包里翻出了一个手电筒。

只等着深夜，众人入睡。

钟晚等得不耐烦，迷迷糊糊地睡了过去，后半夜猛地惊醒，看了一眼床边的闹钟，凌晨两点半。

钟晚瞬间清醒过来。她微微打开房门，外面静悄悄、黑漆漆的。她蹑手蹑脚地走到书房门口，推了推门，发现上了锁。

好在钟晚是有备而来，她咬咬牙，从兜里摸出来一根小铁丝。

她小心翼翼地顺着锁孔把铁丝插进去，上下晃了晃，就听到“咔嗒”一声。

钟晚心里一喜，微微勾起嘴角，准备把铁丝抽出来，谁知道门锁没打开，铁丝却断在里面了。

钟晚气得脑袋发晕。

她用力地拽了拽门把手，突然觉得手一沉，低头一看，门把手竟被她生生拽了下来。

钟晚一噎。

管他黑猫白猫，能抓到耗子就是好猫。不管怎么说，她总算进去了。

书房似乎自秦东死后就再没人来过。钟晚皱着眉，不明白林雅为什么要把书房的门锁上。

她偏头，看到一旁开着的窗户，顿时明白了。

也许，这门是被风吹得自己锁上的。林雅也是粗心大意，这些日子估计忙着和那个韩叔“联络感情”，没来得及处理书房的东西。

钟晚四处翻找，最终在书桌的抽屉里找到一个白色的小药瓶。

钟晚眯了眯眼，来不及多看细想，忙把小药瓶塞兜里。就在把抽屉推回去的时候，钟晚动作一顿，借着手机上的手电筒灯光，她瞥见了一张小照片。

她小心翼翼地把照片抽出来。

照片上是一个穿着淡青色旗袍的女子。看照片边缘隐隐的泛黄迹象，应该有些年头了。

照片上的女子看起来有几分眼熟。

钟晚一拍脑袋，猛地想起来，那日她陪着秦盛去扫墓，在墓碑上看见过这张照片的黑白版本。

她是盛玫。

钟晚的心情有些复杂。在她的印象里，秦东是一个抛妻弃子的男人，可谁又能想到，他抽屉里还珍藏着盛玫的照片。

她叹了一口气，谨慎地把照片收好。

此处可谓是非之地，钟晚不敢久留，她小心翼翼地退出房间，又把门把手塞上去做样子，然后蹑手蹑脚地返回卧室。

之后她再没有睡着，睁眼到天明。凌晨的时候她就爬起来，在楼下碰到了管家。

“钟小姐起得这么早？”管家看到她愣了一下。

“嗯，我朋友生病了，刚刚给我打电话，我得去一趟。”钟晚搪塞道。

“您不吃了早饭再走？”

“不吃了，来不及了。”钟晚笑了一下，匆匆忙忙地离开了。

管家看着她的背影，疑惑地皱起眉。

日上三竿，林雅才懒懒地起来，她推开卧室门，吩咐管家给她拿一杯热牛奶。管家忙送过去，顺便提到钟晚早早就走了的事。

“走这么早？”林雅皱了皱眉。

“是啊，看起来还有几分着急。”

林雅怔了一下，猛地想到了什么。她放下杯子，小跑着冲向书房，刚碰上门把手，只听啪的一声，门把手应声而落。

林雅沉下脸。

她咬了咬牙，掏出手机拨通了一个号码。

钟晚离开秦家后直接去了医院。

她给姜瑜打电话，让她帮忙联系了一个医生朋友查一下那瓶药。

“只是查一下成分吗？”医生拿起药瓶，微微晃了晃。

钟晚点点头，道：“麻烦您了。”

“不碍事。”医生笑了笑，“我会尽快。”

钟晚走出医院的时候，外面下起了雨。今天是周六，不用上班，钟晚索性去一旁的早餐店买了早点，她估摸着秦盛应该还没起床。

她带着早点推门而入，就看见坐在沙发上忙碌的秦盛。

钟晚诧异了一瞬，问：“你怎么这么早就起来了？”

秦盛对着电脑敲敲打打，闻声瞥了钟晚一眼，点点头，道：“你怎么这么早就回来了？”

“东西拿到了，自然要抓紧时间离开啊。”

秦盛动作一顿，问：“你找到了什么？”

“先保密，等我查清楚再说。”钟晚笑了笑，把早餐放到桌子上，“快来吃早饭。”

“对了。”钟晚一拍脑袋，猛地想起来什么，她从包里掏出那张照片，递给秦盛，“这张照片是在你父亲书房的抽屉里找到的。”

秦盛身子一僵。

屋子里一瞬间安静了下来，不知道过了多久，秦盛才僵硬地抬手，接过那张照片。

“我想，你父亲肯定也心怀愧疚，他大概还爱着你母亲。”钟晚叹了口气。

“爱？”秦盛冷笑，“那他的爱也太不值钱了。”

钟晚看了秦盛一眼，没吭声。

也许这场婚姻从一开始就是错误的。秦东为人骄傲自大，根本不允许自己在盛家人面前抬不起头，偏偏盛玫又是大小姐脾气。

秦东大概是爱过盛玫的，可惜那爱情太浅薄了，轻而易举地被秦东心底积压的不甘和羞赧盖过去了。

只是不知道，秦东在知道盛玫死讯的时候，有没有伤心与悔恨。

秦盛从兜里掏出打火机，点燃那张照片。

钟晚张了张嘴，似乎想说什么，最终还是沉默了。

“他不配留着我母亲的照片。”秦盛冷冷地开口，“就算他死了，也无法抵消他做过的那些混账事。”

火舌一点点地将那张照片吞没，最后只留下了灰烬。

钟晚收到柳志明的短信是在三天后，无巧不成书，医生也给她发了信息，说结果出来了。

钟晚先开车去了柳志明的侦探所。

“喏，都在这里了。”柳志明把一个信封递给钟晚，还笑着挤了挤眼睛，“放心，保证高清。”

钟晚无语地摇摇头。

她打开信封，脸色瞬间沉了下来。

里面是林雅与韩叔的各种亲密照。看来她猜得没错，林雅果真与韩叔勾搭在一起，韩叔帮秦泽估计也是这个原因。

这么说来，那日她听见林雅与秦东争吵也是因为这个？难不成秦东也发现了林雅和韩叔的奸情？

这么一来，林雅对秦东下黑手也算是事出有因了。

“还有这个。”柳志明从抽屉里掏出一个小U盘递给钟晚，“这是他们入住酒店的视频。”

钟晚诧异地看着柳志明，道：“这也能搞到？”

柳志明得意地笑道：“绝对靠谱。”

拿到想要的东西，钟晚爽快地付了尾款，甚至还多给了柳志明一万块。柳志明乐得合不拢嘴，嘱咐钟晚下次有需要还要找他。

钟晚尴尬而不失礼貌地微笑。

把柳志明搜集的证据放好，钟晚直接去了医院。

“这个药瓶你是从哪里拿到的？”医生的脸色有些难看。

“怎么了？查出什么了？”

“这药片里面含有大量的地高辛。地高辛本是治疗心脏病的药物，可若是大量服用，反而会使人猝死。”医生沉声道，“这药片里的地高辛含量极大，直白地说，这几乎可以算是毒药了。”

钟晚抿了抿唇。

她倒是不意外，毕竟她早就猜到了这瓶药会有问题。

事情都查清楚了，只是不知道……秦盛打算怎么做。

从医院出来，钟晚开车准备去公司，至少要先把事情同秦盛说清楚。

车开到半路，钟晚隐约觉得有些不对劲。

她从倒车镜里看了一眼，后面有一辆银色的轿车似乎跟了她一路。

钟晚抿了抿唇，直接开着车拐到另一条路上，没想到那辆车竟然也跟了过来。

钟晚心里微微一沉。

如果她没猜错，那辆车绝对是冲着她来的。

想也不用想，八成就是林雅和韩叔的人，看来林雅已经发现她去过书房了，这是打算杀人灭口吗？

钟晚踩着油门，一路狂飙，后面的车也加快速度，紧追不舍。

钟晚咬咬牙，慌乱中拿起手机拨通了秦盛的号码。

电话很快就接通了。

“喂？”

“秦盛。”钟晚强迫自己冷静下来，她深呼吸一口气，飞快地开口，“你听我说，林雅和韩叔有奸情，我请了私家侦探去查，在南街角落的一家侦探事务所，你去找他，他那里应该会有备份。还有，你父亲发现林雅出轨，林雅才会想到杀人灭口。你去找人民医院的张医生，他会告诉你杀人的药物。”

“钟晚！”秦盛察觉到不对劲，他沉着脸，语气微冷，“我不想听你说这些乱七八糟的，告诉我你现在在哪儿？”

“我没事，我很好。”

电话那头隐隐有些嘈杂，到最后就变成了吱吱吱的电流声，隐隐约约地，秦盛好像听到了钟晚说的最后一句。

“我爱你。”

第十四章
再遇相亲对象

秦盛一路飙车，不知道闯了多少个红灯才到了医院楼下，他又一口气狂奔到急诊室。

急诊室门口，钟晚垂着脑袋坐在那儿，听见脚步声，她侧过头，看见秦盛，不好意思地笑了：“你……来得挺快。”

秦盛脸色难看，他咬了咬牙，拽着钟晚的胳膊让她站起来，上上下下仔仔细细地看了一圈，问：“真没事？”

“真没事。”钟晚苦笑了一声。

“我以为你被人追杀！”秦盛磨了磨后牙槽，语气不善地开口。

“我也以为是。”钟晚低头看着脚尖，“谁知道他是因为帽子被风吹到我车上才追着我的。”

秦盛冷冷地开口：“手机打不通又是怎么回事？”

“他光顾着追我，没看路，开进沟里去了。我吓了一跳，下车去看他，太着急了，手机掉地上摔坏了。”

秦盛冷哼一声，道：“钟晚，你怎么这么蠢？”

他话音刚落，急诊室的门就开了，一个中年大叔一瘸一拐地走出来，他的腿摔伤了，刚刚去包扎了。

钟晚看到他就叹了口气，道：“大哥，一顶帽子而已，你至于追出二里地吗？”

中年大叔也气得吐血，他道：“本来早就能追到你，是你一直踩油门加速加速，为了追上你，我差点把油门都踩爆了。”

钟晚一噎。

她以为这人是林雅派来杀她的，她当然要跑了。

也幸好这个中年大叔摔得不严重，钟晚替他把医药费付了，中年大叔有些悻悻的，把帽子拿回去就一瘸一拐地走了。

钟晚看着他的背影叹了口气，道：“一顶帽子而已，至于吗？”

秦盛瞥了钟晚一眼，道：“现在你可以把你的‘临终遗言’再说一遍了。”

钟晚把东西都拿出来递给秦盛，道：“事情就是我说的那样。林雅勾搭韩叔被你爸爸发现了，她就选择杀人灭口，这瓶药就是证据，上边应该还有林雅的指纹，还有……”

“不是这些。”秦盛淡淡地打断她的话。

钟晚一愣。

“你的‘临终遗言’的最后一句话，再说一遍给我听。”秦盛静静地看着钟晚，声音有些沙哑。

钟晚眨了眨眼，耳尖通红。

她低着头，小声地说：“我爱你。”

秦盛勾起嘴角，弯下腰，亲了亲钟晚的额头。

钟晚整个人僵住了。

回去的路上，钟晚还脸颊通红，喋喋不休地和秦盛念叨着：“那可是医院，你怎么能耍流氓？”

“你脑子里能不能想一些正常的事情？我和你说的事情，你想过了没有？”

“我……”

“闭嘴！”秦盛侧头看了钟晚一眼，“你是想让我再亲你吗？”

钟晚僵住，乖乖闭嘴了。

不过有一点钟晚倒是猜对了，虽然那个跟着她的车是个乌龙事件，但林雅的确已经发觉了钟晚在调查她，因为她已经逃了，和韩叔一起消失得无影无踪。

秦盛也懒得去查，他直接报了警，把事情交给警察去处理。

警方很快立案调查。

一场秋雨一场寒。几场雨过后，天就冷了下来。

早上钟晚咳嗽了两声，还被秦盛揪住非要她喝一袋冲剂。

“就是睡得不舒服嗓子哑了。”钟晚一脸抗拒，“你太小题大做了吧，没必要吃药。”

秦盛挑了下眉。

“对了，我正要同你说一件事。”钟晚忙岔开话题，“最近律所有点忙，怎么说我也是律所合伙人之一，反正最近公司也不怎么忙，我想先回律所帮忙。”

秦盛皱了皱眉，走过去揽着钟晚的腰把人搂在怀里，道：“跟老板请假，是不是得付出点什么？”

钟晚瞥了他一眼，道：“秦总，拜托你正经一点。”

秦盛勾起嘴角，把钟晚拦腰抱起来直接向卧室走去。

“秦盛你疯了？我还要去上班！”

钟晚再醒来的时候已经是中午了。

她勉强爬起来，桌子上有秦盛留下的午餐和一张纸条，说他先去公司了，让她记得把药和饭吃了。

钟晚没什么胃口，看到桌子上的那杯冲剂更是有些反胃，索性换好衣服直接出门。

到律所的时候，钟晚还有些不好意思，道：“抱歉，我来得太晚了。”

乔丽看到她，松了口气，道：“来了就不算晚。正好，我们昨天刚请了一个实习生，这两天你就负责带带他。”

钟晚点点头，道：“没问题。”

“现在午休，估计他一会儿就回来了。”

差不多下午两点的时候，钟晚办公室的门被敲响。

钟晚忙开口：“进。”

办公室的门被推开，一个有些熟悉的身影走进来，来人开口道：“钟经理，您好。”

钟晚看着来人，微微愣了一瞬。

这人怎么看起来这么脸熟……

她皱着眉想了想，才想起来，这不是当初母亲骗她回家相亲的那个相亲对象吗?

“钟晚？”对面的人显然也认出了钟晚。

“林东？”钟晚着实有些诧异，“难道你是法学专业的吗？不会这么巧吧？”

“是啊，实在太巧了。”林东笑了笑，“我研究生刚毕业，想找一份律所实习。”

钟晚点点头，道：“行。反正最近我每天都会来律所上班，如果你有什么不懂的问我就行。我先陪你跑两个案子，相信你很快就能上手。加油！”

林东看了她一眼，笑了：“好啊。”

乔丽手头的案子很多，钟晚从中挑了一个先让林东拿资料回去了解情况。

钟晚大概是真的感冒了，脑袋一下午都昏昏沉沉的，嘱咐完林东后就彻底挺不住了，趴在办公桌上迷迷糊糊地睡着了，直到被一阵敲门声惊醒。

“钟经理。”林东推门进来，看到一脸迷糊的钟晚，微微愣了一下，问，“在睡觉？怎么，身体不舒服吗？”

钟晚打了个哈欠，摇摇头，道："没有，就是有点困。怎么了，有什么事吗？"

"下班了，想问问钟经理有没有空，要不要一起吃个便饭？"

钟晚拿出手机看了一眼，发现她竟一觉睡到了下班时间。

"行，走吧，我请你，也算作你来律所的欢迎仪式了。"钟晚爽快地答应了。

怎么说林东也算是她的亲戚，现在对方来她律所上班，不请他吃一顿都说不过去。

"想吃什么？"钟晚拎着包往外走。

林东笑了笑，说："我听说附近新开了一家火锅店，要不我们一起去尝尝？"

钟晚欣然点头。

两人去火锅店要了一个包间，待锅子热气腾腾地开了，钟晚夹着肥牛往里下。

"你租好房子了吗？"钟晚随口问了一句。

"嗯，前两天租好了，离律所不算远。"林东笑着说，"欢迎钟经理哪天去我家，我可以做饭给你吃。"

"那敢情好。"顿了顿，钟晚又微微皱眉，道，"不用叫我钟经理了，叫我名字就好，怎么说也是亲戚，不用那么生分。再说了，我们律所规模小，也没那么多规矩。"

林东噙着笑，道："好，钟晚。"

"吃吧，都熟了。"钟晚夹着肥牛蘸了料塞进嘴里，满足地叹了一声，又道，"世上唯有火锅不能辜负。"

"只有火锅吗？"林东被她的样子逗笑了，"对了，你男朋友呢？就是我们被迫相亲那天闯进来那个。"

一提起这事，钟晚还是有些窘迫。

"那天真不好意思，他那人就是心眼小，脾气还不好。"钟晚不好意思地开口，“那天他也不是针对你。”

“嗯，我能理解。我女朋友要是去和别人相亲，我肯定也会气得失去理智。”

钟晚低头看了一眼手机。

她下班时给秦盛发信息，说今晚会和同事吃火锅，秦盛还问她用不用接，被钟晚拒绝了。

“他是个工作狂，这个时间估计还在加班。”钟晚放下手机，笑着说，“改天有机会可以介绍你们认识，其实他人很好的。”

林东勾起嘴角，道：“好啊，”

两人边吃边聊，不觉时间飞逝，等吃完火锅出来已经是深夜。

“这么晚了。”钟晚客套地问了一句，“要我送你吗？”

其实这个地段打车很方便。

没想到林东干脆地点头，道：“好啊，麻烦了。”

“没事。”钟晚扯着嘴角笑了笑。

林东住的小区倒是不偏僻，离律所蛮近的。

钟晚开车将林东送到小区楼下，林东下车时，顺便问了一句：“要不要上去喝杯茶？”

“不了。”钟晚笑着拒绝了，“已经很晚了。”

“好吧。”林东拿出手机，又道，“加个微信吧，工作上有事也方便一点。”

这个理由钟晚没法拒绝。

她点点头，加了林东的微信。

送走林东后，钟晚驱车回家，到家的时候秦盛似乎也刚回来，身上的衣服还没脱。

“怎么没喝药？”秦盛皱着眉问她。

“你知道我最讨厌喝冲剂了。”钟晚撒娇似的拽着秦盛的衣角。

秦盛瞥了她一眼，道：“感冒严重了，难受的是你自己。”

“放心吧，不会变严重的。”

“我明天出差，可能很早就走了。”秦盛低头亲了亲钟晚的额头，继续道，“好好照顾自己，有事一定要告诉我。”

钟晚点点头，道：“我又不是小孩子了，会照顾自己的。”

第二天早上被闹铃吵醒时，钟晚只觉得头痛欲裂，一点力气也没有，侧头一看，旁边的位置早就空了，秦盛已经出门了。

钟晚挣扎了两下没爬起来，索性放弃了，给乔丽发了短信就又迷迷糊糊地睡了过去。

律所里，林东提着两份早餐进来，一份拿回自己的桌上，一份放到钟晚的桌子上。

乔丽正好路过看见了，随口说了一句：“早餐不用给钟晚，她今天不来了。”

林东一愣，问：“她怎么了？”

“她只给我发了短信说请假，具体也没说。”乔丽一会儿还要去法院开庭，低头看了一眼手表就匆匆走了，走之前还不忘把钟晚桌子上的早餐拿走，“反正她也不吃，我就先拿走了。”

林东皱了皱眉。

他迟疑了一会儿，然后给钟晚发了一条短信：“怎么没来上班？生病了吗？”

过了好一会儿，信息也没人回复。

林东坐在办公桌前，一上午一点资料都没看进去，隔一会儿就看一眼手机，可手机一直安安静静，钟晚一直没回复他。

午休的时候，林东正犹豫着要不要给钟晚打个电话，突然手机一阵振动，他连忙点开。

钟晚：只是小感冒，我没事，你好好工作。有什么问题，我明天上班时再说。

林东按着手机键盘敲敲打打、删删减减，犹豫了半天，最终只回了一个字："好。"

钟晚说得轻松，实际上病得严重。她一直睡到中午才起来，看了一眼手机，回复了几条信息，更觉得头昏脑涨。

她强撑着找了几片感冒药吃下去，裹着两层被子缩在沙发上还有些瑟瑟发抖。

不听秦盛言，吃亏在眼前。

她现在万分后悔当初没有乖乖把那杯冲剂喝了，不然现在也不会这么难受。

她闷声咳嗽了两声，又裹着被子沉沉睡去，直到被手机铃声吵醒。

钟晚迷迷糊糊的，随手拿起手机接通："哪位？"

"钟晚？"一道低沉的声音响起，"你现在怎么样了？我买了点药和粥，能去看看你吗？"

林东？

钟晚清醒了一点，忙开口："没事，我不严重，你不用过来了。"

电话那头沉默了一瞬。

"可东西我都买好了。"林东的声音闷闷的，"怎么说也是亲戚，背井离乡在外工作，互相照顾一下也是应该的。"

话都这么说了，钟晚也没法再拒绝了，她有些无奈地把地址告诉了林东。

"好，我马上就到。"

挂了电话，钟晚揉了揉涨痛的额角，勉强撑着收拾了一下屋子，刚刚把脏衣服扔进洗衣机，门铃就响了。

"来了！"

钟晚快步过去开了门，就看到林东拎着一堆东西站在门口。

"怎么拿了这么多东西？"钟晚愣了一下，赶忙让开身子，道，"快进来。"

林东不好意思地笑了笑，说："我不知道你喜欢吃什么，所以每种都买了一点。”

钟晚接过袋子，道：“我不挑食。”

林东倒是实诚，整整一袋子的饭菜，炒饭、馄饨、清粥、小笼包、烧卖，还有一碗牛肉面。

钟晚扑哧笑了，道：“你是不是把早餐店包下来了？”

“我想着生病的人没有胃口，就多买了几样，你看看喜不喜欢吃，要是没有你爱吃的，我现在出去买也行。”

“你快坐下吧，我哪儿就那么挑了。”钟晚随便打开一个盒子，拿了一个小笼包塞进嘴里，然后点点头，含混不清地开口，“嗯，这个小笼包味道还不错。”

“你喜欢吃就好。”

林东笑了笑，他环顾四周，状似不经意地开口问，“你不是和你男朋友住在一起吗？”

钟晚咽下嘴里的包子，又喝了一口粥，道：“他出差了，估计……明天就回来了。”

“那你今天生病了都没人照顾。”林东皱着眉道。

“小事，我又不是千金大小姐，还得让人伺候着。”

“对了，这是我买的药。”林东把另一个袋子递过来打开，里面满满的都是药，“各种感冒药和消炎药我都买了。反正总能用得到。”

“你真是太客气了。”钟晚一噎，“你这样我都不好意思了。”

“都是亲戚，互相照顾很正常，有什么不好意思的。”林东站起身，咳嗽了两声，“那我就先走了。你要是身体不舒服，明天还是再请一天假吧，别硬撑着。”

“行，我知道了。”钟晚指了指桌子上一堆的东西，道，“留下来吃一口吧，我一个人也吃不完。”

“不了，我已经吃过了。”林东笑了笑，摆摆手，“那我就先走了，你吃过饭记得吃药，然后好好休息。”

“好。”钟晚应了一声。

送走林东，钟晚叼着包子，给姜瑜发了一条信息：“来一趟吗？”

姜瑜很快回了信息：“有酒吗？”

从生孩子到现在，姜瑜连口酒都没喝，快把她馋死了。

钟晚回复：“吃早餐。”

不到半个小时，姜瑜就开车过来了。

“什么情况啊？”姜瑜一进屋就忍不住问，“大晚上叫我来吃早餐？”

钟晚懒懒地打了个哈欠，指了指一桌子的东西，道：“看吧，我吃到明天也吃不完。”

姜瑜一愣：“秦盛买的？”

“什么呀，秦盛出差了。”

钟晚把事情给姜瑜说了。姜瑜眯了眯眼，笑了：“他是不是在追你？”

“你想多了吧，他知道我有男朋友。”

“这年头，结婚了都能离婚，有男朋友算什么。”姜瑜坐在钟晚旁边，吃了一口面，“再说了，他也算是你的相亲对象呢。”

“被逼的。”钟晚加重语气强调道，“我们俩都是。”

“那你说，人家无缘无故给你送药送饭，图什么啊？”姜瑜扬了扬下巴。

“就是……亲戚……”话说到最后，钟晚自己也不确定了。

“不能吧。”钟晚皱着眉道，“我们昨天才见面啊。”

姜瑜摊了摊手，道：“闪婚都可能，一见钟情就更多了。你得小心了，秦盛是个醋坛子，小心别打翻了。”

钟晚蔫蔫地道：“那也没办法啊，他现在是我带着的，以后还要在一起工作。我只能尽量避着他，也没法直接挑明拒绝他，万一人家没这个心思，倒显得我自作多情。”

“说得也是。”姜瑜瞥了钟晚一眼，“你和秦盛订婚也有段时间了，打算什么时候结婚？”

“再说吧，最近事也不少。林雅还在被通缉没抓回来呢。”钟晚叹了一口气。

“咯咯咯，不过你可得抓紧了。”姜瑜笑着拍了拍钟晚的肚子，“我还等着和你做亲家。”

钟晚挑了挑眉，道：“放心，八抬大轿也要把蓉蓉娶进来。”

两人又笑着说了一会儿话，傍晚的时候，韩致过来接姜瑜，姜瑜离开前特意嘱咐钟晚记得吃药。

“放心吧。”钟晚这次长了教训，睡前乖乖地吃了药。

第二天钟晚起来的时候已经好得差不多了。知道律师事务所忙，她没再请假，收拾一番就去上班了。

刚进办公室，她就看到桌上放着的早餐。

“林东给你的。”乔丽拍了拍她的肩膀，“昨天早上那份被我吃了，免得浪费嘛。”

钟晚一愣。

林东昨天早上也给她带了？

“早知道林东这么懂事，我就自己带了。”乔丽嘟囔道。

钟晚叹了口气。

她要是早知道新来的实习生是林东，就不会接手了。

再看看桌子上的早餐，钟晚只觉得有些无措。

过了一会儿，林东敲门进来，把一堆整理好的资料递给她。钟晚随便翻了翻，点点头，道：“很全面，几乎没有什么问题。”

林东勾起嘴角，咳嗽了一声，道：“快中午了，一起去吃饭吗？”

钟晚身子一僵，她抬头看着林东，勉强笑了笑，道：“我感冒了没什么胃口，肚子也不饿，所以我中午就不吃了。对了，谢谢你早上送来的早餐。”

“怎么能不吃饭呢？”林东皱起眉头，“是不是感冒还没好利索，不然去医院看看吧。”

“不不不，不用。”钟晚忙摆手，“没什么事，我……我晕针，不能去医院。”

林东看了她一会儿，最终妥协地叹了口气，道：“好吧，如果特别不舒服的话，一定要去医院。”

钟晚忙点头道：“好好好，一定。”

等林东走后，钟晚才松了口气。现在她不得不相信昨晚姜瑜说的话是对的，林东殷勤得也太过了。

一整个下午，钟晚都战战兢兢的，她生怕林东再来找她，还好，风平浪静。

一到下班时间，钟晚立刻抓起包下了楼，却没想到还是在律所门口被林东堵住了。

“你一天都没怎么吃东西，我特意请了半个小时的假去买了草莓蛋糕，还好及时赶回来了。”林东笑着，把手里的袋子递给钟晚。

钟晚这下子笑不出来了。

她抿了抿唇，想着要不然干脆把事情都和林东说清楚了，也省得纠缠不清。

钟晚清了清嗓子，正准备开口，手腕却突然被人拽住，她吓了一跳，偏头才发现是秦盛。

钟晚惊愕地开口：“你什么时候回来的？不是晚上的飞机吗？”

“改签了。”秦盛勾起嘴角，揽着钟晚的腰，一副亲昵的样子，道，“想你了。”

钟晚脸颊有些发烫。

“这位看着有点眼熟，晚晚不介绍一下吗？”秦盛把目光落在林东身上，冷冷地开口。

钟晚尴尬地笑了笑，道：“你见过的，这是林东，之前在我老家的时候……”

“我想起来了。”秦盛打断钟晚的话，“你的相亲对象。”

钟晚一噎。

林东的脸色有些发白，不过他还是笑着和秦盛打了一声招呼："秦先生好。"

"挺好的。"秦盛嗤笑，瞥了一眼林东手里的袋子，"蛋糕？真不好意思，晚晚不爱吃甜的。"

林东脸色一变，张了张嘴："可是……"

"好了，时候不早了，我要带晚晚回去了。"秦盛淡淡地开口，拽着钟晚的手腕往外走。

钟晚尴尬地冲着林东笑了笑，只觉得手腕处又被攥紧了几分，忙收回视线，跟着秦盛走了。

到了车上，秦盛面色微冷，他偏头看了钟晚一眼，道："这就是你要带的实习生？"

"是啊，很巧对不对？"钟晚忙开口，"我也是见到他才知道的。"

秦盛眯了眯眼睛，问："这么说，你那晚是跟他出去吃饭了？"

钟晚一噎。

怎么这也能被他翻出来？

"就是……同事关系……吃个饭。"钟晚笑了笑，忙岔开话题，"你怎么这么早就回来了？"

秦盛冷哼一声，道："想早点赶回来见你。我把事情处理完了第一时间飞回来，又一路开车过来接你下班，谁知道看见你和你的相亲对象藕断丝连。"

"这个成语不是这么用的！"钟晚一脸正色，"我们之间什么关系都没有。"

秦盛哼了一声。

回到家，秦盛就看到一桌子的药，他皱着眉，道："怎么买了这么多的药？"

钟晚咳嗽了两声，道："我感冒了，昨天还请了假。"

秦盛皱眉，抬手碰了碰钟晚的额头，还好没发烧。

他松了口气，又冷下脸开口道："那天让你吃药你不吃，把自己折腾病了吧。”

钟晚垂着头没吭声，一副可怜兮兮的模样。

秦盛随手把药收起来，不经意间看见里面被人刻意留下来的便签，目光一顿，他咬了咬牙，语气不善地道：“钟晚，你别告诉我这些药是林东给你买的？”

钟晚咽了下唾沫，她看秦盛脸色不对，下意识就要转头跑回屋，却被秦盛直接拦腰抱了起来。

“你放开我，秦盛！”

“是时候对你进行爱的教育了。”秦盛冷笑一声。

钟晚面红耳赤，一句话也说不出来。

两人这么一折腾，连晚饭也没吃上。钟晚再醒来的时候是被饿醒的，看了看手机，居然才凌晨。

钟晚迷迷糊糊的，推了推秦盛让他去煮碗面。

秦盛一脸困倦地爬起来去了厨房。

听着厨房里窸窣的声音，钟晚坐在床上发呆，过了一会儿，她突然想起来一件事。

下午见面，林东叫秦盛秦先生。

她从没对林东说过秦盛的名字，林东怎么知道他姓秦？

钟晚眯了眯眼，总觉得不对劲。

这几日 A 市越来越冷，甚至已经飘起了雪花。自那以后，钟晚几乎都有意识地避开林东，林东似乎也明白了钟晚的意思，没有再往钟晚身边凑。

实习期一结束，钟晚就和林东划清了界限，准备收拾东西回秦氏。

“今天这么快就准备回去啊。”乔丽笑嘻嘻地说，“是不是有人着急了呀？”

钟晚挑了下眉，道：“羡慕啊？”

“嘁，指着你快点赚钱，好壮大我们律所啊。”乔丽把手里的东西给钟晚，“这是林东的实习证明，还得你来盖个章。”

“好。”

钟晚接过来，正准备盖章，动作突然顿住。

林东的毕业学校也是 A 大？他和自己是一个学校？怎么没听林东说起过？

再往后一看，钟晚愣住了，问：“他是中文系的？”

“对啊。”乔丽点点头，“本科念的中文，跨专业考研读的刑法，没什么稀奇的吧？”

A 大中文系？

钟晚眯了眯眼，脑海里有什么东西闪过，可一下没有抓住。

“发什么呆呢？”乔丽催促道。

“哦，没事。”钟晚回过神，匆匆盖了章，把资料给乔丽，“那我先走了，过两天回来请你们吃饭。”

乔丽笑着比了一个 OK 的手势。

钟晚换了厚衣服，外面雪下得大，可她总觉得胸口闷闷的，懒得坐车，干脆沿着路边慢悠悠地走着。

嘎吱！

一辆黑色的车停在她面前。

钟晚顿住脚步。

她微微抬头，只见车窗半露，里面坐着的是秦泽。

钟晚抿了抿唇，转身打算绕过去，却被秦泽叫住了：“钟晚！”

他打开车门下来，快步走到钟晚面前。秦泽静静地看着钟晚，而后叹了口气：“我们好久没见面了。”

钟晚看了秦泽一眼，没吭声。

是很久了，自打那次公司会议后，两人就再没有见过。

“是我母亲做错了事，我不怪你。”秦泽笑了笑，脸色有些苍白，“我知道是你找到证据的。”

钟晚不知道该说什么。

她自觉自己做得没错，可怎么说也是她亲手促成这一切的，林雅毕竟是秦泽的母亲。

“我……我今天过生日。”秦泽似乎有些局促，他勉强露出一个微笑，继续道，“父亲死了，母亲不知所终，要不是刚刚手机邮箱提醒，我也不记得自己今天过生日。”

他呵了一口寒气，抿着唇，小心翼翼地开口：“钟晚，能陪我过个生日吗？”

钟晚侧过头，沉默。

过了一会儿，秦泽笑了笑：“算了，你就当我在胡说吧，我……我知道你讨厌我。时间不早了，我先走了，我……”

“去哪里过生日？”钟晚突然开口。

秦泽一愣，眼睛亮了一些，道：“你……”

“不是过生日吗？”钟晚冲他眨了眨眼，道，“你想去吃什么？我请你。”

秦泽笑了。

“别出去吃了，买一些菜，去我家里做吧。”他抿着唇笑了，脸颊两侧露出浅浅的酒窝，像个得到礼物的小孩子。

钟晚有些心软了。

她点点头，答应了秦泽：“好。”

秦泽自己有一套公寓，不常住在秦宅。他开车带着钟晚去了他住的公寓。

“我做菜很好吃的。”他笑着开门。

钟晚低头换鞋，问道：“你还会做菜？”

“我大学时都是自己在外面住的，肯定学了一些。”秦泽打开冰箱，“想喝什么？可乐，还是啤酒？”

“可乐吧。”

秦泽拿了两罐可乐出来打开，递给了钟晚一罐，道：“你在这儿等我一会儿，我很快就做好。

“好。”钟晚点点头。

她趁着秦泽做饭的工夫，四处晃了晃。这间公寓倒是不大，装修也很是简约，像是样板房。

不经意地，她路过秦泽的卧室。门开着，她往里面扫了一眼，身子微微顿住。

秦泽的床头贴着一幅画，是他在画室临摹过很多次，当初在古镇画的那一幅。

钟晚的心情有些复杂。

她看了在厨房忙碌的秦泽一眼，小心地走了进去，拿起那幅画，正准备好好看看，突然觉得有些不对劲。

这画纸似乎有些厚，像两张粘在一起一样。

钟晚抿了抿唇，把画纸拿起来，对着阳光一晃，仔仔细细地看着，在画纸的边缘处看到了一层淡淡的阴影。

的确是两张粘在一起的。

钟晚皱着眉，低下头，小心翼翼地用指甲抠了抠画纸的边角，边角处撬开，里面鼓鼓囊囊，似乎塞了什么东西。

钟晚把开口朝下，倒了倒，哗啦啦地掉出一堆照片。

她愣了一下，随即弯下腰，一张张地把照片捡起来。

钟晚随意地看了看照片，整个人都僵住了，一股冷意顺着指尖蔓延到全身。

她惨白着一张脸，呼吸都急促了几分，拿着照片的手微微颤抖。

这些照片……竟每一张上都是她！

她吃饭的，坐车的，去买衣服的，和姜瑜一起逛街的……

秦泽他……一直派人跟踪自己。

第十五章

秦泽这个疯子

钟晚脑袋嗡嗡直响，觉得实在很难接受这个事实。这么多天她一直被人跟踪，她却毫无察觉。

秦泽到底要做什么？

钟晚一颗心在胸腔里剧烈地跳动着，她脸色难看，甚至想夺门而出。可她知道她不能这么做，在不知道秦泽的目的的时候，她不能打草惊蛇。

钟晚强迫自己冷静下来，她深呼吸一口气，手脚麻利地把那些照片装回去，又把画原封不动地放在原处。

她抿了抿唇，转身快步走出了房间。看了那些照片，她现在没办法冷静地和秦泽共处一室。

她看着玄关的方向，咬了咬牙，不管怎么样，也要试一试。她随手拿起包就往外走，就在手碰到门把手的一瞬，身后响起了秦泽淡淡的声音："姐姐要去哪儿？"

钟晚身子一僵。

她僵硬地扭头，扯出一丝微笑，道："我下楼去买蛋糕，今天不是你生日吗，生日怎么能不吃蛋糕？"

"不用买，我不爱吃。"秦泽笑了笑，走过去，拽着钟晚的手腕把她拽回来，“你是不是饿了？饭菜很快就好了。”

钟晚指尖冰冷，只能僵硬地被秦泽按在沙发上。

她咽了下唾沫，只觉得嗓子干涩得疼痛，她道：“好。”

秦泽转身又去了厨房，钟晚僵硬地坐在沙发上，迟疑着拿出手机，给秦盛发了一条定位信息，又打了两个字：速来。

刚放下手机，就看到秦泽端着饭菜走过来，钟晚一惊，忙把手机收好。

“这么快就做好了？”钟晚勉强笑了笑，走过去帮秦泽端菜，“看起来就很好吃。”

秦泽笑了，道：“我的手艺那肯定是棒棒的。”

钟晚和秦泽坐在桌子上，她拿着筷子，夹了菜放到碗里，却没吃下去。

“我常常想，我的出生是不是就是个错误。”秦泽笑了笑，静静地看着钟晚，“一个不被承认的私生子，你是不是也看不起我？”

开玩笑，钟晚哪敢那么说。

她忙摇了摇头，道：“没有，你千万别多想。”

“还记得在古镇的时候吗？我骑单车载着你走过大街小巷，我们一起去画像。”秦泽抿着唇，轻声开口，“那时候我真的很开心。”

钟晚沉默。

“菜里没毒。”秦泽突然开口。

钟晚愣了一瞬，随即瞪大了眼睛，身子一颤。

“你是不是看到了那些照片？”秦泽勾起嘴角笑了笑，“现在你相信我喜欢你了吧？你的每一个时刻我都想保留下来。”

钟晚张了张嘴，想说什么，可喉咙像被堵住了似的，什么也说不出口。

“我一点也不喜欢叫你姐姐，我也想像秦盛那样叫你晚晚。”秦泽的声音有些沙哑，“可我害怕你怕我，怕你讨厌我。”

他抬头看着钟晚，眸子漆黑，道：“晚晚，你能永远留在我身边吗？”

啪！

钟晚猛地起身把杯子冲秦泽摔了过去，秦泽下意识地偏头，杯子砸在地上，摔了个粉碎。

钟晚趁着这工夫往玄关跑去，可刚走了两步，脚下突然一软，“扑通”

一声半跪在地上。

她身上不停地冒冷汗，脑袋晕晕乎乎的，一点力气也使不上来。她仰着头，看着秦泽慢慢地走到她面前。

“晚晚，药被我下在了给你的可乐里。”秦泽语气温柔，他揉了揉钟晚的头发，道，“我怕你难受，只放了很少的剂量。你看我是不是很爱你，哪怕你那么对我，我也舍不得伤害你。”

钟晚难受得厉害，她咬着牙，喘着粗气，一字一顿地道：“你这是犯罪！你不要这样，你冷静一点！”

“是吗？”秦泽眯了眯眼，深呼吸一口气，一副陶醉的样子，继续道，“如果爱你是犯罪，那我就是深渊里的一个罪人。”

“疯子！你疯了！”

“我早就疯了，晚晚不知道吗？”

秦泽勾起嘴角，抬手拽着钟晚的头发，一路把她拖到卧室里。

钟晚被他扔到床上，手脚都被绑了起来，呈一个大字躺在床上。

秦泽把墙上贴着的五颜六色的壁纸揭下来，钟晚不敢置信地瞪大眼，发现墙上密密麻麻贴着照片。

每一张照片上都是她。

“你看到的只是冰山一角。”秦泽弯着眼睛笑了，“我对晚晚的爱远比你想象中的要多。”

钟晚已经有些绝望了。

秦泽拿出一个卷包打开，里面是一排排冰冷的刀具。

“晚晚很快就要留在这里陪我了。”秦泽拿出最长的一把刀，笑着凑近钟晚。

砰！巨大的撞门声传来。

秦泽沉下脸，不悦地眯起眼，道：“看来姐姐很不乖呢。”

钟晚剧烈地挣扎起来，可她被绑得严严实实的，怎么也挣不开。

秦泽道：“不要去管他了，让我们继续吧。”

奇怪的是，门外真的安静了下来。

秦泽勾起嘴角，道："看来秦盛也没有那么喜欢你。"

"是吗？"一道阴冷的声音在门口响起。

秦泽不可置信地回头，看到秦盛正冷着脸站在门口，他身旁站着一个中年人，手里提着工具，看起来像一个开锁工人。

"你别过来！"秦泽用刀指着钟晚的脖子，道，"否则我杀了她！"

秦盛脸色阴沉，他后退了两步。

"你到底要怎么样？"秦盛咬着牙，冷冷地问道。

秦泽偏头看了一眼钟晚，苦笑一声："晚晚，看来你不能陪着我了，这样也好，我也舍不得你疼。只是求你，别忘了我。"说完这番话，秦泽猛地拿起刀割向自己的脖子。

"秦泽！"

钟晚瞪大了眼，一串殷红的鲜血迸射出来，有几滴落在钟晚的脸颊上，温热的。

外面的雪停了，阳光透过窗户晃进来，照在秦泽的脸上，似乎泛着光。

钟晚眼前一黑，昏了过去。

正如秦泽所说，麻药分量不大，钟晚休息了两天就没什么事了，只是秦盛还不允许她去上班，坚持要让她在家休养一周。

冬至那天，钟晚去花店买了一束向日葵，开车去了秦泽的墓地。

意外地，她在那儿看到了傅瑶。

傅瑶似乎瘦了很多，白色的羽绒服穿在身上有些宽松，她抬头看着钟晚，笑了，道："真意外。"

钟晚把那束向日葵放在墓碑前，淡淡地开口："是很意外，我以为只有在阴暗的臭水沟里才会见到你。"

"你什么意思？"

"你只会躲在暗处，难道不是像老鼠一样吗？"钟晚冷笑道，"林东是你同学吧？"

那日回去后钟晚才恍惚想起来，傅瑶似乎也是A大中文系的。

傅瑶别过头，道："我不知道你在说什么。"

"我知道你不会承认，没关系。"钟晚静静地开口，"我只是不明白，你到底还要折腾到什么时候。"

"无论你安排多少人插足在我们中间，林娇娇、林东，都没有用。我可以明白地告诉你，我会和秦盛结婚，生子，白头到老。而你，只能远远地看着我们，在背地里搞一些小动作罢了。"

傅瑶脸色难看，她猛地抬手要打钟晚，可还没等手落下就被钟晚死死攥住了。

"当初你离开秦盛出国的时候，你就应该清楚，你再也不可能回到他身边了！"钟晚冷冷地扔下这一句，就甩开了傅瑶的胳膊。她弯腰把那束向日葵放在秦泽墓碑前。

"你怎么还有脸过来祭拜秦泽？"傅瑶咬着牙道，"是你害死他的。"

"他是自杀的。如果不是秦盛及时赶到，他甚至可能会杀了我。"钟晚冷冷地道，"我来看他，不是原谅他，只是可怜他父亲死了，母亲不知所终。不过以后我不会再来了。"

钟晚转身毫不留情地走了。

秦盛开着车在墓园门口等着钟晚。

他叼着烟，穿着黑色的毛呢大衣，懒懒地靠着车，看见不远处的钟晚，勾起嘴角。

钟晚几步跑了过去，道："这么冷，你怎么等在外面？"

秦盛捻灭了烟，揽着钟晚的腰把人搂在了怀里。

"最近这段时间发生了太多事。"钟晚靠在他的胸膛上，叹了口气。

"嗯。"秦盛淡淡地应了一声，低头亲了亲钟晚的耳尖，"你什么都不要想。"

钟晚偏头，看到不远处松树上挂着的彩灯，想着快到圣诞节了。

"反正也没事。"钟晚拽了拽秦盛的袖子，来了些兴致，"我们去于哥那儿涮火锅吧。”

秦盛勾起嘴角：“好，”

两人去超市买了肉和菜，从超市出来的时候，看到门口有人摆着小摊卖苹果。

秦盛看了钟晚一眼，走过去买了一个。

“你买这个做什么？”钟晚笑着看向秦盛。

“给晚晚，希望晚晚平安。”

钟晚心尖一颤。

她想到好几年前的圣诞节，秦盛也给她买了一个苹果，她受宠若惊，甚至都舍不得吃，记得到最后果子烂了，自己还惋惜得不行。

两人提着一堆东西去了修理铺。于哥还没下班，修理铺的灯明晃晃地亮着。瞧见两人进来，他顿时笑了，道：“猜到了你们会来。”

“于哥什么时候学会未卜先知了？”钟晚笑了。

“这叫心灵感应。”于哥拍了拍秦盛，“我和秦盛的心灵感应。”

钟晚拽了拽秦盛的袖子，小声道：“那我和你有没有心灵感应？”

秦盛勾起嘴角，道：“我只和你有。”

于哥抖了抖胳膊，啧了一声：“肉麻死了。”他扬声叫黄毛把桌子支上，又把锅子烧上。

四个人围着热气腾腾的锅子，外面纷纷扬扬地下着雪。

就像当年她念书的时候一样，她会小心翼翼地隔着朦胧的雾气去看秦盛，像只偷腥的猫。

年少情事，想来总是泛着甜的。

于哥喝了两杯酒，脸有些发红，打了个酒嗝后，笑着说：“两个月后我结婚，你们记得来啊！”

钟晚惊愣得筷子都掉了。

“于哥什么时候处的女朋友？”钟晚眨了眨眼，“瞒得够严的。”

“上个月的事。”于哥挠了挠头。

“行啊于哥，闪婚啊！”

于哥笑了笑。

吃过火锅，雪已经停了。两人都喝了酒没法开车，秦盛想打电话叫司机过来，被钟晚拒绝了。

“这么晚了别折腾司机了。”钟晚说，“我们走着回去吧。”

秦盛挑了下眉，道：“你别走到一半走不动了让我背。”

“才不会！”

事实证明还是秦盛说得对，才走了一半钟晚就说脚疼走不动了。秦盛叹了一口气，在她面前蹲下来：“上来，我背你，”

钟晚弯了弯嘴角，爬上秦盛的背，搂着他的脖子，道：“等你七老八十了，还能背得动我吗？”

秦盛沉默了一瞬，然后开口：“我们家买不起车了吗？”

钟晚气得不想再和他说话。

圣诞节后没过几天，秦盛又要出差。

“你快和韩致一样变成空中飞人了。”钟晚低头给秦盛收拾行李，嘴里嘟囔着。

“抱歉，临近年关实在是有点忙。”秦盛揽着钟晚的腰，手不老实地往上摸索，“过了年我们去旅游吧，你想去哪儿？”

钟晚没好气地推开秦盛的手。

“等你空了再说吧。这两天我去姜瑜家住，韩致也出差了，我去陪陪她。你们两个大忙人整天飞来飞去，我和姜瑜好像孤寡老人，独守空房。”

秦盛低低地笑了。

“独守空房？”秦盛挑了下眉，“你觉得空虚寂寞了？”

钟晚一噎，没吭声。

她装作没听见，低头继续整理东西，通红的耳尖却出卖了她。

秦盛勾起嘴角，拽着她的手腕直接把人拽到了床上。

钟晚吓了一跳，道：“东西没收拾好呢。”

“不急。”

两人折腾了一夜，直到天明才入睡。

钟晚醒来的时候已经快中午了，秦盛早就走了。

她打了个哈欠爬起来，收拾收拾便去了姜瑜家。

“你来得正好，阿姨刚做了汤，喝两碗吧。”

刚一进门，钟晚就被姜瑜拽着喝了一肚子的汤，她实在喝不下去了，连忙道：“不喝了不喝了，我看看蓉蓉去。”

“蓉蓉不在家，让她奶奶接回去了。”姜瑜笑着，道，“我们可以过二人世界了！”

钟晚一噎，道：“别告诉我你晚上安排了酒局。”

“那倒没有。”姜瑜眨了眨眼，“今晚太赶了，明晚安排了。”

钟晚一想到和姜瑜出去喝酒就头疼。

大约傍晚的时候，钟晚接到一个电话。

她接通电话，里面是一阵嘈杂的声音，好一会儿，才听见有人说话：“姐姐！”

钟晚皱了皱眉，道：“钟诚？”

说起来，钟诚这段时间也在A市，只是最近秦家出了许多事，两人一直没见面。

“姐，我有点事，现在能去你家一趟吗？”

“我没在家，改天吧。”

“姐，我真有急事，你现在在哪儿呢？把地址给我，我去找你！”

钟晚沉默了一瞬，道：“好，那你过来吧，我把地址发到你手机上。”

“那我现在过去。”

姜瑜瞥了一眼钟晚：“怎么了？”

“钟诚要过来找我。”钟晚抿了抿唇，“天都黑了，他这时候找我做什么。”

“不会有什么事的，你别担心，说不定你弟弟就是太久没见你，想你了。”姜瑜安慰道。

钟晚冷哼一声，道：“他会想我？他顶多想想我的钱罢了。”

过了一会儿，钟诚发信息说他已经到楼下了。

钟晚跟姜瑜说了一声就下了楼。

小区门口停着一辆银色的轿车。见钟晚过来，钟诚忙下车，对着钟晚挥了挥手：“姐，这儿！”

钟晚皱着眉走过去。

“怎么了？”钟晚以为钟诚要找她借钱。

“我之前不是找到工作了吗，最近又新换了一个，老板说要签合同，姐你是律师，你帮我看看呗。”

“那你发给我吧。”

“不是，姐，你得跟我过去一趟。老板急着要现在签约，你看，他特意让我开车过来接你。”

钟诚说着，还拍了拍一旁的车。

“谁家的公司会这么晚拽着你签约？”钟晚翻了个白眼，“你直接说了吧，是不是又欠钱了？”

“没有，姐，真没有。”

“我今天没空，明天再说吧。”钟晚转身就要走。

钟诚见状，忙拽着她的袖子，道：“姐，你就跟我去吧，姐！”

拉扯间，钟晚隐约在钟诚身上闻到一股若有若无的香味，似乎是什么香水的味道，有些浓郁呛鼻，而且，她好像在哪儿闻到过这个味道。

突然，她脑中灵光一闪，猛地想起来她似乎在林娇娇身上闻到过这种香水味，当时姜瑜还说林娇娇喷的香水味道太重了。

一股冷意顺着脊背往上爬，钟晚咬了咬唇，有些不可置信地看了一眼钟诚。

他居然和林娇娇搞在一起！

看见钟晚僵住了，钟诚又拽了拽她，带着几分不耐烦地开口："姐，你就跟我去吧。你难道不希望我找到一份好工作吗？"

钟晚深呼吸一口气，抬眸看了钟诚一眼，微微点头，凉凉地开口："我答应你，不过你先放开我，我得回去取个东西。"

钟诚松开手，狐疑地看着钟晚，道："你不是要骗我吧？"

钟晚白了他一眼，冷笑一声，道："骗你？我答应你了就肯定会去，我要是不想去，除非你今天在这儿把我打昏，否则谁也不能强迫我去。"

"好吧，那姐你快点下来。"

钟晚瞥了他一眼，转身走了。

一回到姜瑜家，钟晚就忙去翻自己的包。

姜瑜诧异地看着她，问："你怎么了？慌慌张张的。"

"钟诚来找我说让我帮他去看一份合同。我本来就觉得事有蹊跷不想去，可我却在钟诚身上闻到了林娇娇的香水味。"

姜瑜脸色一变，问："你是怀疑……会不会是偶然？"

钟晚沉着脸摇摇头，道："如果说谁一直处心积虑地想害我，那也就是林娇娇。当然，说不定她背后还有一个傅瑶。"

钟晚从包里拿出一支钥匙扣形状的录音笔，插到电脑里，传入了一个软件，道："姜姜，你听我说。这支录音笔有远程监听和定位功能，一会儿我带着它，你就随时监听情况，一有不对劲，马上报警！"

"你疯了？"姜瑜瞪大了眼睛，"你明知道前面是火坑还要往里跳！"

"林娇娇和傅瑶害我不是一次两次了。订婚宴上我的礼服被毁掉估计也是她们做的，这一次我要是不去，她们一定还有别的法子来害我。我在明，她们在暗，到时候只会更加麻烦。"

"可是……"姜瑜犹豫着开口，"我还是有些不放心。你要不要给秦盛打个电话？"

"没事，他工作忙，我自己的事情我可以处理好。"

正说着话，钟晚的手机响了，是钟诚发信息来催她，问她什么时候下去。

“不和你多说了，我要下去了。”

钟晚把东西揣好，匆匆离开了。

楼下，钟诚已经等得有些不耐烦了，看见钟晚，忙开口：“姐，你怎么才下来？”

“好了，我们走吧。”钟晚开了车门上了车。

钟诚开着车，左拐右拐，最后到了一个有些偏僻的工厂，工厂门口亮着两个灯泡，里面黑漆漆一片，看起来像是废弃了很多年。

钟晚下了车，站在门口往里看了一眼，冷冷地开口：“你确定是这里吗？你的老板真的要在这里和你签合同？”

钟诚咳嗽了两声，淡定道：“对，就是这里。”

钟晚的心在这一刻彻底死了。

她平时的确讨厌钟诚，对他恨铁不成钢，恨他夺走了母亲的爱，恨他一次次压榨自己。

可是在内心深处，她还是把他当弟弟的，还是觉得他仍旧是那个会软软糯糯地叫她姐姐的钟诚。

可现在不是了。

她的亲弟弟正一步步地把她推向深渊。

钟晚深呼吸一口气，推开工厂的大门，抬脚走了进去。

“在前面那间屋子。”钟诚殷勤地在前边领路。

钟晚面色淡淡的，直接推门走进去。她前脚刚踏进去，后脚钟诚就把门关死了。

“这么巧啊。”一道微冷的声音在一侧响起。

钟晚侧头看过去，毫不意外地看到了林娇娇。

林娇娇勾起嘴角，有些得意地看着钟晚，道：“没想到吧，会在这里看见我。”

钟晚挑了下眉，道：“你费这么大力气把我叫过来，到底有什么事？”

“当然是有仇报仇，有冤报冤！”

“说得好！”钟晚冷笑，“我也实在是不明白，我到底和你有什么恩怨。”

“你害死表哥，害得姑妈现在下落不明，你还敢说和我没有恩怨！”

“那是他们自找的。”钟晚冷冷地开口，“你是不是忘了说，你和我最大的恩怨就是秦盛和我订婚了。”

听到最后这句话，林娇娇沉下脸，一脸阴沉。她咬了咬牙，道：“钟晚，你以为今天你还能完好无损地离开这里吗？”

钟晚勾起嘴角，道：“说说看，你们打算怎么做。”

“我叫了好几个小混混过来，你说，如果我把你和其他男人在一起的暧昧场景拍成视频发给秦盛，他还会要你吗？”林娇娇恶毒地道。

钟晚点点头，道：“说得不错，还有吗？”

林娇娇不可置信地看着钟晚，道：“你就一点也不害怕？”

“是挺可怕的，不过这不是你的主意吧？”钟晚淡淡地开口，“傅瑶呢？怎么，到这个时候了，她还要做那躲在黑暗里的老鼠吗？”

屋内安静了一瞬。

很快，傅瑶微冷的声音响起：“事到如今，你也只能耍耍嘴皮子了。”

钟晚勾起嘴角，看向门口的方向。傅瑶背对着月光，静静地站在那里。

如果忽略她脸上扭曲的表情，倒也能称之为岁月静好。可惜，现在的傅瑶已经不是当初让钟晚觉得遥不可及的傅瑶了。

钟晚挑了挑眉，看向林娇娇道：“傅瑶这么用心帮你，你真以为她是个大善人吗？你怕是不知道，傅瑶是秦盛的前女友，她比任何人都想回到秦盛身边。”

林娇娇脸色微变。

钟晚攥紧手心，这个时候估计姜瑜已经报警了，她能做的，就只有拖延时间了。

“她不过是想借你的手赶走我，然后取而代之，你不过是她的棋子，是她杀人的一把刀！”钟晚冷冷地开口。

“别听她胡说！”傅瑶咬了咬牙，道，“这种低级的伎俩没有用。

今天无论如何我都不会放过你。”

钟晚轻笑了一声，转头看着林娇娇，道：“你也不想想，傅瑶凭什么这么掏心挖肺地对你好，这么帮你？她哪里是在帮你，她明明是在帮她自己。”

“够了！”傅瑶喊了一声，然后冷着脸看着林娇娇，“你还等什么？你不会真相信她的话了吧？”

林娇娇咬了咬唇，道：“就算你说的话是真的。可你害了我表哥和姑妈，我也不可能放过你。”

钟晚心里一沉。

傅瑶勾起嘴角，冷笑一声，道：“出来吧。”

两个壮汉立刻从一旁的屋子里走出来，他们手里拿着麻绳，缓缓地向钟晚走去。

不行，不能坐以待毙，得坚持到警察过来。

钟晚一咬牙，直接转头就往外面跑过去。傅瑶离她最近，直接过来抓她，钟晚一脚踹在傅瑶胸口上。

这时，那两个壮汉已经追了上来，拽着钟晚的胳膊把她按到地上。

傅瑶冷着脸走过去，一脚踹在钟晚的小腹上。

钟晚闷哼一声，脸色惨白。

“动手！”傅瑶冷冷地道。

她话音刚落，工厂外就响起一阵警铃声。

林娇娇和傅瑶吓了一跳，慌乱得六神无主。那两个壮汉也是收了钱才来的，此刻一见警察来了，当下就慌张地往外跑，可还没等跑出院子就被几个警察扣住了。

“别动！”几个警察走进来，飞快地把林娇娇和傅瑶拿下了。

姜瑜慌慌张张地跑过来，扶起钟晚，关心地道：“怎么样啊你，没事吧？”

钟晚捂着小腹，摇了摇头，道：“没什么大事，就是被踹了一脚。”

“还是去医院看一下吧。”

“没事。”钟晚摇摇头，看了一眼被扣住的傅瑶和林娇娇，“我们不是还要去警察局做笔录吗？”

姜瑜叹了口气，道：“我刚刚……给秦盛打了电话。”

钟晚身子一僵。

“我实在是担心你，而且这件事……秦盛应该知道。”姜瑜道。

钟晚叹了口气。

让暴风雨来得更猛烈些吧！

在警察局做完笔录出来已经很晚了，钟晚就没再去姜瑜家，直接开车回了自己家。

她迷迷糊糊地睡了一整夜，第二天一早还是被屋子里窸窣的声音吵醒的。

她皱着眉趿拉着拖鞋走出去，刚走到客厅就吓了一跳，瞬间清醒了。

秦盛坐在沙发上，一身黑色的西装，看起来有些皱皱巴巴，他面前桌子上的烟缸里满满的都是烟头。

看样子，他已经在这儿坐了有一段时间了。

“你……你什么时候回来的？怎么坐在这儿？”

秦盛偏头看了钟晚一眼，勾起嘴角冷笑了一声，道：“你是巴不得我不回来，最好等我把那边的事情忙完，再回来的时候你已经把所有的事情都处理好了，就可以当作什么都没发生过，对不对？”

“不是……你到底怎么了？”钟晚看着秦盛眼底的红血丝，皱了皱眉，“你是不是一夜没睡啊？我什么事都没有，你快去睡……”

“什么事都没有？”秦盛猛地站起来，一脚把桌子踹翻，桌子上的东西哗啦啦碎了一地，“你工作辞了不会找我，订婚礼服坏了不会找我，以为自己要死了留的遗言都是你调查的事，现在遇到危险你还是不打算找我！”

秦盛抬眸，冷冷地看着钟晚，道：“那我在你心里到底算什么？”

钟晚僵在原地。这大概是重逢以来秦盛第一次对她发这么大的火。她张了张嘴，好半晌才说出一句话：“我不是，我只是觉得这些事都不重要。”

“那什么重要？”秦盛冷冷地开口，“我重要吗？”

钟晚咬了咬唇，道：“我是觉得这些事我自己可以处理好，可以不用麻烦你。”

“麻烦？”秦盛被她气笑了，“钟晚，我们现在是什么关系？你把我当过你男人吗？你能不能别那么要强，你能不能试着依赖我？”

钟晚心口闷闷的，好像被什么东西堵住了。她想说很多辩解的话，可又不知道该说什么。

她的确很怕给秦盛添麻烦，从前是，现在也是。

“既然你什么事都可以自己做好，那看来也不需要我。”秦盛有些疲惫地开口，他看起来有些无力，抬眸看了一眼钟晚，“我先搬出去住。”

他转身往门口走去，擦肩而过的一瞬，钟晚紧紧攥住了他的手腕。

“秦盛！”钟晚低低地叫了他一声。

秦盛看着她，缓缓抬手将她的手掰开，毫不留情地开门走了。

巨大的摔门声响起。

钟晚闭了闭眼，心尖一颤，忍不住落下泪来。

她一连几日没去上班，秦盛也没给她打过一个电话。钟晚窝在家里都快长毛了。

姜瑜过来的时候已经是钟晚待在家的第五日。

姜瑜推门进去，然后整个人愣住了。屋子里乱糟糟的，零食袋堆得桌子上都是，还有几个空了的啤酒罐零星地散落着。钟晚窝在沙发上对着电视看得认真，可等姜瑜看过去，发现电视上正在播放广告。

“你怎么了？世界末日了？”姜瑜踢了踢脚边的易拉罐，“你还是我认识的那个精明能干的律师姐姐吗？你怎么这么颓废？”

“要那么精明能干做什么。”钟晚无精打采地开口。

姜瑜皱起眉，道：“不是，你到底怎么了？”

“没怎么，挺好的，就是和秦盛吵了一架。”

"那秦盛呢？"

"不知道，好几天没回来了。"

姜瑜愣了一下，她看了钟晚一眼，咬了咬唇，小心翼翼地开口："是因为我吗？对不起，我当时不该给秦盛打那个电话，我……"

"跟你没关系。"钟晚摇了摇头，"我们俩的矛盾早就有了，这件事不过是导火索罢了。"

姜瑜叹了口气，在钟晚身边坐下，道："说说吧，都因为什么？"

"秦盛说我太不依赖他了。"

姜瑜一噎。

钟晚揉了揉涨痛的额角，叹了口气，继续道："这的确是我的原因。你知道我的家境，从我出来念书的时候起，我就怕别人看不起我、嫌弃我，所以我从不麻烦别人，什么事情都尽力做好，我怕别人以为我是一个累赘。对秦盛……更是这样。"

钟晚低着头，闷闷地道："我不想依靠着他，不想成为他的负担。"

姜瑜皱了皱眉头，道："钟晚，你真的爱秦盛吗？你们已经订婚了，再往前一步，你们就是夫妻了。夫妻本就是一个共同体，何来你我之说？而且男人嘛，他肯定希望自己的妻子依赖他。像我和韩致，我平时大大咧咧的，看起来对什么都无所谓，可我受了委屈还是第一时间告诉韩致。"

钟晚怔了一下。

姜瑜叹了口气，拍了拍钟晚，安慰道："估计秦盛是在生闷气，过两天就好了。"

"可他现在既不接电话，也不回家。"钟晚耷拉着脑袋，无精打采地道，"我能怎么办？"

姜瑜想了想，道："要不你做几道菜，带去公司找他吧，也没多大的事，哄一哄就好了。"

"这样能行吗？"钟晚有些迟疑。

"相信我，绝对行！"

说做就做，钟晚打起精神，和姜瑜把屋里打扫了一遍，又去超市买了一只老母鸡，打算回去炖鸡汤。

“为什么要做鸡汤啊？”钟晚犹豫着问。

“滋补啊。”

“可我看电视里都是女人坐月子才喝鸡汤。”

“你是不是傻！”姜瑜敲了敲她的头，“喝口汤难道还要分什么时候吗？”

“关键是……我不会做鸡汤，你会吗？”

“你觉得呢？”

两人照着网上的教程在厨房忙活了好一阵，总算勉勉强强地做出了一锅鸡汤。

钟晚拿着勺子舀了一点尝了尝，道：“好像还不错。”

“快去吧，都中午了。”姜瑜把鸡汤装好，催着钟晚出了门。

两人开车到公司楼下，钟晚还是有些犹豫，她还是第一次吵架后去哄秦盛。一开始在一起的时候，钟晚不敢和秦盛吵架；重逢后，吵架了都是秦盛哄着钟晚。这破天荒头一次，钟晚还有些发怵。

“我一会儿去了说什么啊？”钟晚问。

姜瑜掏出手机，找了找情话大全，念道：“月亮躲在云里，我想躲在你怀里！”

钟晚勉强笑了笑，道：“还有没有别的？”

“你陪我走过一无所有，我陪你走到岁月尽头！”

“这……还没尽头呢，你找个吉利点的。”

姜瑜又翻了翻，清了清嗓子，道：“像我这么可爱、温柔、善良的女生有很多噢，比如我，还有我，只有我。”

钟晚尴尬得都想找个地洞钻进去。

“算了。”她飞快地下了车，道，“我临场发挥吧。”

钟晚提着保温盒直接进去了。她虽然前不久回律所上班快有一个月没来了，但工牌还在，直接刷了卡进去了。此时是午休时间，公司里的人很少，钟晚直接坐电梯去了顶层。

出了电梯，钟晚快步走向总裁办公室，但还没走到门口就被一个人拦住了。

“你是谁啊？总裁办公室不能随便进的，你不知道吗？”一个穿着白色职业装的女子拦住了她。

钟晚笑了笑，把工牌递过去，道：“我是法务部经理，有一些事要找秦总。”

女子冷笑一声，道：“现在是午休时间，如果是公事，为什么不等下午上班了再来？再说了，你手里提着保温盒，你以为我不知道你打的什么算盘？”

钟晚被气笑了。

她瞥了女子一眼，道：“我打什么算盘跟你有关系吗？你是谁啊？”

“我是新来的总裁助理。”女子挺了挺傲人的胸脯，继续道，“我叫安娜。”

秦盛新招了一个助理？

她在家气得头疼，秦盛却还有心情找美女助理。

钟晚咬了咬牙，不耐烦地道：“你让开，我真有事找秦总！”

“有什么事都不行！”安娜白了她一眼，“你快回去吧，像你这种人我见多了。我告诉你，就算有人真能上位，也轮不上你。”

“轮不上我？那你的意思是你行呗？”

安娜哼了一声。

钟晚气得五脏六腑都疼，直接转头走了。

姜瑜的车还没开走，她一看见气冲冲的钟晚，愣了一下，问：“怎么了，他没在办公室？你没把爱心午餐给他吃？”

“吃？”钟晚冷笑一声，“吃空气吧他！”

姜瑜眨了眨眼，不明所以。

钟晚冷哼一声：“开车。”

“去……去哪儿？”

钟晚咬了咬牙，道：“去喝酒，泡帅哥！”

第十六章
骑士与公主

姜瑜战战兢兢地打电话约了几个朋友，尽量挑长得丑的、不入眼的，定了酒吧卡座去玩。

这大概是姜瑜玩得最忐忑的一个酒局了。

酒吧里的音乐震耳欲聋，钟晚一杯接一杯地喝着，桌上的酒瓶空了整整一排。

姜瑜实在看不下去了，伸手拦住了钟晚，劝道："祖宗，咱别喝了，这么晚了，该回家了。"

钟晚喝得醉醺醺的，打了个酒嗝，道："家？我哪儿还有家，你还看不出来吗，我已经被秦盛扫地出门了。"

姜瑜沉默。

她心想，搬出去的明明是秦盛，就算是被扫地出门，那也是秦盛被扫地出门啊。

钟晚的酒杯被姜瑜夺走了，她干脆站起来，晃晃悠悠地走向邻桌。

"大小姐，您干吗去？"

"玩游戏。"

姜瑜一个头两个大，她实在忍不住了，给秦盛发了信息，让他快点来接这个小祖宗回家。

邻桌的几个男生看起来年纪都不大，好像还在上大学。钟晚走过去，直接不客气地坐下了。

"玩游戏吗？输了的喝酒。"钟晚才不会承认她的目的就是蹭酒喝。

几个大学生本来玩得就开，边上一个红头发的男人吹了声口哨，道："玩什么啊，姐姐？"

"随便，什么都成！"

"那就国王游戏吧。"红毛让酒保拿了牌过来，"抽到鬼牌的人可以随意点一个号码让他做一件事或者回答一个问题。"

钟晚爽快地点头，道："没问题。"

红毛发了牌，钟晚瞥了一眼自己的牌，勾起嘴角，直接翻开了，道："是鬼牌哦。"

周围顿时安静了下来。

钟晚眯了眯眼，看了一圈，淡淡地开口："三号和他右边的人隔着纸巾亲吻。"

大家立刻去看自己手中的牌。不一会儿，一个戴着眼镜的男生颤颤巍巍地举起了手，苦着脸说："我是三号。"

坐在他右边的哥们儿脸都绿了。

大家顿时爆笑。

眼镜弟和他右边的哥们儿再不情愿，还是在大家的逼迫下照做了。两个大男生隔着薄薄的一张纸巾亲在了一起。

周围的人都笑疯了。

新的一轮开始了。

这次钟晚可没有那么幸运地抓到鬼牌，她低头翻看了一下手里的牌，是四号。

这次的鬼牌被那个红毛抓到了。

他微微挑眉，手指微屈，淡淡地开口："四号。"

钟晚心尖一颤，颤颤巍巍地举起手。

红毛勾起嘴角，道："是姐姐啊，我这个人一向很善良，懂得尊老爱幼。

我就不为难姐姐了，姐姐只要回答我一个问题就好。”

秦盛正在加班，收到姜瑜的信息，脸瞬间就阴沉下来，抓起衣服就匆匆离开了公司。他一路飙车赶过来，冲进了酒吧。

刚一进门，他就看见了卡座上的钟晚。

秦盛皱着眉，正要过去，就听见一个红头发的人站起来大声问：“姐姐结婚了没有啊？”

秦盛脚步一顿。

下一刻，他清清楚楚地听到钟晚说：“没有！”

秦盛的脸色阴沉得可怕。

姜瑜在一旁战战兢兢的，她微微咳嗽了两声，快步过去推了推钟晚，道：“别玩了，秦盛来接你了。”

钟晚拍掉她的手，道：“秦盛是谁，我不认识！”

得，没救了。

姜瑜给了她一个自求多福的眼神，拎着包溜之大吉。

这小夫妻俩的事，还是让他们自己解决吧，毕竟床头吵架床尾和，还是需要两人深入交流的。

秦盛的脸色很难看，他走过去直接攥着钟晚的手腕把她拽起来，道：“走了。”

钟晚甩开他的手，道：“你谁啊，不要碰我！”

“就是，你谁啊，过来搭讪的？别碰姐姐。”一旁的红毛大声嚷嚷道，他过来要来拽秦盛的手，被秦盛直接甩到了沙发上。

秦盛居高临下地看着倒在沙发上的红毛，冷冷地道：“我是你姐夫，懂了？”

他冷着脸，拽着钟晚的手腕把人拽走了，那个红毛倒在沙发上，再没敢过来拦一下。

出了酒吧，钟晚用力甩开了秦盛，道：“你不要碰我，我还要回去玩游戏。”

"玩个鬼的游戏，你诚心气我是不是？"

"你凭什么骂我，凭什么和我吵架？"钟晚不甘示弱地叉着腰冲他嚷嚷。

两人倒是有几分像小学生吵架。

"钟晚，你别闹了行不行？"秦盛的脸色已经很难看了。

"我没闹，明明是你在和我闹。"钟晚的眼睛有点红了，"我明白你的意思，是，你不就是要和我分开吗？我成全你，明天我就收拾行李离开！"

秦盛脸色铁青，磨了磨后牙槽，直接拦腰把钟晚扛起来上了车。司机在车里等得百无聊赖，甚至哼起了小曲，一看到这场景，吓得脸都白了。

他透过后视镜看了一眼后排的秦盛，战战兢兢地问："秦总，回……回去吗？"

"回！"

钟晚一听，又开始闹起来了："我不回去！"

秦盛冷着脸，捏着钟晚的下巴，冷冷地问："你不回家，你还想去哪儿？嗯？"

"你都搬出去住了，我还回去干什么？"钟晚委委屈屈地开口。

秦盛的表情和缓了一瞬，而后他又冷哼一声，道："小没良心的，吵架了就不会来哄哄我？"

"你都自己找好了美女秘书，还让我哄你？"

秦盛愣了一下，皱了皱眉头，道："什么美女秘书？"

"别解释了！"钟晚推开秦盛，道，"我要和你分手！"

秦盛被她气得头疼，他看了一圈，突然冷声开口："停车。"

这儿是一条僻静的胡同，又这么晚了，周围连个人影都没有。

司机停了车，小心翼翼地问："秦总？"

"你自己打车回去吧。"秦盛淡淡地开口道，"一会儿我自己开回去。"

司机哪敢多问，忙点头下了车，一路小跑出了胡同。

等司机走后，钟晚气哼哼的，也要下车，被秦盛揽着腰拽回来，秦盛把她压在身下，抬手慢慢地去解她胸前的扣子，同时淡淡地开口："既然你不肯哄我，那我就自己索取福利了。”

钟晚想推开秦盛，可她喝了酒没力气，打在秦盛身上的拳头像小猫爪子似的软绵绵的。

秦盛掐着钟晚纤细的腰肢，钟晚仰着头，哭得嗓子都哑了，她几次想要躲开，都被秦盛拽着脚踝拽了回来。

到最后，她连挣扎的力气都没有了，软绵绵地靠在秦盛怀里，只能带着哭腔一遍遍叫秦盛的名字。

秦盛勾起嘴角，咬了咬她的耳朵，道：“叫老公。”

钟晚还残存着一丝理智，闭着嘴没开口。

秦盛眯了眯眼，微微用力，钟晚的理智瞬间崩塌，她搂着秦盛的脖子，哭着叫老公。

秦盛笑了，道：“乖。”

约莫凌晨的时候，秦盛才放开了钟晚。钟晚早就昏睡过去，脸上的汗把头发丝都粘在一起。

秦盛一脸餍足，吻了吻钟晚的耳尖，心满意足地道：“好了，我原谅你了。”

钟晚睡得迷迷糊糊，一概不知。

第二日中午醒来的时候，钟晚只感觉浑身都像散架了似的，一点力气也用不上，她看着一旁的秦盛，气不打一处来，一脚把他踹下了床。

秦盛摔得疼了醒了，他坐起来看了一眼钟晚，懒懒地开口：“怎么了？”

“怎么了？”钟晚咬着牙道，“你还敢问我怎么了？趁着我喝酒都做了什么，你自己心里没数吗？”

秦盛弯了弯嘴角，道：“这不是你原谅我的意思吗？放心，我已经原谅你了。”

“原谅你个头！”钟晚气得把枕头砸过去，“我没原谅你！你去找你的美女秘书吧，我今天就搬走！”

秦盛一把接住枕头，微微皱眉，道：“到底怎么回事？”

钟晚气呼呼地把事情跟他说了。

秦盛脸色难看，解释道：“我不知道。秘书是人事部招的，我这两天忙得团团转，压根儿连她长什么样都没记住。”

钟晚冷哼了一声。

“我一会儿就让人把她开了。”

钟晚沉默了一瞬，道：“那倒不用，我就是有点生气，其实也没什么。”

秦盛勾起嘴角，凑过去，问：“那你给我熬的鸡汤呢？”

钟晚睨了他一眼，不爽地道：“喂狗了！”

秦盛一噎，有些悻悻的。

下午两人一起去了公司，因为钟晚之前请了长假去了律所，这次回来还要去销假。

从人事部出来，钟晚看到秦盛发来的短信说让她上去一趟，她便没回办公室，直接坐电梯去了秦盛的办公室。

可巧了，她又在办公室门口看到了安娜。

安娜皱着眉看着她，道：“你怎么又来了？”

钟晚挑了下眉，还没来得及开口，就听见一道低沉的声音：“我让她来的。”

秦盛不知道什么时候走过来，很自然地牵住了钟晚的手。安娜惊讶得眼珠子都要掉下来了。

“管好你的嘴，我请的是秘书，不是生活助理，我的私生活还轮不到你来管，如果再这样，我就把你调去当保安了，我想那个岗位会比较适合你。”秦盛一番话说完，安娜脸都白了，

她咬了咬唇，点点头，讪讪地道：“我知道了，秦总。”

秦盛冷冷地瞥了她一眼，拽着钟晚的手直接进了办公室。

“叫我来干吗？”

“给你看个东西。”秦盛把桌子上的平板电脑递过去。

钟晚接过来一看，惊住了，问：“你什么意思？”

秦盛站在她身侧，抬手又点开了几张图片，道：“后面还有呢，这只是例图，给你看一下他的风格，具体的细节还要你自己想，他会过来

给你量尺寸，专门定做。如果你不喜欢这个设计师，还有其他的……”

“等等！”钟晚忙打断他的话，“你定做婚纱干什么？”

秦盛瞥了她一眼，反问道：“你觉得呢？除了结婚，我难道还要留着去烧火吗？”

钟晚不可置信地看着秦盛，道：“结婚？”

“你什么态度？”秦盛不悦地开口，“你不会是想始乱终弃吧？”

钟晚差点被自己的口水呛住，道：“不是……这也太突然了。什么时候结婚？”

“日子还没定，我的初步计划是大概一个月后，具体的日子还要看看那个月有没有什么黄道吉日。”秦盛说道，“你可以先给你妈妈打个电话，可以让她提前过来，顺便在A市玩几天。”

钟晚扯了扯嘴角，道：“这就不必了。可是……”

“没有可是。”秦盛抬手，按住了钟晚的唇。

“我已经迫不及待地想要娶你了。”

钟晚眨了眨眼，笑了。她踮起脚尖，亲在了秦盛的嘴角处，道：“好吧，秦先生，我批准了。”

秦盛和钟晚回去后对着日历看了好几天，又问遍了周围的十八路高人，终于定下了日子。

日子确定了，接下来就是各种采买。

钟晚约了姜瑜，连续逛了好几天的街。姜瑜从一开始的兴致勃勃到最后的有气无力。

从一家饰品店出来后，姜瑜无力地揉了揉额角，道：“宝贝，你还有多少东西要买？要不然咱们网购吧。”

钟晚打开手机中的清单看了看：“行啊，不过有几样不能网购，我们还是要把它买了……”

话没说完，钟晚感觉一个人影冲到了自己面前，她微微抬头，看到来人愣了一下，道：“妈？你怎么……”

啪！

她话还没说完，钟母猛地一个巴掌打过来。

钟晚被打蒙了，她捂着脸，不可置信地看着钟母，道:“妈，你干什么？你疯了？”

钟母扬起手还要打，姜瑜赶忙拦住了，道：“阿姨，您这是干什么？大庭广众之下，有什么事咱们回去再说。”

“怕什么？让大家都看看我这个好女儿都做了什么事！”钟母恶狠狠地道。

钟晚被气笑了，道：“你说说啊，我都干了什么。”

“你自己穿得光鲜亮丽，提着大包小包地买东西，你怎么对你弟弟的？你居然把他送进了监狱！你还是一个姐姐吗？你还是一个人吗？”

钟晚沉下脸，道：“那你怎么不问问我为什么把他送进去，你怎么不问问他做了什么？”

“不管他做了什么，他都是你弟弟！你们可是骨肉血亲啊，打断了骨头还连着筋呢，你怎么这么狠心啊你！”钟母指着她骂，“我当初生下你的时候就应该把你掐死！”

“对，你就应该把我掐死，那我就不用很小的时候就要洗全家人的衣服，不用每天踩着凳子做全家人的饭菜，不用为了上学苦苦哀求你，不用每个月都让你压榨给你们打钱！”钟晚咬着牙，掰着手指头数，“家里盖房子我出钱；钟诚要找工作让我出钱，结果钱被他拿去喝酒了；钟诚要买车你让我拿钱；钟诚要买房子你让我出钱……是不是哪天钟诚死了，你还要让我出钱给他买墓地啊？”

“那是你弟弟，你帮衬他是应该的！”

“那我凭什么在这个家就不能得到一点爱？就要受苦受累？”钟晚强忍着泪水，她看着面前的钟母，突然一股无力感从心底涌出来。

这些事她不是没和钟母说过，可她根本听不进去。

“算了，我懒得和你吵。我快结婚了，如果你愿意参加我的婚礼祝福我，我很高兴，可如果你是来为了钟诚的事指责我，那对不起，还请你不要来找我！”钟晚说完这句话，就拽着姜瑜的手快步离开了。

上了车，姜瑜看着钟晚，叹了口气，道："你早就知道她是什么样的人，又何必因为这些事生气呢？"

钟晚沉默了一瞬，又点点头，道："你说得对，他们不值得我生气。"

晚上，秦盛看到钟晚脸颊上的伤，面色冷下来，问："怎么弄的？谁打的？"

钟晚别开头，道："我没事。"

秦盛眯了眯眼，声音微冷："到底怎么回事？"

钟晚抿了抿唇，把下午发生的事说了一遍。

秦盛沉着脸色道："既然这样，也没必要请她来参加我们的婚礼了，反正她也不会祝福你。"

钟晚点点头，她靠在秦盛的肩上，轻声道："我觉得她还会来找我。"

"我会处理的，你不要担心。"

钟晚点点头。

钟晚的猜测是对的，钟母给林东打了电话，知道钟晚在秦氏上班，她准备去蹲点，最好在公司里大闹一场，钟晚面子挂不住，自然就会松口放过钟诚。

她自始至终都没想过，她这么做会对钟晚的工作造成什么影响。

一大早，钟母就守在公司门口准备等钟晚。

刚等了一会儿，就有一个中年人过来，他拍了拍钟母的肩膀，问："你是打算救你儿子吗？"

钟母一愣，道："你怎么知道？"

中年人笑了，道："就没有我不知道的事，你跟我走，我有办法把你儿子弄出来。"

钟母一喜，急忙屁颠屁颠地跟着中年人走了。

中年人把钟母带到了一家酒店里，他推开一个房间的门，扬了扬下巴，道："进去吧，里面的人能救你儿子。"

"好好好。"钟母乐得见牙不见眼，忙走进去。

房间里的沙发上坐着一个穿着蓝色西服的男子，他身旁站着两个穿黑衣服的人。

钟母仔细看了看，皱起眉头，道："是你？是钟晚让你来的？"

秦盛勾起嘴角笑了，眼底却一片冷意。

他微微扬了扬下巴，两个黑衣人立刻过去把钟母押到了房间中央的椅子上。

"欸……你们干什么？"钟母挣扎着道。

"和你谈谈。"秦盛淡淡地开口。

"我跟你没什么好谈的。"钟母顿了顿，眼睛一转，"你要和钟晚结婚对吧？这样，你把我儿子救出来，我就答应让你娶钟晚。"

秦盛笑了。

"你怕是还没看清形势。我明明白白地告诉你吧，其实我根本不是什么商人，而是一个杀人犯，可我现在能好端端地站在你面前，这说明什么？"秦盛勾起嘴角冷笑一声，一字一顿地说道，"我上头有人。"

一旁的黑衣人嘴角抽搐，快憋不住笑了。

他们是专业的，一般不会笑，除非忍不住。

"你儿子其实就是我弄进去的。本来他只被判了半年，可你若是再来找钟晚，我就会再给他加半年。你来一次，我加一次。看看这一辈子，你还能不能有机会活着见到你儿子从监狱里走出来。"

钟母被吓得脸都白了，她嘴唇哆嗦，颤颤巍巍地开口："你在吓唬我呢？"

秦盛冷笑，从一旁的桌子上拿过一把匕首，猛地扎进一个黑衣人的胸膛。黑衣人惨叫一声，倒在地上。

钟母吓得大叫一声："啊！你……你杀人了？"

"早就说了，我上头有人，不管做什么都没事。"秦盛冷冷地看着钟母，又问了一遍，"听明白我的意思了？"

钟母颤颤巍巍地点头，道："听明白了，我明天……不！今晚，我今晚就走，回老家，再也不来了！"

秦盛满意地点点头。

他拍了拍手，那个中年人推门进来。

“把她送去车站。”秦盛吩咐。

中年人点点头，拽着钟母往外走，钟母腿都软了，脚步踉踉跄跄的。

等钟母走后，屋内安静了一瞬，而后爆出一阵大笑。

地上那个黑衣人站起来，从胸口处拿出一坨猪肉，上边还插着匕首，他挠了挠头，道：“秦总，这猪肉能拿回去包饺子吗？”

秦盛勾起嘴角，点点头。

一连半个多月都没看到钟母的身影，钟晚惊讶得拽着秦盛问他到底用了什么法子。

秦盛笑了笑，道：“秘密。”

“你居然能搞定她。”钟晚抱拳，“大哥厉害。”

秦盛挑了下眉，神秘道：“晚上跟我去个地方。”

钟晚一愣，问道：“明天就结婚了，你今晚要带我去哪儿啊？”

“去了你就知道了。”

钟晚有些迟疑，道：“可是结婚前一晚我们不能见面，姥爷不会同意的。”

这次结婚，钟晚的父母不在，秦盛自然也没有。两人一合计，干脆住到了姥爷家，第二日一早秦盛带着婚车车队出去绕一圈再来接钟晚。

“我自有办法。”秦盛淡淡地道。

晚上吃完饭，姥爷冷哼一声，把秦盛赶去了二楼的客房睡，道：“臭小子不许出来，不许和晚晚见面。”

秦盛吊儿郎当地笑了，敷衍地道：“知道了。”

姥爷睨了他一眼，叮嘱道：“你的房门我会从外面锁住，明天一早再给你打开。”

秦盛的笑容僵在脸上。

深夜，钟晚翻来覆去地睡不着，她一面好奇秦盛今晚到底要带她去哪儿，一面又担心秦盛出不来。

不知道过了多久，钟晚迷迷糊糊有了一丝睡意，突然听见了一阵敲窗户的声音。

她瞬间惊醒了，披上外套就跑到了窗边。

她打开窗户，外面果然是秦盛。

钟晚看着他，惊讶地道："你不会是从二楼跳下来的吧？"

秦盛勾起嘴角，得意地道："这旁边有棵树，我跳到树上，又从树上下来的。"

钟晚弯着眼睛笑。

秦盛注视着她，道："美丽的公主被困在这里一定很伤心吧，让我来带你出去吧。"

钟晚眨了眨眼，说："可是我已经被许配给了邻国王子。"

"所以啊，你愿意和我私奔吗？勇敢的骑士一定会保护你的。"秦盛对着钟晚伸出手。

他背对着月光，认真地看着钟晚。在月色下，两人倒真像是古老传说种的侍卫与公主，他们将一起逃出幽森的城堡。

钟晚笑了，将手放到秦盛的手掌里，道："当然愿意。"

一楼的窗子有一点高，钟晚站在窗边，迟疑地问："你真能接住我？"

秦盛静静地看着她，道："相信我。"

钟晚弯了弯嘴角。她闭上眼，猛地跳下去，耳侧有风吹过，下一刻，她跌入了一个温暖的怀抱。

秦盛的声音在她耳边响起："我说了，我会保护你。"

秦盛带着钟晚悄悄从小门溜出去，门口停着一辆摩托车。

秦盛翻身跨坐上去，又把钟晚拽上来。

钟晚坐在他身后，搂着他的腰，咬了咬唇，道："今天走的……是复古风？"

秦盛勾起嘴角笑了，问："还记得我们之前去海边吗？"

钟晚愣了一下，问："你现在要带我去海边？"

秦盛没说话，一脚踩下油门。

姥爷家在郊区，离海边不远，半个小时左右两人就到了。

深夜的海边空荡荡的，连个人影都没有。不过今晚月色很亮，晃在海面上，像是洒了一层银霜。

"这是什么？"钟晚指了指一旁的几个大箱子。

秦盛走过去打开，里面满满的都是烟花，他道："我们来放烟花吧。"

钟晚和秦盛并排坐在海边，钟晚跃跃欲试，道："我先来吧。"

"好。"

钟晚小心翼翼地点燃了烟花，然后捂着耳朵，和秦盛跑得远远的。

啪！

烟花在空中绽放，五彩斑斓，点亮了夜空。

秦盛从身后搂着钟晚的腰，轻声道："骑士用他的生命起誓，会一生珍爱公主、保护公主。"

钟晚弯了弯嘴角。

秦盛接着道："从此，公主和骑士过上了幸福快乐的生活。"

他偏头，吻了吻钟晚的耳垂，突然说了一句："我有没有跟你说过？"

"什么？"

"我爱你！"

出去玩了一晚上的下场就是第二天钟晚起晚了。

姜瑜都带着造型师和化妆师匆匆赶过来了，钟晚还没睡醒。姜瑜气得头疼，赶忙把钟晚拽起来，念叨着："祖宗，结婚当天睡懒觉，你是头一个。"

她看了钟晚一眼，瞪大了眼睛，问道："这么大的黑眼圈，你去做贼了？"

"是啊。"钟晚懒懒地打了个哈欠，"去偷月亮了。"

姜瑜翻了个白眼，扭过头吩咐化妆师："等下记得给她眼下多上一点遮瑕。"

化妆师忙点头。

她再转头一看，钟晚又躺下了。

“快去洗漱！”姜瑜气得直接把她拽到洗漱间。

钟晚勉强打起精神点点头。

兵荒马乱地折腾了一早上，钟晚终于收拾好了，几个人匆匆赶到了会馆。

等待入场的时候，钟晚有些紧张地握了握姜瑜的手，道：“怎么办？我有些紧张。”

姜瑜安慰她：“怕什么，秦盛就在里面等你呢。”

钟晚深呼吸一口气，强迫自己冷静下来。

不知道过了多久，她终于听见了里面婚仪的声音：“下面有请新娘入场。”

面前的大门缓缓打开。

姜瑜在她身后给她提着婚纱的裙摆，见钟晚愣在原地，小心地提醒她道：“走啊，要走红毯了。”

屋内宾客满堂，面前是长长的红毯，红毯尽头的台上，秦盛穿着白色的西装站在那儿，笑着看向钟晚。

那一刻，钟晚突然什么都不怕了。

她弯起嘴角，抬脚走上红毯。

钟晚发现自己怀孕是个大乌龙。

刚入了夏，她就整日没胃口，看什么都觉得恶心。她以为是天热的缘故，也没放在心上。

正巧公司体检，钟晚本来没打算去，阮锦锦不知道，报名的时候顺便把她报上去了。

钟晚无奈，只能跟着大家一起去体检。

体检结束后去取报告，医生特意把她叫到办公室，面色严肃地问：“钟小姐，你结婚了吗？”

钟晚以为自己得了什么绝症，吓得脸都白了。她战战兢兢地开口：“结婚了。”

医生笑了，把报告递给她，道：“恭喜你，要做妈妈了。”

钟晚脑子里轰的一声，僵在原地，拿着报告左看右看，后来医生忍不住提醒她：“你拿反了。”

钟晚尴尬地笑了笑。

她掐了掐自己手心，强迫自己冷静下来。

告别医生后，钟晚请假直接回家了，顺便给秦盛发信息，让他下班早点回来。

秦盛知道钟晚今天去体检了，以为她查出了什么病，吓得不行，一连推掉了三个会议，直接开车回家。

他一进门，发现钟晚正哼着小曲窝在沙发上追剧。

“怎么这么早就回来了？”钟晚诧异地问。

见钟晚面色如常，秦盛才松了一口气，问道：“你不是让我早点回来吗？怎么了？”

钟晚淡淡地开口：“哦，没什么事，就是告诉你一声，你要做爸爸了。”

屋内瞬间安静了。

钟晚看了一眼秦盛，忙道：“你……你怎么眼睛红了？”

秦盛揉了揉眼睛，声音低低的：“风吹的。”

钟晚看了看关得死死的门窗，乐了。她走到秦盛面前，拽过他的手放到自己的肚子上，笑着说：“别哭啊，小心你儿子笑话你。”

秦盛小心翼翼地弯下腰，把头靠在钟晚的小腹上。

沉默了一瞬，秦盛忍不住开口：“他怎么不动啊？”

钟晚忍不住翻了个白眼，转身走开了。

从那天开始，钟晚就“被迫”无期限地放假了。她在家闲得快长毛了，只能偶尔叫姜瑜和韩致过来打打牌。

“现在你知道我当时的痛苦了吧？”姜瑜道。

钟晚瞥了一眼一旁的秦盛，重重地点点头。

秦盛勾起嘴角，扔出了两张牌，道：“对 A。”

韩致皱着眉，问：“我们是一伙的，你管我做什么？”

秦盛懒懒地笑了，道：“策略。”

和每个家长一样，给孩子取名字是个天大的难题。两人争执了很久，最后还是钟晚定下了名字。

若是男孩，叫秦屿；若是女孩，就叫秦虞。

钟晚怀孕的时候就和其他人不一样，过了头三个月就再没害喜过，也没什么其他不舒服的，除了肚子大一点，就没有其他反应了。

甚至有一次她和秦盛去逛商场，从卫生间出来的时候脚一滑摔在地上，秦盛当时吓得脸都白了，几乎是跑过去把钟晚抱起来。钟晚怀着孩子，比平时沉了不少，秦盛硬生生一路把她抱到了车上。

到了医院，一通检查下来，医生认认真真地看着报告，最后吐出两个字："没事。"

秦盛皱着眉，犹豫道："医生，要不再查一遍吧，都摔倒了怎么可能没事？"

"我还是第一次遇到有人要多做几遍检查的。"医生被气笑了，道，"真没事。"

回去的路上，钟晚摸了摸肚子，自言自语："这么皮实，估计是个男孩。"

秦盛有些闷闷不乐，道："我想要个女孩。"

本以为钟晚会生气，谁知钟晚也跟着叹了一口气，遗憾地道："我也是。"

小屿在肚子里踹了一下钟晚。

钟晚这胎怀得轻松，生孩子的时候却有些艰难。她提前几天就住进了医院，本来一切检查都好好的，医生说建议顺产。

钟晚也答应了。

谁知把人推进去后，临时出了状况，需要转剖腹产。

医生让秦盛签同意书。

秦盛拿着笔的手都在发抖，他平时签几个亿的单子都面不改色，现在只是签自己的名字，他却几乎拿不住笔。

他勉强签完自己的名字，然后红着眼睛看着医生，道："拜托了医生，不能让我太太有事。"

“我们会尽力的。”

等待的过程是漫长的，秦盛坐在长椅上，只觉得一颗心都揪了起来，像是被人用小刀一点点地刮着，疼得连呼吸都十分困难。

嘭。

手术室的门被推开，一个护士快步走出来，着急地道：“三号床产妇产后出血，三号床的家属在哪儿，需要签病危通知书！”

秦盛的脸猛地白了。

他霍地站起来，踉踉跄跄地就要往手术室里去，护士忙拦住他：“欸，你干什么？你是三号床的家属吗？”

秦盛张了张嘴，嗓子眼却像被堵住了似的。

他低头看着病危通知书上的名字，上面写的不是钟晚。那一刻，秦盛浑身的力气都被抽走了。

“不，不是。”

护士白了他一眼，不满地道：“那你干什么？耽误时间。”

秦盛靠在墙上，手不自觉地颤抖着。不知道过了多久，钟晚终于被推了出来。

秦盛忙奔过去，看到躺在推车上的钟晚面色惨白，眼睛紧紧闭着。

“医生，我太太怎么了？”

“没事，脱力了睡过去了。”护士推着一辆婴儿车过来，道，“恭喜，是个儿子。”

秦盛连看都没看，他擦了擦钟晚额头上的冷汗，着急地道：“那我太太什么时候能醒过来？”

护士一噎：“你儿子……”

“她醒了后能吃东西吗？还会不会痛？”

护士有些无语，一时不知道该回答哪个问题。

钟晚醒来的时候是晚上了。

她动了动手指，一睁开眼就看到了睡在一旁的秦盛。

这时候姜瑜正巧推门进来，惊喜地道："晚晚，你醒啦？"

秦盛惊醒，抬头看了一眼钟晚，松了一口气，道："你怎么样，有没有哪里不舒服？"

钟晚摇了摇头，问："孩子呢？"

姜瑜忙说："我去给你抱过来。"

秦盛抬手，碰了碰钟晚的脸颊，问："疼吗？"

钟晚摇了摇头。

秦盛的眼睛有些发红，他捏着钟晚的下巴，轻轻吻了上去。

钟晚愣了一下，而后弯着眼睛笑了。

往后余生，她会和她的少年郎在一起，再不分开。

番外一

关于爱情

1. 诽谤

当初钟晚搬过去和秦盛一起住，几乎是被秦盛半利诱半威胁的。

那时候钟晚寝室正好有同学搬出去，学校立刻安排了一个刚上大一的学妹搬进来住。

学妹是本地人，家里条件不错，平时在寝室就一副高高在上的公主范儿，当然看不上钟晚。不过钟晚平时除了晚上睡觉，很少在寝室待着，两人也没什么正面接触，更不可能发生矛盾。

一个星期六，秦盛正好不忙，就到学校来接钟晚。

巧的是，钟晚被老师叫去帮忙，一时走不开。秦盛等得有些不耐烦，便在女生宿舍楼下倚着墙抽烟。

准备回家的学妹一下楼就看到了秦盛。

秦盛穿了一件普普通通的白 T 恤，嘴里叼着烟，眉眼带着冷厉，一身的痞气，和周围那些书生气十足的学生截然不同。

学妹眼前一亮，两片红云飞上脸颊，是心动的感觉。

她理了理头发，快走几步过去，轻轻咳了两声，温柔地开口：“你好，在等人吗？我是这儿的学生，或许能帮到你。”

秦盛懒懒地瞥了她一眼，道："用不着。"

学妹脸上的笑容一僵。她长得漂亮，出身又好，何曾被人这么甩过脸子，只觉得脸上火辣辣的，想离开，又觉得不甘心。

忍了忍，她还是觍着脸开口："那……能加个微信吗？"

秦盛嗤笑一声，从兜里掏出一部老年机，在学妹面前晃了晃，道："我没有微信。"

学妹愣了一下。

这时候，钟晚回来了，看见两人站在一起还怔了一下，她问："学妹也在这儿？"

学妹脸色难看，没开口。

钟晚已经习惯了学妹给她甩脸子，她转头看着秦盛，有些抱歉地道："抱歉，我有事耽搁了。"

秦盛没说什么，拽过钟晚的手就走。

学妹怔在原地，看着两人亲昵的样子，还有什么不明白的。

晚上钟晚回到寝室时，学妹心里还堵着气，阴阳怪气地开口："学姐，今天那个是你男朋友吗？"

"是啊。"钟晚低头整理衣服，头也不抬地道。

"你男朋友是做什么的啊？"

"他在修理铺上班。"

"学姐好歹也是名牌大学的学生，怎么找了一个这样的男朋友？"学妹撇撇嘴，不屑地道，"修理铺打工的，没出息。"

钟晚动作微顿，她皱了皱眉，道："我找什么样男朋友，我男朋友是什么人，似乎和你没关系吧？"

学妹沉下脸来，说："我就是好心提醒学姐，学姐不领情就算了。"

自那以后，钟晚几乎没再和那个学妹说过话。只不过很奇怪的是，她走到哪儿都有人偷偷看她，钟晚一开始没觉得什么，直到后来辅导员叫她到办公室，告诉她她的奖学金名额被取消了。

"有人举报你私生活不检点，学校最终决定取消你的奖学金。"辅导员一脸严肃地开口。

钟晚愣在原地，咬了咬唇，解释道："我没有。"

"有没有不是你说了算的。"辅导员皱眉，把手机递给钟晚，"你自己看看你现在风评有多差。"

钟晚接过手机一看，脸唰地白了。

手机上显示的是学校论坛的主页，置顶的一条是关于钟晚的帖子。

她点开帖子，见是一个人匿名发布的，说什么钟晚私生活混乱，和许多小混混发生过关系云云。

底下的评论更是不堪入目。

钟晚拿着手机的手都在颤抖。

辅导员叹了一口气，道："本来看你家境不好，学习还算用功，每年的奖学金我都是第一个把你报上去，可没想到你这么不争气。"

钟晚咬了咬唇，把手机放下，转头就走了。

她几乎是一路跑着回到寝室的，学妹正坐在床上低着头涂指甲油，听到开门声，抬头瞥了她一眼，冷笑一声，嘲讽道："哟，学霸去领奖学金回来了。"

钟晚站在她面前，静静地道："是你做的吧？"

学妹身子一僵，又笑了，她说："学姐说什么，我听不懂。"

"论坛里的帖子。"钟晚冷冷地看着她，道，"你是不是忘了我是学什么的？造谣诽谤是要承担法律责任的。"

学妹的脸色有些不自然，嘴硬道："这件事跟我无关，你有证据吗？"

"我会找到证据的。"钟晚咬了咬牙，道，"希望你到时候能承担起后果。"

学妹白了她一眼。

钟晚从寝室跑出去的时候外面下着大雨，她没带伞，浑身都湿了，她一路跑着去找秦盛。

秦盛正在车底下修车，还是于哥把他叫出来的。

"秦盛，你看，那是不是小钟？"于哥指着从不远处跑过来的人，有些不确定地开口，"这么大的雨，她怎么也不打伞？"

秦盛眯了眯眼，脸一下子沉了下来。

他快走几步迎过去，直接把身上的外套脱下来披到钟晚身上。

“你疯了是不是？”秦盛咬着牙，没好气地开口，“回头感冒发烧了怎么办？那么怕吃药。”

钟晚紧紧地抱着秦盛，身子颤抖得厉害，她把头埋在秦盛怀里，好像能从中汲取那么一点暖意。

秦盛皱着眉，感觉到钟晚的不对劲。他拍拍钟晚的肩膀，声音放柔，道：“有人欺负你了，嗯？”

钟晚只是不停地抽泣，哽咽着一遍遍叫着秦盛的名字。

秦盛抿了抿唇，拦腰把钟晚抱起来走回出租屋。

第二天，秦盛去学校找辅导员。

学妹正好去办公室送材料，看见秦盛时愣了一下。

“我会查 IP 地址，这件事不会就这么轻易算了。”秦盛瞥了一眼学妹，淡淡地开口，“查出来是谁做的，我们会起诉。”

辅导员有些尴尬，不知道该说什么。

学妹的脸色有些不自然，她在一旁阴阳怪气地道：“也不一定是假的。你是钟晚男朋友？那我劝你要小心了，别被戴了绿帽子都不知道。钟晚她啊，特别有心计，她……”

啪。

秦盛把桌子上的玻璃杯摔到了地上，哗啦啦碎了一地。

学妹和辅导员都吓了一跳。

“我一般不打女人。”秦盛冷冷地看着她，“你介意让我破例吗？”

学妹脸都白了。

“钟晚怎么样，还轮不到你说三道四。”秦盛嘴角勾起，眸底却是化不开的冰霜，“你最好祈祷这件事不是你做的，不然你的下场一定会很惨。”

秦盛的目光从面白如纸的学妹身上移开，他道：“抱歉老师，玻璃杯多少钱？我赔给你。”

当天，秦盛就把钟晚的东西搬到他那间低矮的房子里。

钟晚问秦盛要怎么查 IP 地址，秦盛只说让她别管。

“事关我的清白，我怎么能不管？”钟晚皱着眉道。

秦盛低低地笑了一声，拽着钟晚的胳膊让她坐到自己腿上，手不老实地顺着她的衣摆往上探，他道：“你和我早就不清白了，你忘了？”

钟晚气得要打他，却被秦盛狠狠一捏，她顿时皱起眉头，痛呼出声：“很疼！”

“疼了？”秦盛挑着眉，笑容带了几分邪气，“我看看。”

“别闹了，我要去看书了。”钟晚往后躲着他，却被秦盛直接拦腰抱到了床上，反正这屋子狭小，床和椅子不过隔着方寸距离。

“我帮了你，你不应该好好报答我吗？”秦盛俯下身子，在钟晚锁骨上留下一个个殷红的痕迹。

“别在这儿……”钟晚的声音又轻又细，带着一丝哭腔，“会被看到。”

秦盛眯了眯眼睛，道：“你怕被谁看到，嗯？”

他用了几分力气，钟晚喉咙一噎，说不出话了。

日暮低沉，昏黄的光透过窗子落在两人身上，薄薄地洒了一层。

后来 IP 地址查到了，果然是学妹做的。不过这些事秦盛没让钟晚插手，钟晚也不知道他到底是怎么做的，竟直接让学妹退学了。

辅导员还特意找到钟晚，诚恳地跟她道了歉，把奖学金又归到了她名下。

钟晚领到奖学金后，兴冲冲地去找秦盛。

“现在知道你老公的厉害了吧？”秦盛眯着眼，在钟晚的耳侧亲了亲。

“我在和你说正事，你能不能别总……”钟晚去推秦盛，低声道，“为什么你一见我就要做那种事？”

钟晚忍不住想，秦盛是不是因为她能陪他睡，才和她在一起的。

秦盛的脸色瞬间变得很难看，他放开钟晚，冷笑一声，道：“你当我稀罕呢。”

钟晚的脸色有些发白。

她低着头，硬生生把眼泪憋了回去。

她是开开心心来找秦盛的，她不想和秦盛吵架。

低着头沉默了好一会儿，钟晚才咬着唇，举着手给秦盛看，道：“我昨天涂了指甲油，好看吗？”

钟晚的手又白又细，只是因为小时候长年干活儿，手上有一层薄茧。

“丑死了。”秦盛只瞟了一眼。

钟晚的脸色更加难看了。

她记得傅瑶当初也涂过这种颜色的指甲油，不知道秦盛对此是不是也是这么评价的。

大概是看出来钟晚脸色不好，秦盛放缓了语气道：“想吃什么？”

钟晚扯了扯嘴角，勉强笑了，说了一句“都行”。

她想，秦盛应该是舍不得那么和傅瑶说吧，秦盛面对傅瑶大概永远都是温言细语，只有在自己面前，他的脾气才那么坏。

或许他并不喜欢自己。

2. 吃醋

过了盛夏，钟晚参加了专业课题小组，常常在学校忙到很晚才回去。

天黑得越来越早了。这天，秦盛干脆去学校接钟晚。在学校门口打了钟晚电话没人接，秦盛懒得等，直接进了教学楼。

整栋楼都黑漆漆的，只有一楼拐角第一间教室还亮着灯。

秦盛走过去，见门半开着，钟晚低着头在写什么东西，旁边坐了一个男生，指着她的本子说着什么，钟晚轻轻地笑了。两人凑得近，乍一看，和校园里谈恋爱的那些情侣没什么两样。

秦盛靠在门上，目光微冷。

那个男生先看到了秦盛，推了钟晚一下，问：“是不是找你的？”

钟晚抬头看到秦盛，有些惊喜。她一边收拾东西，一边道：“抱歉啊，我先回去了，我男朋友来接我了。”

男生愣了一下，问：“你有男朋友了？”

钟晚点点头，快走几步到了门口。

男生看过去，见门口的男子很自然地接过钟晚的书本，然后拽了钟晚一把，把她搂在自己怀里。然后，男人也抬头看过来，眸子里带着冷意。

男生一惊，慌忙垂下头。

秦盛勾起嘴角，紧紧搂着钟晚。

“你怎么来接我了？”钟晚并没有注意到秦盛的脸色。

“怕我来接你，还是怕我看到什么不该看的？”秦盛冷冷地开口。

钟晚这才注意到他脸色不对劲。

“你怎么了？该不会是生气了吧？我之前和你说过了啊。”钟晚咬了咬唇，心底竟有一丝窃喜。

秦盛吃醋，是不是证明他有一点喜欢自己？

“你可没说要和一个小男生这么晚坐在一起。”秦盛眯了眯眼，顿住脚步，拽着钟晚的手腕把人抵到一旁的树干上，微微低着头，在她耳侧低声道，“我是不是太纵容你了？”

大概是秦盛的样子太危险，钟晚这才有些慌了。

“你别乱来，这里会有人看见。”钟晚结结巴巴地开口，“我和他只是一个课题组的。”

“你是嫌我读书少？他和你才有共同话题？”秦盛冷笑一声。

钟晚腿都软了，挣扎着想让秦盛放开她。

秦盛微微弯腰，咬了咬她的耳尖，道：“就应该把你锁在家里，看你还怎么出去勾搭小白脸。”

钟晚脸红得像是能滴出血，她垂着头，小声地开口：“秦盛，你不要总是说这种话。”

“我还以为你很爱听。”秦盛勾起嘴角。

钟晚气得要打他，可手腕被他攥住，挣不开。

秦盛眯着眼睛上下打量她一圈，才把手松开，道：“回去再收拾你。”

钟晚低着头，揉着被攥红的手腕，只装作没听见。

3. 生日

秦盛的生日，钟晚还是从于哥嘴里听到的。

“秦盛要过生日了？”钟晚诧异地问。

“你不知道？”于哥有些意外。

钟晚摇了摇头，有些不好意思地开口：“他没和我说过。”

“我也是他之前填表格时看见的。”于哥挠了挠头。

知道这件事后，钟晚立刻去查了银行卡余额。自上大学以后，家里没给过她一分钱，奖学金也刚刚够学费而已，她每个月的生活费还要自己打工才能勉强挣够。可现在已经是月末了，地主家都没了余粮，更别提“贫农”钟晚了。

而离秦盛过生日只剩几天的时间了。

钟晚在学校对面的餐厅找了一份刷盘子的零工，一天一结，工资倒是不错，只是每天都要很晚才下班。钟晚骗秦盛说自己要和朋友练英语，为了防止秦盛去学校找她，特意声明是和室友一起。

连刷了三天盘子，钟晚的手被冷水泡得皱皱巴巴的，手上还被划了好几个口子，也幸好每天都回去得晚，一直没被秦盛发现。

秦盛生日的前一天，钟晚买了自己认知里特别贵的一件衣服，是一件三百多块的上衣。

钟晚用精致的包装袋包好，藏在衣柜里，然后装作一副若无其事的样子。第二天，钟晚特意早起，给秦盛煮了两个鸡蛋。

秦盛醒了后，习惯性地闭着眼在身旁摸了摸，却摸了个空。

他瞬间惊醒，听到钟晚做早餐的声音后才又躺了回去。不过也睡不着了，他揉了揉头发，随手套了衣服起来。

“醒了？”钟晚一脸严肃地看着他，“先别动。”

秦盛皱着眉，问：“搞什么？”

钟晚变戏法似的拿出两个刚煮好的鸡蛋，顺着秦盛的头一路滚过胳膊、身子，嘴里还念念有词：“滚一滚，长命百岁。”

秦盛难得地愣在原地。

“好了。”钟晚笑眯眯的，把那两个鸡蛋敲开剥好，递到秦盛的嘴边，“快吃了。”

秦盛这才注意到钟晚手上一道道细小的伤口，他皱起眉头，问：“怎么弄的？”

钟晚忙岔开话题：“快吃了，吃了。”

秦盛一口咬住鸡蛋，嚼几下就吃下去了。

“生日快乐！”钟晚笑着，眼睛弯弯的，她踮起脚尖，亲了亲秦盛的额头。

秦盛整个人僵住了。

如果是平时，他可能早就把钟晚按在怀里亲热，可在刚刚，在钟晚踮起脚尖亲他的那一刻，他突然有些不知所措。

“生日礼物！”钟晚回头，把准备好的礼物递给秦盛，又推着秦盛去换上。

秦盛打开包装袋，里面是一件小众品牌的衣服，平时他看都不会看一眼，可他知道，这足够顶上钟晚半个月的生活费。

他脑海里突然闪过钟晚手上一道道细碎的伤口，觉得胸口闷闷的，一时说不上来是什么感受。

自母亲去世后，他已经不知道有多久没人记得他的生日了。没人会再给他煮鸡蛋，滚鸡蛋。

“换好了没有？”钟晚忍不住在外面催促。

“好了。”秦盛匆匆换上衣服走了出去。

钟晚看了他一眼就叹了一口气，道：“你是小孩子吗？领口都翻过去了。”

说着，她伸手去帮秦盛整理领口。

“钟晚。”秦盛突然攥住她的手，然后抬眸，漆黑的眸子静静地看着她，“你不用对我这么好。”

钟晚愣了一下，而后笑了。

“我要一辈子对你好。”

4. 爬山

秦盛是一个对大部分娱乐活动都没有兴趣的人，包括爬山。

钟晚听室友说南山上有一座庙，庙后面有一棵树，久而久之，不知道怎的，就成了姻缘树，很多情侣都去那儿绑红布条。

钟晚听了后心里痒痒的，自然也想和秦盛一起去，不过她又不好意思直接说是为了求姻缘，只说想让秦盛陪她去爬山。

秦盛被她磨得没办法，只能跟于哥请了一天假。

到南山得先坐一趟大巴车。

因为是山路，一路颠簸。一路上钟晚吐得东倒西歪，秦盛想带她直接掉头回去，可钟晚偏偏不干，死活要去南山，最后还是吃了片晕车药，靠在秦盛肩膀上才勉勉强强睡着。

车到达南山后，秦盛轻轻把钟晚摇醒。

他看着钟晚苍白的脸色，皱着眉开口："折腾自己好玩？"

钟晚咬了咬唇，没吭声，拽着秦盛的胳膊往前走。

南山不大，但胜在清静。钟晚本就一路吐得没了力气，更别提还要爬山，爬到一半就气喘吁吁，两条腿好像灌了铅，沉得迈不动。

秦盛看不下去，干脆背对着钟晚半蹲下去，沉声道："上来，我背你。"

钟晚愣了一下，问："你要背着我……爬山？"

"快点。"

钟晚犹豫了一下，还是爬了上去，她紧紧搂着秦盛的脖子，小声地开口："你是不是又要说我胡闹了，非要来爬山，来了还要你背着我。"

秦盛嗤笑一声："算了，习惯了，你哪天没胡闹？"

钟晚不吭声了。

也幸好南山不高，秦盛背着钟晚走了一段路就到了。

到了山上，钟晚借口去买水，不一会儿笑嘻嘻地回来，说自己听说后边有个庙，问秦盛想不想去看看。

秦盛懒懒地开口："不想。"

"来都来了，就去看一眼吧。"钟晚拽着他的衣角，可怜巴巴地道。

秦盛挑了挑眉，瞥了她一眼，起身往庙的方向走去。

钟晚偷偷笑了，忙跟上去。

庙不大，香火倒是挺旺盛。钟晚和秦盛上了香，起来后，钟晚悄悄问秦盛刚刚许了什么愿，偏偏秦盛嘴紧得厉害，一个字都不肯说。

钟晚心里惦记着后院那棵姻缘树，也没多问。两人一路走到后院，果真瞧见院中央有一棵枝繁叶茂的大树，上面挂满了红布条，风一吹，四处飘动。

钟晚装作什么都不知道的样子，问："秦盛，这是什么？"

秦盛似笑非笑地瞥了她一眼，走近两步，看了看树上挂的牌子，淡淡地开口："姻缘树。"

钟晚眼睛一亮，道："我们也写吧。"

钟晚去找了一根红布条，把自己和秦盛的名字并排写在了上面，她仰着头，招呼着秦盛："你来系，你要把它系在最高的那根树枝上。"

秦盛突然弯下腰，将钟晚抱了起来。

"啊！你做什么？"钟晚惊呼一声。

"你来系。"

钟晚愣了一下，随即转过头，伸长胳膊把红布条系好。

回去的路上，钟晚没忍住问秦盛："你是不是早就知道姻缘树的事？"

秦盛没说话，只是勾起嘴角笑。

钟晚又羞又气，忍不住去踩他的脚，秦盛躲了两下，干脆直接把钟晚搂在了怀里，道："我刚刚只是觉得……"

"什么？"

"你很可爱。"

5. 思念

秦盛刚离开修理铺去工地的时候，钟晚本来是没打算过去的。

她一向很讨厌给秦盛添麻烦。

可她实在太想秦盛了。

吃饭的时候想，走路的时候想，读书的时候想，就连每天躺在床上睡觉的时候心里想的也是秦盛。

她实在受不了了，买了火车票，打算去找秦盛。

秦盛临走前给她留了一张卡，又被她偷偷地塞进秦盛的衣兜里了。

她想着秦盛去做生意，总不能没有本钱，再不济，他也要买两身体面的衣服。

钟晚手里只剩下了两百块钱，她查了一下车票，到S市的硬座是七十块。她买了往返的两张票。

到S市的时候已经是傍晚了，坐了将近一整天的硬座，钟晚的两条腿都木了。她刚走出车站，就不断有出租车司机过来问她要不要打车。

钟晚摆手拒绝了。

她蹲在路边，用导航查了一下上次秦盛给她发过的定位。

钟晚倒了三趟公交车，才到了秦盛住的地方。

这地方像是危房，整栋楼都歪歪扭扭的，附近有一片大排档，吵闹声不绝于耳。

钟晚给秦盛打了电话。

“喂。”秦盛很快接起电话。

“秦盛，你在……休息吗？”钟晚怕秦盛在工作，小心翼翼地开口。

秦盛听到了电话里的吵闹声，语气沉下来：“你在哪儿？”

“我在你住的楼下。”

电话直接被挂断了。

钟晚低着头，靠在墙边，不过等了一分钟，秦盛就跑了下来。

他看着靠在墙边的钟晚，皱起眉头，道：“谁让你过来的？你过来怎么不和我说一声？”

钟晚仰着头，踮起脚尖亲了亲秦盛的下巴。

她把自己靠在秦盛的胸膛上，委屈地道：“秦盛，我想你了。”

秦盛有再多的火也发不出来了。

他牵着钟晚的手上了楼。

秦盛的屋子是和他人合租的，其实也算不上合租，只是一个毛坯房，中间用一块板子挡住了，这周围都是工地，故而整栋楼住的几乎都是工人。秦盛把钟晚挡在身后，绕过一众人进了他的隔间。

房间里只有一张床和一张桌子。

“你快回去吧。”秦盛张口说的第一句话就是这个。

钟晚红了眼圈。

“你饿不饿？”秦盛弯腰，从桌子底下掏出一桶泡面，去外面借了热水，回来递给钟晚。

钟晚仰着头看秦盛，说：“我们一起吃吧。”

秦盛淡淡地道：“我吃过了。”

钟晚觉得眼睛酸酸的，她低头慢吞吞地吃着面，吃到一半的时候，她忍不住哭了起来。

“对不起，秦盛，我不是过来给添麻烦的。”钟晚抽噎着道，“我明天就回去。”

秦盛静静地看着她，伸手把她揽进了怀里。

他什么都没说，只是用力抱着钟晚。

当晚，钟晚睡在那张单人床上，和秦盛抵足而眠。她靠在秦盛的胸膛上，听着他一声一声的心跳，觉得格外安心。

那是她这半个月来睡得最沉的一次。

早上醒来的时候，秦盛已经走了，桌子上放着小笼包，一摸，还是热的。

钟晚笑了。

她吃了早餐，准备回A市了，临走前，她留了五十块钱在秦盛的枕头底下。

等到了车站，拿着身份证准备去取票的时候，她才发现衣兜里有一张薄薄的卡片。

她拿出来一看，是当初秦盛塞给她，又被她塞回给秦盛的那张银行卡。

6. 二宝

钟晚曾问过秦屿一个问题。

就像每个家长问自己孩子那样，脸上带着笑容，和蔼可亲，循循善诱地道：“小屿，妈妈给你生个妹妹好不好？”

秦屿歪了歪头，问：“是像蓉蓉那样的吗？”

钟晚忙不迭地点头。

他认真地想了想，然后摇头，道："我不要，蓉蓉太凶了，我打不过她。"

钟晚一噎。

"不是的，蓉蓉是姐姐，妈妈给你生的是妹妹，香香软软的，会甜甜地叫你哥哥的妹妹。"

秦屿这才笑了，重重地点点头，露出两颗小虎牙。

他抬手摸了摸钟晚的肚子，认真地道："要妹妹。"

钟晚笑了。

不知道是不是秦屿的话真的有魔力，月底钟晚去体检的时候就发现怀孕了。

她坐在医院的休息椅上给秦盛打电话："秦盛，你来医院接我一下。"

秦盛接到电话的时候正在开会，听到钟晚让自己去医院接她时吓了一跳，几乎是立刻就拿起车钥匙往外走，随手挥了挥手叫停了会议。

"好，我现在去。"

不一会儿，秦盛就赶到医院。

他似乎是跑着上楼的，气喘吁吁的，额前的头发都被汗水打湿了。

"怎么了？"秦盛盯着钟晚手里捏着的化验单，声音隐隐发抖，"什么病？"

钟晚侧头看着他，扑哧一声笑了，她扑到秦盛怀里，笑着说："秦盛，我怀宝宝了。"

啪！秦盛脑袋里的弦应声而断。

他僵在原地，似乎还没有从刚刚钟晚的那一番话中反应过来。

"我怀孕了！"钟晚重复了一遍，仰着头看着秦盛，问，"你不开心吗？"

秦盛回过神，只是还是皱着眉头。

他低头看了一眼钟晚的肚子，叹了口气，问："你一定要生下来吗？"

钟晚瞪着他，道："你什么意思？"

"你上次生小屿……"秦盛压低声音，道，"我害怕了。"

他到现在还记得那日他等在走廊里，连小腿都发抖的感觉。

"不会有事的。"钟晚扯着秦盛的手，放缓声音，小声开口，"你不是一直想要个女儿吗？我给你生个女儿，不好吗？”

“好。”秦盛声音沙哑，他弯下腰亲了亲钟晚的额头。

然而钟晚还没意识到她的悲惨生活才刚刚开始。

兴许是女儿娇气，钟晚这一胎怀得艰难，呕吐是常有的事，一天根本吃不下几口饭菜，整个人都瘦了一圈。钟晚怕孩子没营养，逼着自己吃，却吐得更厉害了。

秦盛看得眼睛都红了，他请了营养师和保姆，呼啦啦地围了一屋子。

姜瑜来看钟晚的时候，也吓了一大跳，道：“别人怀孕都像吹气一样，呼呼胖起来，你怎么瘦了这么多？”

钟晚有气无力地指了指隆起的小腹，道：“还不是这个小妖精。”

蓉蓉是跟着姜瑜一起过来的，她乖乖地凑到钟晚身旁，摸了摸她的小肚子，眨了眨眼睛，问：“是妹妹吗？”

钟晚笑了，道：“也许是，蓉蓉喜欢妹妹吗？”

“喜欢。”蓉蓉脆生生地答道，“有了妹妹，就不和小屿玩了。”

钟晚和姜瑜都笑了。

总算熬到生产的那日，也巧了，那天秦盛正陪着钟晚在院子里绕圈，两人正谈论着给孩子起什么名字好，钟晚突然觉得肚子一阵阵抽疼。

“秦盛。”她开口说话时还很镇定。

“嗯？”

“我可能要生了。”

秦盛愣了一下，随即扶着钟晚往回走，手忙脚乱地掏出手机打电话叫车。在车上的时候，钟晚的肚子不定时地抽疼，她攥着秦盛的手，脸上都是汗，却仍扯着嘴角笑。

“肯定是你刚刚起的名字太难听，宝宝生气了，急着要出来。”

秦盛的手还是抖的，他看着钟晚，半天没说出来一句话。

到了医院，医生说还要再等一会儿，要钟晚多走一走，方便生产。

钟晚两条腿又酸又疼，每走一步就像有刀子在劈她似的，她扶着秦盛的胳膊喘了口气。

“忍一忍，晚晚。”秦盛攥着她的手。

钟晚勉强笑了笑，没说话。

最后，折腾到凌晨，钟晚才被推进了手术室。

秦盛在走廊里等着，韩致和姜瑜也赶过来了。韩致拍拍秦盛的肩膀，道："不会有事的。"

秦盛点点头。

他从兜里掏出烟，不知道是不是因为手抖得厉害，一连点了两三次都没点着火。韩致叹了口气，把他的打火机拿走，道："医院里不能抽烟。"

秦盛舒了口气，靠在椅子上，抬头看着紧闭着的门。

"都做过一次爸爸了，怎么还这么紧张？"韩致问。

秦盛微微闭眼，有些疲惫地开口："无论是第几次，只要晚晚躺在那张床上被推进去，我就受不了。"

他一向是这样，看不得钟晚哭，更看不得钟晚疼，看不得钟晚受罪。

不知道过了多久，手术室的门终于从里面打开了，医生喜气洋洋地把孩子抱出来，道："是个千金。"

秦盛连看都没看孩子一眼，直接过去攥着钟晚的手。

钟晚满头是汗，可她还是笑着道："是个妹妹，小屿一定喜欢妹妹。"

"嗯。"秦盛低头亲了亲钟晚的额头，说，"我们都喜欢。"

其实小屿出生的时候没见得秦盛有多欢喜，甚至在秦屿一次次黏钟晚的时候还被秦盛毫不留情地提溜走了。

可生了女儿后，秦盛好像变了一个人。

他时常笑着把女儿顶在头顶上，甚至在家里开会的时候也会把女儿放在膝头。

钟晚笑他是女儿奴，秦盛不说话，只是勾起嘴角笑道："不是女儿奴，是晚晚奴。"

最后钟晚和秦盛经过艰难的讨论，勉强取了一个小名，叫珍珍；至于大名，可能还需要更长时间的争论。

珍珍上幼儿园后，秦盛的担忧与日俱增。

他甚至每天都提前下班，只为了做幼儿园门口第一个来接孩子的家长。更重要的是，他要看看下课时有没有臭小子缠着珍珍。

后来珍珍过生日的时候，秦盛小声问她有没有喜欢的人。

珍珍奶声奶气地回道："有鸭（呀）。"

秦盛的脸当时就沉了下来，他问："是谁？"

珍珍偏头，一口亲在了秦盛的脸上，道："是粑粑（爸爸）鸭（呀）！"

7. 广场舞

秦屿大学毕业后就直接进了公司，历练了两年，秦盛就把公司交给了他，自己做起了甩手掌柜。因为这件事，秦屿还回家跟钟晚诉苦。

钟晚这次坚定不移地站在秦盛这边，她道："你爸年纪也大了，你还忍心看他被公司那帮人气吗？"

秦屿苦着脸，哀求道："妈，你忍心我年纪轻轻就秃头吗？"

"说起这件事，我有个东西要给你。"钟晚从柜子里拿出一袋黑芝麻，递给秦屿，"很好用的。"

秦屿艰难地保持微笑。

不过才过了几天，钟晚就有些后悔了。秦盛没了工作，无所事事，整日黏着她。

钟晚和姜瑜约好了晚上去跳广场舞，被秦盛破坏了好几次，这次钟晚终于忍不住了。

她换好了衣服，一脸严肃地看着秦盛，道："我今天必须去。"

钟晚虽人到中年，但保养得很好。她穿着一件红色外套，更衬得小脸瓷白，把头发扎起来，涂上口红，乍一看和二三十岁时没什么两样。

秦盛眯着眼睛上下打量了她一遍，冷哼一声，道："去跳广场舞打扮得这么好看？"

钟晚一愣。

她对着镜子仔仔细细看了一遍，普通的运动服，她连眉毛都没画，只是怕气色不好涂了口红而已。

钟晚忍不住白了秦盛一眼，道："我乐意，你管不着！"

秦盛一噎。

钟晚哼了一声，转身出门了。

秦盛勾起嘴角，过了一会儿，他拨通了一个电话，只说了一句：“行动吧。”

大概因为是周末，广场上的人还挺多。钟晚和姜瑜碰面后，忍不住抱怨：“秦盛这两天不正常，说话阴阳怪气的。”

“韩致也一样，我每天出门他都板着脸，跟谁欠他钱似的。”姜瑜气得不行，“要我说，咱们俩一起过，让那两个臭男人一起过好了。”

钟晚认认真真地点头，道：“好主意，明天我就和他离婚！”

不远处的树后，两个穿着黑衣服的人躲躲闪闪的。

“你能听清楚她们说什么吗？”秦盛问。

韩致皱着眉，道：“这么远我能听清什么？”

“你不是去学了那个什么唇语吗？”

韩致眯着眼，仔仔细细地辨认着，道：“我看看……钟晚好像说什么离婚……”

“不可能！”秦盛沉下脸。

“真的！”

晚上钟晚回到家，意外地发现秦盛居然还在客厅坐着，她问：“怎么还没睡？”

钟晚低头换鞋。

“我有事要跟你谈。”秦盛一脸严肃。

钟晚愣了一下，问：“什么事？”

“你先过来，再等等。”

钟晚一头雾水地坐在秦盛身边，道：“等……等什么啊？”

秦盛薄唇轻抿，没吭声。

十几分钟后，门开了，是秦屿和秦珍。

钟晚疑惑地问：“这么晚了，你们俩怎么回来了？”

秦珍叹了口气，道：“是我爸大晚上疯狂给我打电话，本来我正在睡美容觉呢！”

秦屿也苦着脸，问：“爸，到底有什么事，我还在加班呢！”

“美容？加班？”秦盛冷笑，“家都要没了，还有心情管这些！”

屋内安静了一瞬。

秦珍吓了一跳，以为出了什么事，战战兢兢地开口：“爸，到底怎么了？”

秦盛瞥了一眼钟晚，道：“你妈要和我离婚。我事先声明啊，离婚不可能，这辈子都不可能。”

这话一出，钟晚翻了个白眼，转身进屋了。

秦珍无奈地站起来，拎着包往外走，边走边问秦屿：“哥，这是这个月第几次了？”

“第三四次了吧，我也记不清了。”

秦盛冷着脸，道：“你们俩什么意思？不管我了？你们妈妈要离婚怎么办？”

秦屿虚伪一笑，道：“您加油，如果被扫地出门了，我一定会接济您。”

秦珍也对着秦盛比了一个加油的手势。

两人走后，秦盛喝了一杯茶，然后乖乖地进屋了。

可惜，门已经被反锁了。

秦盛敲了敲门，委委屈屈地开口：“晚晚，我今晚能进屋睡吗？”

“你说呢？”

番外二
姜姜来致

1. 青梅竹马

姜瑜其实很早就认识韩致了，那时候两家关系好，走得也近，姜瑜几乎算得上是韩致的跟屁虫，虽说韩致比她大，却一点也不影响她黏韩致。

他们也算得上青梅竹马。

只是姜瑜从没有想过，自己有一天会嫁给韩致。

接到母亲的电话让她和韩致结婚时，姜瑜正在酒吧玩，隔着震耳欲聋的音乐，她几乎以为自己听错了。

“领证？明天？”姜瑜抓了抓头发，不可置信地问，“和韩致？别开玩笑了，我和韩致是哥们儿，你打电话问问韩致，他肯定不会同意的。”

“什么？韩致答应了！”姜瑜震惊了。

她挂了电话，匆匆又给韩致拨了一个电话。

“韩致？你猜我妈刚刚说什么了？她说让我们结婚，笑死我了，今天又不是愚人节，她居然还说你同意了！”

电话那头沉默了一瞬，而后响起韩致低沉的声音：“嗯，我同意了。”

姜瑜差点扔掉手机。

“不是，你……你怎么想的？”姜瑜把酒吧的桌子拍得震天响。

“商业联姻，我以为你早就做好了心理准备。不是你，我也会娶别的人；不是我，姜家也不可能放任你自由恋爱。既然如此，为什么不选择一个让自己舒服的结婚对象，至少我们认识这么久了，彼此熟悉。”

姜瑜沉默了。

真是太可怕了，她一定是被韩致洗脑了，她居然觉得韩致说得挺有道理。

“可是……”姜瑜放低声音，“结婚毕竟是很重要的事。”

“我知道，所以我明天会抽出一天时间去找你。”

“找我？做什么？”

电话那头传来韩致低低的笑声：“挑婚纱。”

姜瑜脸一红，猛地挂了电话。

“谁惹我们大小姐不高兴了？”一旁的哥们儿笑着，端过来一杯酒。

“喝！”姜瑜端起酒杯咕嘟咕嘟一饮而尽，“致我未来痛苦的婚姻坟墓！”

婚姻坟墓痛不痛苦不知道，不过宿醉是挺痛苦的。

姜瑜第二天险些没能爬起来，还是韩致给她打了电话才把她叫醒的。

“收拾好了吗？我已经到你家楼下了。”韩致在电话里道。

姜瑜愣了一瞬，用了十多秒才回想起来昨天的荒唐经历。

这一切，居然不是做梦！

“好了好了，我这就下去。”姜瑜用她生平最快的速度洗漱换衣服下楼，然后她发现，自己居然穿了拖鞋下楼。

她笑着，尴尬而不失礼貌地解释：“这是……为了一会儿试婚纱的时候方便一点。”

韩致挑了下眉，没说什么。

车开到市中心，姜瑜才觉得不对劲，她环顾四周，皱了皱眉，问：“你是不是搞错了，这儿有婚纱店吗？”

韩致淡淡地看了她一眼，下了车。

不一会儿，他拎着一个精致的包装袋回来，打开盒子，里面是一双平底鞋，白色的，看起来简约大方。

“你……你去买鞋子了？”

韩致没吭声，他半跪在姜瑜面前，抬起她的脚给她换上了鞋子。

“居然正好。”姜瑜踩了两脚，觉得格外舒适，又觉得有些诧异，“你居然知道我的尺码？”

韩致淡淡地道：“之前我去英国，你让我帮你代购过鞋子。”

姜瑜这才想起来。

她拍了拍脑袋，道：“你的记性也太好了吧。”

韩致抿了抿唇，没再吭声。

之后，两人才去了婚纱店，紧接着又去订了婚戒。

“这也太快了吧。”姜瑜忍不住感叹，“一天的工夫我们就把别人快一个月的行程给搞定了。”

“还差最关键的一步。”韩致抬眸看着姜瑜。

姜瑜警惕地往后退了两步，道：“我没带身份证哦。”

韩致笑了，道：“没关系，我带了你的户口本。”

“户口本？”

姜瑜震惊了，现在住酒店都要用户口本了吗？不过，她的户口本怎么会在韩致手里？

似是看出来姜瑜心里所想，韩致解释：“是你妈妈给我的。”

姜瑜惊得说不出话来。

韩致勾起嘴角，开车带姜瑜去了民政局。

“民政局？你不会要和我领证吧？”姜瑜不敢置信地问。

韩致偏头看着她，反问道：“不然呢？”

姜瑜愣住了。

生活真奇妙，昨天她还泡吧喝酒，今天就领证了。

“先领证，再办婚礼。”韩致淡淡地说道，“这样我心里踏实，也免得你干出什么逃婚的事。”

2. 离婚攻略

结婚这事来得仓促，不过姜瑜除了一开始有点别扭，并没有什么感觉，因为她和韩致实在是太熟了。

除了她需要搬到韩致家里住，需要和韩致躺在一张床上，别的也没什么变化。

也许是怕姜瑜别扭，韩致一开始并没有碰她。

姜瑜渐渐相信了当初韩致说的话，如果非要选择一个人进行商业联系，那韩致无疑是最好的选择。

不过很快，姜瑜就发现自己错了。

当本月第四次被韩致从酒吧拎出来时，她终于忍不住了，问道：“韩致，你是不是管得太宽了？”

韩致面色冷淡，把身上的外套脱下来披到姜瑜的身上，道：“现在已经凌晨两点了，我怕你猝死。”

姜瑜咬了咬牙，道：“猝死也不用你管。”

“我当然要管。”韩致淡淡地给她分析，“你现在的身份是我的太太，如果你在这间酒吧猝死，我还要处理你的身后事，我最近很忙，没工夫。”

姜瑜快被他气晕了。

忙？忙还有工夫来抓她回家！

姜瑜终于深刻地体会到了和一个老男人结婚的痛苦。

她没机会再泡吧，哪怕在家里，十二点之前也必须放下手机睡觉，保温杯里泡上了枸杞，秋裤堆了满满一衣柜。

用韩致的话说，不好好保养自己，到老了会有一身病。

而姜瑜只想抓狂。

一想到未来几十年她都要过这样的日子，她就要疯了。姜瑜觉得，她得给自己找条出路，首先，她得和韩致离婚。

她第一次提出离婚，是和韩致吃晚饭的时候。

她低头戳着米饭，状似漫不经心地问了一句：“韩致，你有没有想过离婚啊？”

韩致的脸色沉下来，他看了姜瑜一眼，冷冷地开口：“我没想过，你也不用想了。”

姜瑜和韩致结婚这些日子，几乎没见过韩致生气，这还是第一次，她识时务地闭了嘴。

不过很显然，姜瑜不会这么轻易放弃。

很巧地，那天她刷微博，刷到了一个小广告。

——“离婚分手！让你后顾无忧！”

姜瑜咽了咽唾沫，点进了那个小广告。

“您好，请问您需要分手，还是离婚？”客服很快跟她联系。

姜瑜飞快地打出两个字：“离婚。”

“离婚的价格要高一些，请问我该怎么称呼您？”

“你叫我姜小姐就行。”

“好的姜小姐，我们这边会派出一个人勾引您的丈夫，您放心，我们的人员都是最专业的，到时候会给您发地址让您上门捉奸，这样可保证您既能分到财产，又能顺利离婚。”

姜瑜都忍不住想为他们拍手叫好。

“我们的服务分三个档次，档次越高，成功率越高。A 级 5888，S 级 8888，SSS 级 18888。请问您选择哪种？”

和韩致结婚这么久，姜瑜也没给韩致买过什么。这次姜瑜决定大方一点，大手一挥，点了个 SSS 级。

“好的姜小姐，请您保持手机畅通，我们的工作人员明天会联系您。”

姜瑜乐得一晚上都没怎么睡着。

她马上就要解放了，就可以去泡吧，可以喝肥宅快乐水，可以穿单衣美美地出去逛街了。

人生美好，韩致不值得！

第二天一早，姜瑜被手机铃声吵醒的时候，韩致已经去上班了。

她迷迷糊糊地接起电话：“喂？”

“姜小姐您好，我们今天就可以开始行动了，您需要提供一下您丈夫的工作地点、姓名、兴趣爱好，平时喜欢去什么地方休闲娱乐。”

姜瑜一下子就精神了。

她一边认认真真地掰着手指头数，一边道：“韩致，在韩氏上班，也没什么爱好，爱数落人算不算？休闲娱乐……他比较喜欢看书。”

电话那头沉默了，道：“您再仔细想一想，您丈夫喜不喜欢泡吧之类的？”

“不喜欢。”姜瑜认真地答道，“倒是我比较喜欢。”

“那我们今天先去韩氏试着和您丈夫见一面。”

“好好好。”

姜瑜和那人在韩氏门口碰了面，不得不说，这钱花得不亏，来人一张素净的小脸，长得又乖又甜，完全可以和明星媲美。

“放心吧，我办事就没有失手的。”那人道。

姜瑜冲她比了个胜利的手势。

毕竟韩致这人不好对付，姜瑜心里还是有些担忧，她躲在韩氏楼下的咖啡店，紧紧盯着手机，生怕漏过什么消息。

她等了几个小时，终于在中午的时候接到了电话。

姜瑜忙接起来：“喂？怎么样？”

电话那头沉默了一会儿，而后才响起那女子的声音：“你……你在哪儿？”

“我在门口的咖啡店里，你见到他了？办得怎么样？”

“见到了。”一道低沉的声音在她耳侧响起。

姜瑜心尖一颤，整个人都僵硬了，她像一个机器人般以一个极为缓慢的动作扭头，看向身后。

韩致站在那儿，拿着手机，脸色阴沉，目光冷冷的。而早晨见过的那个女子站在他身旁，脸色煞白地冲她挥了挥手：“嗨。”

嗨个鬼！

姜瑜真想把手机砸到她脸上。

事办不好也就算了，怎么还把她供出来了！

姜瑜咽了下唾沫，努力地扯了扯嘴角，尴尬道："韩致，这么巧。"

"巧？"韩致淡淡地开口，他瞥了一眼姜瑜，语气微沉，"跟我回家。"

"可……可是……"

不等她说完话，韩致就攥着她的手腕把她拽了出去。

"疼疼疼……手疼！"

韩致像没听到似的直接把人拽到了车里。

姜瑜何曾见过这么火大的韩致，她话都不敢说一句，紧紧地攥着车上的把手，生怕韩致一个冲动来个车毁人亡。

还好，韩致还残存着一丝理智。

他把车开到车库里，拽着姜瑜的手腕上了楼。

"对……对不起……"姜瑜结结巴巴地道歉。

可韩致仍旧冷着脸，一声不吭。

进了家门，韩致把姜瑜直接甩到床上，按着她的肩膀扯下她衣服上的扣子。

姜瑜吓得脸色惨白，紧张道："韩致……韩致……你别冲动！"

她眼角绯红，声音隐隐带着哭腔。

"我没冲动。"韩致声音很冷，他静静地看着姜瑜，眸色漆黑，一字一顿地道，"我只是在弥补我的错误。"

"我应该早就这样做，是我对你太心软，才让你一而再，再而三地挑战我的底线。想离婚？别做梦了！"

姜瑜身子软得不行，已经连一句完整的话都说不出来了，只能拼命摇着头，眼泪顺着脸颊流下来。

傍晚的时候，昏黄的光透进来。

姜瑜迷迷糊糊地醒了，她撑着力气坐起来，只觉得两条腿都酸疼得厉害，像不是她的一般。

厨房里隐约传来乒乓的声音。

姜瑜随意披了件衣服，颤颤巍巍地下了床，走到客厅才看清，韩致正在厨房煮粥。

韩致听到动静回头，看见姜瑜站在客厅里，他皱着眉头走过来，关心道：“饿了？粥快煮好了。”

姜瑜不理韩致，只低着头哭。

韩致叹了口气，半蹲下身子吻了吻她的嘴角。

“对不起，我今天太凶了，可我真的很生气。我把一颗心放在你手里，可是阿瑜，你不要，还把它扔在地上摔个稀巴烂。”

姜瑜微微抬起头，红着眼睛看着韩致，问道：“你什么意思？”

“喜欢你的意思。”

3. 新年快乐

韩致还在念大学时，父亲就出车祸去世了，韩致也是从那时候开始接管公司的。平心而论，韩致的能力不错，不仅没让韩氏落没，反而带领韩氏又上了一层楼。

大概也是这个原因，韩母一直觉得自己儿子能力出众，完全可以找一个条件更好的对象，而不是像姜瑜这种只知道花钱的大小姐。

姜瑜也知道韩母看不上她，除非必要，否则她也不会回老宅找不痛快。

可是过年的时候是躲也躲不过去了。

一想到一会儿回去要看见韩母，姜瑜就觉得不痛快，早晨起来做什么都觉得没劲儿。韩致知道她的想法，把人搂在怀里亲了亲她的耳尖，道：“要不然今年不回去了。”

“那怎么行，去年就是回的我家，今年再不回去说不过去。”姜瑜叹了一口气，颇有一种壮士断腕的壮烈感，“走吧走吧，反正就是住一晚。”

韩致低声笑了。

一番折腾，两人回到韩家的时候已经中午了。

韩母坐在客厅里，鼻子不是鼻子眼睛不是眼睛，瞥着姜瑜走进来，当场就冷笑一声：“韩致有事忙，怎么阿瑜也回来得这么晚？还等着你去做年夜饭呢。”

不等姜瑜说话，韩致就冷下脸，不悦地开口：“家里没有阿姨了吗，等着阿瑜回来做什么饭？”

韩母气得头疼，她算是看出来了，韩致的心早就被姜瑜攥得死死的了。

韩母憋着气道：“她一年到头都来不了几次，怎么，我这个做婆母的还吃不上她做的一顿饭了？”

韩致皱紧眉头，道：“我娶她回来不是让她做饭的。妈，你要是觉得阿姨不够，可以再雇两个。”

姜瑜眨了眨眼，没说什么。

韩母脸都绿了，韩致只当没看见，拽着姜瑜的手上了楼。

“妈不会生气吗？”姜瑜悄悄地开口。

“一会儿我下去跟她说。”韩致低声道，“你不用管。”

姜瑜点点头。

她想了想，微微踮起脚尖，亲了亲韩致的下巴，道：“谢谢你。”

韩致静静地看着她，突然拦腰把她抱起来放到床上。

姜瑜吓了一跳，道：“你干什么？”

“你的感谢太轻了。”

姜瑜一脸茫然。

“我得再索取一些。”韩致俯下身子，咬了咬姜瑜的耳朵。

姜瑜的脸忽地红了。

晚上吃年夜饭的时候，韩致开了一瓶酒，姜瑜也跟着喝了一杯。

天可怜见，日日被韩致管着，姜瑜都快忘了这酒是什么味道了。她像小猫偷腥似的舔了舔酒杯，又一脸满足地笑了，眼睛弯成了月牙。

韩致看了她一眼，也低低地笑了。

吃过年夜饭，姜瑜去冲了个热水澡，躺在床上也不睡，非要守岁。

因为是过年，韩致也没管她。

零点的时候，天空中炸起烟花。韩致转头看着一旁的姜瑜，她早就迷迷糊糊地睡着了，手机屏幕还亮着，被她紧紧攥在手里。

韩致勾起嘴角，低头亲在她的额头上。

“阿瑜，新年快乐。”

4. 姜瑜怀孕

姜瑜最近有点不舒服，浑身酸软无力，总是反胃，甚至月经也快两个月没来了。

她心里隐隐有一个猜测，该不会是怀孕了吧？

姜瑜不敢耽搁，直接去医院挂号。

下午的时候就出了结果，她居然真的怀孕了！

姜瑜坐在医院的休息椅上，手都是抖的，本来打算告诉韩致，可又想到过两天就是韩致的生日，不如等到那天给他一个惊喜。

思来想去，她最后给钟晚打了个电话。

她和钟晚去给宝宝买了衣服，还特意去给韩致挑了一块手表，银色的表盘，她觉得戴在韩致的手腕上一定好看。

只不过，她总觉得钟晚今天有点不对劲。

甚至在回去的路上，钟晚还问她若是韩致出轨了怎么办。

她差点笑出来。

她几乎是想也没想就说，若是韩致出轨了，她一定抱着孩子回娘家。

傍晚到家的时候，姜瑜接到了妈妈的电话。

“阿瑜，韩致回去了吗？”姜母在电话里问。

“没啊。”姜瑜歪头夹着电话，手上正整理今天买回来的一堆东西，“他今天好像有应酬，估计很晚才回来吧。”

电话那头沉默了一瞬。

“怎么了妈？”姜瑜知道最近家里生意不好，以为是有什么事要找韩致帮忙，“你有事找韩致吗？等他回来，我让他给你打个电话吧。”

“不不不，不找韩致。”姜母的声音听起来有些慌张，“是你，妈妈担心你，你脾气不好，别总和韩致反着来。你也知道现在咱们家的状况，韩家蒸蒸日上，咱们家是逐渐落没，你知道有多少人盯着你的位置，你可要……”

“好了妈。”姜瑜皱着眉打断，“我知道你的意思。可韩致不是那样的人，他总不可能因为咱们家要破产了就和我离婚吧？”

“不不不，不能离婚。”

“妈，你今天到底怎么了？家里又出什么事了？”

“没事。”韩母慌慌张张地开口，“好了，不说了，你早点休息吧。”

姜瑜皱了皱眉。

韩致有应酬回来晚是常事，姜瑜也没在意。她把东西收拾好就去睡了，直到夜半时分被惊雷震醒。

轰隆隆！

姜瑜猛地惊醒，窗外已经下起了瓢泼大雨。

她打着哈欠去关窗户，这才发现韩致居然还没有回来。

墙上的钟表嘀嘀嗒嗒地响着，已经是凌晨四点了。

姜瑜觉得有些不对劲。

她给韩致打电话，关机。

姜瑜的心沉下来，她坐在床上，却觉得浑身都冷得发抖。

韩致的手机从来没有关机过。

姜瑜咬了咬唇，一连又打了好几遍，还是关机。

叮咚。

手机里这时候弹出一条短信，标题是：“新晋小花与商业新贵韩致疑似恋情曝光”。

姜瑜愣住了。

屏幕上明晃晃的加深标题，她却像不认识那几个字似的。

过了好久，她才伸出手指点了进去。

里面只有两张图片，背景似乎是一家餐厅。

男子背对着镜头，可姜瑜还是一眼就认出来了。

那是韩致。

钟晚的不对劲，母亲奇怪的电话，终于在这一刻都有了解释。

姜瑜有些无力地躺在床上。

她已经不想给韩致打电话了。

从凌晨四点等到天边破晓，再等到天色大亮，她也没等到韩致回来，反而等到了一堆韩家的亲戚。

第一个来的是韩致的姑妈。

她以一副女主人的高傲姿态坐在沙发上，开门见山地说："我也就不和你兜圈子了，姜家现在什么样，你自己心里也清楚，你也不是从前那个姜家大小姐了，你现在根本配不上韩致。"

姜瑜听得好笑，她低头抿了一口水，淡淡地开口："那姑妈的意思是？"

"我劝你和韩致离婚吧。你主动一点，韩家也不会亏待你，钱啊，房子啊，车子啊，一样都不会少你的。可你若是要撕破脸皮，那下场可就不好说了。"

姜瑜微微扬眉，道："是我婆婆让你来的？"

姑妈的表情一僵，很快她又皱起眉头，指着姜瑜大声道："我亲自过来给你说已经给你留了脸面，你别好赖不分！"

姜瑜轻笑了一声，道："这些话，别说你来说，就算是我婆婆来说也是没有用的。想让我离婚，可以，你让韩致亲口来和我说。"

"你！"

"我身体不好，不多留姑妈了，慢走不送。"

姜瑜懒懒地转身上楼。

可她没想到，这只是一个开端。从那天开始，几乎每天都有韩家的人上门来，劝她和韩致离婚。

姜瑜怀着孩子，本身就情绪起伏大，这些天一拨接着一拨的亲戚快把她逼疯了，而这些日子，韩致的手机一直是关机。

姜瑜受不了了，随便收拾了几件衣服就回家了。

姜母开门看见外面的姜瑜，愣了一下，慌张道："你……你怎么回来了？”

“妈！”姜瑜当时就哭了，她抱着姜母，抽抽噎噎地说，“我……我要和韩致离婚！”

姜母冷下脸，推开姜瑜，怒道：“你说什么胡话！”

“妈，这些天韩致都没接过我的电话，韩家的人天天来家里闹，你知道这些日子我是怎么过的吗？”

“那你就不能忍忍吗？”姜母瞪着姜瑜，“你这孩子怎么这么不懂事，家里现在什么情况你不知道吗？你爸爸头发都白了，家里的生意现在都靠韩致撑着，你说离婚就离婚，没了韩家，咱们家马上就会破产的！”

姜瑜愣了一下，红着眼睛，不可置信地看着姜母，道：“妈，原来家里的生意比我还要重要？你是不是一直把我当成一颗棋子？”

姜母烦躁地摆摆手，道：“这么多年，我们金尊玉贵地养着你，你不应该回报吗？”

姜瑜苦笑一声。

她实在没精力和姜母再说什么了，绕过姜母直接上楼，锁上门。

她还记得当初钟晚问她的那句话。

——如果韩致出轨了怎么办？

她当初只当作是一个玩笑，还信誓旦旦地说自己一定会带着孩子回娘家。

现在看来，她早就没有家了。

5. 惊慌失措

怀孕的事，除了钟晚，姜瑜谁也没告诉。

她不想用这个孩子来拴住韩致。

如果他们的感情真的破裂了，姜瑜选择放手。

她不想爱得那么卑微。

过了几日，钟晚来看她。

“你瘦了。”钟晚皱着眉，摸了摸她的肚子，微微压低声音，“就算不为自己着想，你也要为肚子里的孩子想想。”

姜瑜苦笑一声，道：“没有什么可想的。我要和韩致离婚。孩子……我会打掉。”

“你疯了！”钟晚不可置信地看着她，“就因为那个娱乐新闻？”

姜瑜摇了摇头，道：“不仅是这个。韩致这些天都没理过我，他是在逼我和他离婚。”

姜瑜仰着头，努力把眼泪憋回去，继续道：“我就是这个命了。”

钟晚没吭声，只是攥紧了姜瑜的手。

“明天你陪我去医院吧。”姜瑜淡淡地说。

决定去医院的前一晚，姜瑜一整夜都没睡着。她实在想不明白，她和韩致怎么就走到了这一步，明明她还欢欢喜喜地给韩致准备礼物，明明她刚刚怀上孩子。

她还是不敢相信，韩致会丢下她。

一夜未眠，第二天她顶着两个大大的黑眼圈和钟晚去了医院。

排了号，坐在椅子上等着医生叫号的时候，姜瑜的手抖得厉害，指尖冰冷。

“下一个，姜瑜。”有护士推门来叫她。

姜瑜身子一抖，心尖一颤，腿软得几乎没有力气。

钟晚突然攥住她的手，问：“你确定吗？”

姜瑜闭了闭眼，一字一顿地道：“我确定。”

她撑着力气站起来，却突然听见身后有人叫她的名字。

“姜瑜！”

她愣了一下，缓缓回头。在她身后，韩致喘着粗气，几缕头发被汗水打湿贴在额头上，显得有些狼狈。

他一直是冷静自持的，无论什么时候，就连领口的扣子都是板板正正的。

这是姜瑜第一次见到他这副模样。

他红着眼睛看着姜瑜，声音带着一丝哽咽：“阿瑜，跟我回家吧。”

姜瑜静静地看着他，摇了摇头，道：“你来晚了，我刚做完手术。”

韩致的脸唰地白了。

他慢慢走到姜瑜面前，猛地把她抱住，安慰道：“没事的，阿瑜，我们还会有孩子的。”

韩致比姜瑜大一些，姜瑜总开玩笑叫他老男人，因为韩致在她面前总是格外冷静，做事一丝不苟，仿佛对什么事情都有把握。

哪怕每次他们吵架，韩致也只会冷静地给姜瑜分析问题，把她的毛病一针见血地指出来，让姜瑜连火都发不起来。

这是第一次，姜瑜见他这么惊慌失措。

甚至韩致抱住她的时候，姜瑜都能感受到他身子的微微颤抖。

“对不起，我以为你只是因为绯闻的事生气，公司出了事，我回不去，本想着过两天再跟你解释，对不起阿瑜，我不知道韩家的那些人去找你，我不知道你怀孕了。”韩致语无伦次地说着，“我的手机有人监控，我这些天没有开机。”

姜瑜的喉咙像是被什么堵住了。

“姜瑜！”手术室的门又被推开了，小护士不耐烦地道，“你到底做不做手术，后边一大堆人还排着队呢。”

韩致身子僵住了。

姜瑜勾起嘴角，拽过韩致的手放到自己的小腹上，问：“你想要他吗？”

韩致缓缓蹲下身子，有些僵硬地把头贴在姜瑜的小腹上。

“宝贝，对不起。”韩致轻声说。

姜瑜笑着，眼睛却红了。

6. 只喜欢你

韩致怎么处理那些人的，姜瑜没有问。

只是从那以后再没见过哪个韩家人上门来找姜瑜的麻烦。

姜瑜因为怀孕期情绪波动太大，这胎怀得凶险，医生建议最好静养在家。这下可好，韩致干脆把工作挪到了家里，除非必要，否则连会议都是在家里书房开。

可苦了姜瑜。

她每天只能躺在床上喝各种补药，连开空调都成了奢侈，更别说出门玩了，她也就只能趁着韩致出门的时候约钟晚逛街，回来被发现了还要听评书“韩致给您讲道理”。

可哪怕是这样，姜瑜还是病了。

趁着韩致出去的工夫，姜瑜多吹了一会儿空调，哪知道晚上的时候就开始发热。

韩致遇到点急事被绊住了脚，给姜瑜发了信息说会晚一点回家。姜瑜那时候早就烧得迷迷糊糊，哪里能看手机。

等不到姜瑜的回复，韩致急了。他给家里做饭的阿姨打电话让她去看看，阿姨进门的时候看见姜瑜躺在沙发上吓了一跳，以为出了什么大事，过去仔仔细细一看才知道只是发烧睡过去了。

韩致得到消息，忙把手里的事都推了，匆匆忙忙地赶回家。

阿姨见到他，忙道：“先生你可回来了，我让太太穿衣服，她说什么也不去医院。”

韩致皱着眉走过去，拍了拍姜瑜的胳膊，喊道：“阿瑜，醒醒。”

姜瑜迷迷糊糊地睁开眼，看到是韩致，一下子起身抱住他，软软糯糯地叫着：“韩致，你回来了。”

“你病了，得去医院。”韩致碰了碰姜瑜的额头，果真是滚烫的，他皱着眉，有些焦急地开口，“快起来。”

“我不去。”姜瑜委屈地道，“我怀孕了不能吃药，会对宝宝不好。”

“那也不能一直病着！”韩致皱起眉头，干脆拦腰把姜瑜抱起来。

“你放开我，我不去！”姜瑜烧得迷迷糊糊，说话也颠三倒四，“你们都看重宝宝，不关心我，我病不病也没有人在乎！”

怀孕的人十分敏感，更别说姜瑜还生了病。她一想到她怀孕以后受的这些苦，心里就很委屈。

她抱着韩致，带着哭腔道：“你到底喜不喜欢我啊？”

韩致僵在原地，随即低着头，唇瓣碰了碰姜瑜滚烫的额头，轻声道：“喜欢你，只喜欢你。”

最终，撒娇耍赖的姜瑜还是被韩致送到了医院。

不过医生也说了，姜瑜现在的身体不适合吃药打针，最后只给开了几服中药。那段时间，家里四处都是中药的味道。

姜瑜生孩子的时候是钟晚陪着的。

那几天碰巧公司有事，韩致本来是告诉助理往后再拖一拖，只是事情紧急，非得韩致亲自去处理才行。

韩致走的时候天还没亮，姜瑜挺着大肚子睡在他身旁。韩致亲了亲姜瑜，蹑手蹑脚地出了门。

登机之前，他给秦盛打了电话，想让钟晚过去陪着姜瑜。

在英国处理事情的时候，韩致恨不得连轴转，三四天的工作量生生压成了两日，又熬夜赶着最后一班飞机回了A市。

他几乎没喘口气，马不停蹄地去了医院。

在急诊室的走廊外，他听到了一声婴儿啼哭。

还好，赶上了。

姜瑜生了一个女儿，名字是她自己取的，叫韩蓉，小名蓉蓉。

她希望女儿能像她一样温柔贤淑、恬静可人。

可惜，蓉蓉却向着辣椒小萝莉的方向发展。

在蓉蓉第N次把幼儿园的小朋友打哭后，姜瑜觉得她有必要严肃地和韩致谈一谈这个问题了。

“韩致，你应该好好管管你女儿。”姜瑜严肃地开口。

韩致敲着键盘，头也不抬地道：“嗯，怎么了？”

“她又把小朋友打哭了！”

韩致动作一顿，微微皱眉，问：“这是第几次了？”

“这个月第五次。”姜瑜掰着手指头数，“从上幼儿园起第二十一次。”

“这次是什么原因？”

姜瑜点了点蓉蓉的小脑袋，道：“你自己说！”

“因为他揪我小辫子！”蓉蓉理直气壮地开口。

一听到这儿，姜瑜就气不打一处来，她叉着腰，道：“我告诉过你，遇到这种事你可以告诉老师啊，为什么一定要打他？”

蓉蓉嘟着嘴，不满道：“我自己可以解决的事，为什么要叫老师？”

姜瑜一噎，气愤地叫韩致：“你看你女儿！”

韩致笑了，弯腰把蓉蓉抱到腿上，问姜瑜：“你还记得你小时候打过我多少次吗？”

姜瑜瞪大了眼睛，道：“你说什么？你比我大那么多，我怎么可能打得过你？”

“你上幼儿园过生日的时候，因为我没跟你说生日快乐，你就拿了一桶水泼了我一身，害得我病了一周。”韩致挑了挑眉，道，“不记得了？”

姜瑜老脸一红，结结巴巴地开口：“你……你别瞎说。”

“我可没乱说。”韩致揉了揉蓉蓉的小脑袋，“虽然蓉蓉做得不对，但是她还远远比不上你。”

蓉蓉笑着冲姜瑜吐了吐舌头。

晚上睡觉的时候，姜瑜还生着气，把韩致撵到书房去睡。

夜半时分，突然觉得身旁一沉，姜瑜惊醒，看到是韩致，又迷迷糊糊地睡过去，韩致搂着她的腰，勾起嘴角也睡了过去。

7. 早有预谋

姜瑜一直以为当初韩致娶她是被商业联姻逼迫的，后来偶然听姜母说，当初是韩致主动提出要娶她的。

姜瑜愣了。

回家后姜瑜问韩致这件事。

韩致只是淡淡地道：“是。”

“那你当初骗我，说你也是被家里逼迫的。”

韩致轻笑了一声，道：“你觉得，韩家有谁能逼着我让我娶我不喜欢的人？”

姜瑜一噎。

她愤愤地瞪着韩致：“这么说，你当初是故意骗我的了？”

韩致勾起嘴角，把姜瑜拽进自己怀里。

“娶你，是早有预谋。”